英国ひつじの村⑥

巡査さんと超能力者の謎

リース・ボウエン　田辺千幸 訳

Evans to Betsy

by Rhys Bowen

コージーブックス

JN119906

EVANS TO BETSY
by
Rhys Bowen

Japanese translation rights arranged with
JANE ROTROSEN AGENCY
through Japan UNI Agency, Inc.

挿画／石山さやか

謝辞

わたしを支え、勇気づけてくれるミステリー・コミュニティの多くの友人と、たくさん紅茶を飲み、怪しげな冗談を言い、紫色のなにかを着て、素晴らしいハグをしてくれる女性たちに、本書を感謝と共に捧げます。

いつものごとく、ジョン、クレア、そしてジェーン——わたしの素晴らしい批評家の家族——に感謝します。

本書に登場するセイクリッド・グローヴは、かつては個人の自宅であり、カルト的な人気を博したBBCのテレビドラマ『プリズナー　No.６』の舞台になり、素晴らしいホテルにもなった、ポートメイリオンという美しい村にインスピレーションを得ています。ですが、この村にニューエイジ運動の中心地やドルイド教寺院があったことはありませんし、今後もないでしょう。

『ドルイドについて』という本は、わたしの想像のなかにだけ存在します。そこに書かれている情報は様々な書籍やドルイド教についてのウェブサイトから得たものに、リアンノン独自の創造性を加えてあります。ですので、正確なものだとは考えないでください。

巡査さんと超能力者の謎

主要登場人物

エヴァン・エヴァンズ……………………………スランフェア村の巡査
ブロンウェン・プライス…………………………村の学校の教師
ベッツィ・エドワーズ……………………………パブのウェイトレス
グウィネス・ウィリアムス………………………エヴァンの住んでいた家の大家
エミー・コート……………………………………アメリカの大学生
アナベル・ブランド・タイ………………………ヒーリングセンターの所有者
ランダル（ランディ）・ワンダーリッヒ………超能力者。アナベルの夫
マイケル・ホリスター……………………………アナベルの息子
リアンノン…………………………………………ドルイドの司祭
ベサン………………………………………………ヒーリングセンターの従業員
ベネディクト（ベン）・クレスウェル…………アナベルの財務顧問
ミセス・ロバーツ…………………………………家政婦
ジャック・ワトキンス……………………………北ウェールズ警察の巡査部長
ゲラント・ヒューズ………………………………北ウェールズ警察の警部補
グリニス・デイヴィス……………………………北ウェールズ警察の刑事

我らは暗い地球とひとつ
我らは母とひとつ
オークやイチイの木とひとつ
深い水たまりや井戸とひとつ
流れる水や岩山とひとつ
牧草地や林とひとつ
空や太陽とひとつ
牡鹿や鷲とひとつ
イルカやクジラとひとつ
闇に生きる這いまわるものたちとひとつ
宇宙の生命力は我らすべてのなかにある
アーウェン、生命力、存在、精気
アーウェンは我らのなかにある
我らは宇宙とひとつ

——リアンノン『ドルイドについて』

1

「スランフェア」運転している男は、道路脇の古ぼけた標識を声に出して読んだ。「手始めはここがいいと思ったんだ」ギアを落とすと、ジャガーは不満そうなうなりと共に速度を落とした。前方に村が見える——緑色の壁のような険しい峠の下にいくつかのコテージが固まって建っているだけのささやかな村。

助手席の女性は身を乗り出して、フロントガラスの先に目を凝らした。彼女の年齢を推測するのは難しい——長くまっすぐな髪と化粧っけのない顔にTシャツとジーンズという格好を見ればティーンエイジャーのようにも思えるが、よくよく観察すれば三〇代にも見える。彼女は灰色の石造りのコテージや、丘の中腹にいるひつじたちや、古い石橋の下を躍るようにして流れていく小川を眺めた。「やってみる価値はありそうね」彼女が言った。「辺鄙であることは確かよ。スーパーマーケットもビデオ店もないし、屋根にパラボラアンテナもついていない。でも、陽気な地元の人たちが集まる有名なパブはあるわ」

黒い柱と白い壁の四角い建物の前までやってくると、ジャガーはさらに速度を落とした。

建物の外で揺れるパブの看板には〈レッド・ドラゴン〉と記されている。「陽気な地元の人間はあまりいないようだぞ」彼が言った。「人気《ひとけ》がない。みんなどこにいるんだ?」

「ここはきっと〝ブリガドーン〟のウェールズ版なのよ。一〇〇年に一度だけ、住民が現われるんだわ」彼女はそう言って笑った。「あら、ちょっと待って。だれかいる」金色の巻き毛の若い娘がパブから出てきた。空はどんよりとしていまにも雨が降りだしそうだったが、彼女は外のテーブルを期待をこめて拭き始めた。道路の反対側から大きな声が聞こえて、彼女は顔をあげた。パブの真正面には店が並んでいる。〈G・エヴァンズ　Cyggyd〉(その下にごく小さな文字で〝精肉店〟と書かれていた)、〈R・エヴァンズ　乳製品販売〉、そしてエヴァンズに独占されまいとするかのように〈T・ハリス　雑貨屋〉。

血で汚れたエプロンをつけた大柄で血色のいい男が精肉店から出てきたかと思うと、大包丁を振りまわしながらなにかを叫び始めた。男が手を止めることなく叫び続けるので、車のふたりは訳がわからずに顔を見合わせた。

「陽気な地元の人?」運転席の男は不安そうに小さく笑った。

若い娘は、肉屋の演説にも動じていないようだ。長い金色の髪を振るとなにかを言い返したので、肉屋は笑った。大包丁を楽しそうに振ってから、店のなかへと戻っていく。若い娘はちらりとジャガーに視線を向けたあと、最後のテーブルを上の空で拭いてパブへと戻っていった。

「いまのはいったいなんだったの？」車の女性が訊いた。「あの人たちが話していたのはウェールズ語？」

「ロシア語ではないと思うよ。ここはウェールズのど真ん中なんだから」

「でも、ここの人たちが本当にウェールズ語を話しているなんて知らなかった！　あなたがバークレーで学んだ古代語のひとつだとばかり思っていたのよ。言っておいてほしかったわ。そうしたら、ウェールズ語の集中講座を受けてきたのに。おかげで、事態が難しくなるわ」

彼は女性の膝を軽く叩いた。「大丈夫さ。彼らは英語も話すから。ほら、車を降りて、様子を見てきたらどうだ？」

「わたしが大包丁で切り殺されてもいいの？　このあたりの人たちって、みんな暴力的なのかしら？　きっと、内輪で結婚を繰り返してきたんだと思うわ」

「調べる方法はひとつしかないよ」彼はにやりと笑って、彼女をそっと押した。「そもそもこれはきみのアイディアだったんだし」

「わたしたちのアイディアよ。一緒に考えたじゃない」

彼はじっと彼女を見つめた。「きみが恋しかったよ、エミー」

「わたしもよ。こんなに長くかかるなんて思っていなかった。嫉妬しちゃう」

「その必要はないさ」

布の帽子にツイードのジャケットというでたちの年配男性がせかせかとした足取りで通りを近づいてきて、パブに入っていった。買い物かごを腕にかけた女性ふたりが、話しこみながら通り過ぎていく。変わりやすい天気に備えて英国の人たちの制服——ビニールの合羽にパーマをかけた灰色の髪を覆うスカーフ——を身につけている。ふたりは足を止め、好奇のまなざしで車をちらりと眺めてから、バス停へと向かった。

「ここにいるとまずい」彼が言った。「おれは気づかれるわけにはいかないんだ。この道をずっとあがっていくと大きなホテルがある——見逃しっこないよ。大きなスイスのシャレーみたいで、とんでもなくみっともないんだ。おれはそこできみを待っている。いいね？」

「わかった。一時間ちょうだい」彼女が車のドアを開けると、冷たい風が吹きつけた。「このあたりは冷えるのね。ここがいいっていうことになったら、保温性のある下着を買わないといけないわね」

「パブから始めるといい」彼が提案した。「だれかがいることは確かなんだから」

エミーはうなずいた。「いい考えね。一杯やってくるわ」彼女のほっそりした真面目な顔に笑みが浮かんだ。「幸運を祈っていて」

「幸運を祈る。まったくばかげたアイディアだよ、エミー。うまくいくといいんだがね」

2

大型の車は通りを遠ざかっていった。エミーは長い黒髪をかきあげながら、〈レッド・ドラゴン〉のどっしりしたオーク材のドアを開けた。

居心地のよさそうな暖かい店のなかへと足を踏み入れる。一方の壁は、磨きあげられたオーク材の長いカウンターがほぼ端から端まで延び、頭上では同じ木材の梁に馬具装飾品《ホースブラス》が飾られていた。突き当りにある大きな暖炉には火が入っている。カウンターの向こうには派手な髪形をした金髪の娘がいて、年配男性や泥がこびりついたつなぎの作業着を着たふたりの若者と話をしていた。よそ者に気づくと、低い声で交わされていたウェールズ語の会話が止まった。

「なにか飲みます？」娘が快活な英語で尋ねた。

エミーはカウンターにいる男たちに加わった。「ええ。このあたりの人たちはどんなビールを飲むのかしら？」

「ロビンソンズかしら」娘が答えた。「ギネスやブレインズが好きな人もいるけれど、あれは南ウェールズのビールなのよ。あたしに言わせれば、どうして店に置いているのかわからないわね」

「水みたいに薄いんだ」老人がつぶやいた。

「それなら、ロビンソンズをハーフパイントお願い」

ウェイトレスは男たちをちらりと見た。いかにも気まずそうだ。「悪いんだけれど、女の人は普通はラウンジで飲んでもらっているのよ。そっちに行ってくれたら、注文を受けるから」

「わかった」エミーはかろうじて笑みを作った。いまは波風を立てるときではない。「ラウンジへはどうやって行けばいいの？」

「あのドア口からよ」

エミーがドアのないアーチをくぐるとそこは、磨きあげられた木のテーブルと革張りの椅子がいくつか置かれたひんやりした部屋だった。ここにも暖炉はあったが、火は入っていない。一方の壁に沿って長いオーク材のカウンターがある。ここが男たちが立っていたバーの裏側だと気づいて、エミーはおかしくなった。金髪の娘が振り返った。

「問題ないみたいね？」

「これはウェールズの法律かなにかなの？」エミーは尋ねた。「男と女は同じバーにいちゃいけないってこと？」

「ううん」娘が答えた。「法律っていうわけじゃないけど、昔からそうなのよ。それに、女の人がいると男の人たちは自由にお喋りできないみたい。ほら、悪い言葉を使うかもしれないし、ジョークを言いたいときもあるし」

エミーはおかしくなった。「それじゃあ女の人たちはこっちで座って、編み物の話とかをするわけね？」

「実を言うと、女の人だけでパブに来ることは滅多にないの。旦那に連れられてきたときは、一緒にラウンジに座るしね」娘はカウンターにもたれている年配男性を振り返った。「そうでしょう、チャーリー？　女性が自分たちだけでパブに来ることはないって説明したのよ」

「あんまり来ることはないな」チャーリーが応じた。「おれたちがここにいるときには、女房たちは家で食事の支度をしてなきゃならないからな。それにたいていの女性はビールの味を嫌う。うちのメアは薬を飲んだほうがましだって言っているよ」

ウェイトレスはハーフパイントのビールをエミーの前に置いた。「一ポンドになります」

エミーは硬貨を取り出して、カウンターに置いた。「ありがとう。乾杯。ウェールズ語で〝乾杯〟ってどう言うの？」

「Iechyd da」チャーリーとほかの男たちが声をそろえて答えた。

「イェキ・ダー？」エミーが発音に苦労しながら繰り返すと、全員が笑った。

「あんな寒くて古ぼけたラウンジに彼女がひとりきりっていうのはどうなんだ？」若者のひとりが切り出した。「こっちで一緒に飲んだってかまわないと思うがね」

エミーは、すり切れたTシャツの下で盛りあがる筋肉とぼさぼさの黒髪に目を留めた。悪くないわね。心のなかでつぶやく。この仕事には隠された役得があるのかも。

「ハリーはいやがるでしょうね」ウェイトレスはきっぱりと言った。「それに彼女は、あなたが時々使うような言葉を聞きたくはないと思うわよ、おんぼろ車のバリー。よく、彼女が顔を赤らめそうなことを言っているじゃないの」

「おれが？　おれがいつ、きみが顔を赤らめるようなことを言ったっていうんだい、ベッツィ？」

「あたしは慣れただけよ。あんたには我慢しなきゃならないんだもの」

彼女はエミーを振り返り、申し訳なさそうに笑った。「彼の言うことは気にしないでね」

「彼をなんて呼んだの？」エミーは興味を引かれて尋ねた。

「おんぼろ車のバリーよ。前面に大きなスコップがついたブルドーザーに乗っているから」

「おんぼろ車のバリー。気に入ったわ」

男たちはみなカウンターに身を乗り出し、エミーがゆっくりとビールを飲むさまを興味津々で眺めている。エミーは大学で覚えたように一気に飲み干したい誘惑にかられたが、いまはふさわしいイメージを作ることが大切だと思い直した。ひと口だけ飲んで、グラスを置き、男たちに笑いかける。「おいしい。しっかりしてこくがあるわ」

「きみはビールが好きなんだね？」バリーが訊いた。「アメリカでもビールは飲むの？きみはアメリカから来たんだろう？」

「そうよ。ペンシルベニアから。それにビールはたくさん飲むわ。あなたたちは、薄いし冷たいって思うでしょうけれど」

「レモネードみたいに泡が立つ、薄いやつか。一度飲んだことがある。バドっていったか？」

バリーが友人を振り返ると、友人はうなずいた。

「お嬢さんはここには旅行で？」チャーリーが訊いた。

カウンターごしに話をするのは問題ないらしいと気づいて、エミーはおかしくなった――まるで格子のある修道院みたいだ。「実は研究のために来たの。わたしはペンシルベニア大学の学生で、心理学で博士号を取るつもりなんだけれど、論文のテーマが超能力なの」

「面白いじゃない！」ウェイトレスは感心したように男たちをちらりと見た。

話すべきことはたっぷりと練習してきたので、エミーの口から出てくる言葉はよどみがなかった。ここまでの展開に彼もきっと喜んでくれるだろう。「わたしがここに来たのは、ケルト人は超能力があることで有名だからなの。純血のケルト人がまだいるとしたら、きっとここのようなところだわ。わたしは超能力がある人を探しているの」

「お茶の葉を読むとかそういうようなこと？」ウェイトレスは熱心に身を乗りだしている。

「そう、そういうようなこと。未来がわかるとか、予言的な夢を見るとか、危険を察知するとか——古代のドルイド僧たちはそういった能力を持っていたはずなのよ」

「ナイン《nain》が数年前に亡くなったのが残念だわ」ウェイトレスが言った。

「ナイン《nine》がなんですって？」エミーはけげんそうに訊き返した。ケルト神話では九《ナイン》が重要な数字であることは知っているけれど、でも……

「ナインよ——ああ、ごめんなさい、祖母のこと。ウェールズ語で祖母をナインって言うのよ。時々、ごちゃごちゃになっちゃうの」

「それじゃあ、あなたのおばあさんは超能力者だったの？」

「ええ、そうよ。そうだったわよね、チャーリー？」ベッツィは年配男性に向き直った。

「何度かデリン・コーフを見たことがあるんだから。それともキャンウィル・コーフだった？」

「それはなに？」エミーはメモ帳を取り出して、書き留め始めた。

「デリン・コーフは死の鳥で、キャンウィル・コーフは死のろうそくのこと。どっちも同じよ——だれかが死にかけているときに見えるんですって」

「そいつはロイドのじいさん雄鶏だったんじゃないか」おんぼろ車のバリーが笑いながら言った。

「そうなの。ある晩、家に帰ってきた祖母がこう言ったのよ。〝ハウ・ロイドは朝までもたないね。デリン・コーフが彼の物置の屋根にとまっていたよ〟」

「興味深いわ」エミーが言った。「あなたのおばあさんがそれを見たのね?」

「あんたは黙ってて、バリー」ベッツィがぴしゃりと彼の手を叩いた。「それがなんであれ、祖母の言ったとおりだったの。ハウは朝になる前に亡くなった。祖母が屋根の上に鳥を見たというのも本当」ベッツィは身震いした。「そのことを思い出すたびに、鳥肌が立つの。それにお茶の葉を読む名人だった。それがあたしのナイン」

「今週の土曜日の夜、きみは村のハンサムな男とデートをするって彼女は言っていなかったかい?」バリーはカウンターに身を乗り出し、ベッツィにぐっと顔を寄せた。

「言っていたけれど、エヴァンズ巡査にはまだ誘われていないわね」ベッツィはさらりと答えた。「たっぷりとほのめかしたのに」

年配の男性がくすくす笑った。「おまえは彼女にはかなわないよ、バリー」

「エヴァン・エヴァンズを追いかけるなんて、彼女は時間を無駄にしているのさ」バリーは不満げに応じた。

「あたしはそうは思わないわね」ベッツィは挑むような目つきを彼に向けた。

「きみだってわかっているはずじゃないか。ブロンウェン・プライスが奴をしっかり捕まえている。きみの揺すぶりが足りないんだと思うね」

「これからどうなるかしらね？」ベッツィはぴったりしたセーターを撫でおろした。「そのうち、チャンスをつかむから。そうしたら、自分がなにを逃していたのかを彼に教えてあげるのよ――たとえその前に、いまいましいブロンウェン・プライスを山から突き落とさなくちゃならなくてもね！」

男たちは声をあげて笑い、ベッツィも笑ったが、カウンターの向こう側でエミーがひとりで立っていることを思い出して彼女に向き直った。「ごめんなさいね。あの人たちのことは気にしないで。地元の警察官に熱をあげているからって、いつだってあたしをからかうのよ」

「全然悪いことじゃないわ」エミーは言った。「それより、未来がわかるっていうあなたのおばあさんの話を聞かせて、ベッツィ。それがあなたの名前よね？」

「ええ、そうよ。ベッツィ・エドワーズ」

「初めまして、ベッツィ。わたしはエミー」彼女は手を差し出し、ベッツィはぎこちなくその手を握った。「それで、おばあさんのことだけれど」

「祖母は未来が見えることで村では有名だったの。そうよね、チャーリー？」

「ああ、そうだ」チャーリーはうなずいた。「なにかが起きる夢を見ると、そのとおりになった」

「すごいわ」エミーはふたりに微笑みかけた。「あなたはその才能を受け継いではいないの？」

「あたし？」ベッツィは顔を赤らめた。「いいえ。そうは思わない。でも……」

「なに？」

「時々、電話が鳴る前からかかってくるのがわかる。そういうことはあるわ」

「ほらね。あなたにはきっと超能力があるのよ。でもまだその力を使っていないだけなんだわ」

「彼女の〝力〟ね」おんぼろ車のバリーは友人をつついた。

「あんたは黙ってて、バリー」ベッツィが言った。「真面目な話をしているんだから。それじゃああなたは、未来が見える祖母の力をあたしが受け継いだって思うの？」

「子孫に受け継がれることがけっこうあるの」エミーが言った。「女系のほうに。ひょっとして、あなたは七番めの子供だったりする？」

「いいえ。あたしはひとりっ子。母もひとりっ子だった」

「完璧だわ。それって最強の関係よ。ひとり娘のひとり娘。これ以上は望めない」

「本当にそう思う？」ベッツィは言葉に詰まった。「わお、それってすごくない？　あたしに未来が見えるなんて！」

「ドンカスターの二時半のレースでどの馬が勝つかを、おやじさんに教えてやれるな」バリーは黙っている友人の脇腹をもう一度つついた。

「そんな力を持っているなら、なにか正しいことに使わなきゃいけないのよ」ベッツィは真面目くさって言った。「競馬で勝つことじゃなくて」

エミーはメモ帳をパラパラとめくった。「あなたの名前と電話番号を教えてくれる？もしよかったら、あなたの検査をしたいの」

「検査？」ベッツィは不安そうにチャーリーを見た。

「管理された環境であなたの超能力を検査しなくてはいけない……」

「病院には行きたくない」ベッツィが言った。

「あら、そういうことじゃないのよ」エミーは微笑んだ。「わたしはセイクリッド・グローヴという場所で研究することになっているの。知っている？」

「聞いたことがないわ。それってウェールズにあるの？」

「ポルスマドグ近くの海岸にあるでかいところじゃないか？」チャーリーが口をはさんだ。「どこかのいかれたイングランド貴族の私有地だったところだ。ティギーとかなんとかいう名前だったかな？」バリーが言った。

「ブランド・タイだよ」チャーリーが答えた。「まったく教養のないやつだ」

バリーはにやりと笑った。「あいつらみんな頭がおかしいらしいな？　その貴族のじいさんは、詩みたいなものを口ずさみながらパジャマで村を歩きまわっていたんじゃなかったか？」

「彼の娘があそこを病院だか療養所だかに変えたって、どこかで読んだ気がする」チャーリーが言った。

「きっと精神科病院だろう」バリーが言った。「気をつけたほうがいいぞ、ベッツィ。そんなところに連れていかれたら、二度と出てこられないかもしれない」

「あたしは精神科病院になんて行かないから」ベッツィは不安そうだ。

「全然違うわ」エミーがあわてて否定した。「あそこはニューエイジ・センターなの」

「ニューエイジ・センター？」チャーリーが訊き返した。「老人施設みたいなものか？」

「ニューエイジよ」エミーは繰り返した。ここの人たちはまさにうってつけだ。まったくなにも知らない。「いかしたことをいろいろとやっているの――代替療養とか、超能力の研究とかそういったこと。わたしはまだ行ったことがないんだけれど、あそこの人たちと連絡は取っていて、施設もスタッフもとても素晴らしいみたい」エミーは期待に満ちた笑みをベッツィに向けた。「わたしはこの村に着いたばかりなの。落ち着いたら、一緒にそこを見に行かない？　気に入るかどうか、とりあえず見るだけでも。どう？」

「いいわ」ベッツィが答えた。「見るだけならかまわない」

「それじゃあわたしは、そろそろ行かないと」エミーがいった。「することがたくさんあるのよ。ほかの村にも超能力がある人を捜しに行かなきゃならないし、滞在場所も見つけないといけない。ホテルは高すぎるんですもの。あまり高くないB&Bを知らないかしら?」

「このあたりはあまり観光に力を入れていないんだ」チャーリーが説明した。「モーガンの農場だったところに、休暇用のコテージがいくつかあるが、そこそこの値段だと聞いているよ」

「どこかで部屋を借りられるといいんだけれど。朝食を作ってもらえるともっといいわ」エミーが言った。「作業はかなり大変になるはずだから」

「空くかもしれない部屋なら心当たりがある」ベッツィが不意に口を開いた。興奮したまなざしを男たちに向ける。「そうじゃない? エヴァン・エヴァンズがあのコテージに引っ越すなら、ミセス・ウィリアムスの家の部屋が空くわ」

「彼は本当に引っ越すことに決めたのか?」チャーリーが訊いた。「考えているとは聞いたが、ミセス・ウィリアムスにあれほど面倒を見てもらっているわけだから、最後の最後で気が変わるかもしれないだろう?」

「引っ越すって言ったなら、彼は引っ越すわよ」ベッツィはきっぱりと言った。「とにかく、今度彼が来たときに訊いておく」

「よかった。あなたの電話番号は聞いたから、また連絡するわね。スランフェアに部屋が借りられたら、すごく便利だわ。それじゃあ、よろしくね、ベッツィ」

「わかった」

「わたしのことはエミーって呼んでね」彼女は親しげな笑みを浮かべた。「それじゃあ、また、ベッツィ」

彼女がアーチをくぐってメインのバーに戻ったちょうどそのとき、ドアが開いて肉屋の男が入ってきた。血に汚れたエプロンはつけていない。店内を見まわした彼の視線がエミーの上で止まった。ウェールズ語でなにかをまくしたてられ、エミーはあわててその場から移動した。大包丁を振りまわしていた狂暴な男のことをエミーはすっかり忘れていた。彼はこの村で、危険なやり方で生計を立てているのかもしれない。

ベッツィがウェールズ語で返事をすると、彼は体の力を抜いてカウンターへと近づいてきた。

「ごめんね」ベッツィが言った。「肉屋のエヴァンズは、今朝は機嫌が悪いのよ。ゆうべのサッカーの試合で賭けをしてたの。彼はマンチェスターユナイテッドに賭けてたんだけど、あたしが言ったとおりリバプールが勝ったから」

「サッカーの試合？」エミーの頬が思わず緩んだ。

「ミスター・エヴァンズは審判が公平じゃなかったって思っているの。ファウルじゃないのに、一番いい選手にレッドカードを出したって。でもいまは、ちゃんと紳士らしく払うつもりでいるのよ」ベッツィが言った。

肉屋のエヴァンズはきまり悪そうに笑った。「マンチェスターユナイテッドみたいないいチームが、リバプールのようなうすのろの集まりに負けると、胸が痛むのさ。それだけだ。だがおれたちにはどうしようもないだろう？　だから、ロビンソンを一パイントくれないか、ベッツィ」

ベッツィがビールを注いでいるあいだに、エミーはパブを出た。急ぎ足で村の大通りをのぼっていく。鮮やかな色に塗られた玄関のドアにぴかぴか光る真鍮の郵便箱、きれいに磨かれた玄関前の階段といった、どれも同じような一連の灰色のコテージの前を通り過ぎた。春の花を植えたプランターを置いている家もある――灰色の石を背景にした水仙の黄色やヒヤシンスの青が鮮やかだ。どれも素敵で、明るくて、そして古くさい、と彼女は思った。現実世界から切り離されている。ここの住人はニューエイジを聞いたことすらないと言ったら、彼はどれほど笑うだろう！

奥に校舎がある校庭の前を通り過ぎた。開いた窓から、なにかを唱える幼い声が聞こえてくる。当然ながらウェールズ語だったけれど、九九かもしれないと彼女は思った。学校の向こうは村の最後の建物――二軒の礼拝堂だ。通りをはさんで立つその建物は、しっかりした石造りでまるで鏡に映したかのようにそっくりだった。それぞれ掲示板があって、ベテル礼拝堂とベウラ礼拝堂と記されていた。どちらにも聖書の言葉が書かれている。片方には〝だれでも、求める者は、受ける〟（新約聖書　ルカによる福音書11：10）、もう一方には〝『主よ、主よ』と言う者が皆、天の国に入るわけではない〟（新約聖書　マタイによる福音書7：21）とあった。

エミーはにんまりしながら、その前を通り過ぎた。このど田舎の人たちは、本当になにも知らない。聖書のふたつの引用が相反しているということすら、理解していないのかもしれない。

彼が言っていたホテルは坂をのぼり切ったところにそびえ立っていた。彼の言葉どおりの、けばけばしい飾り枠にゼラニウムのプランターが飾られた醜い巨大なシャレーだ。荒涼としたウェールズの山地にはまったく似つかわしくない。目立たない石造りの看板に〝エヴェレスト・イン〟と金の文字で記されていた。奥にある駐車場には高級車が何台か止まっているので、ジャガーが浮いて見えることはなかった。エミーは車に歩み寄って、乗りこんだ。

彼は期待に満ちた顔を彼女に向けた。「それで？」

エミーは髪をかきあげ、満面に笑みを浮かべた。「早速、狙いどおりのものを見つけたわ。彼女はまさにうってつけよ」

3

リアンノン著『ドルイドについて』からの抜粋

ドルイド僧とは何者か？

多くの人はドルイドという言葉を聞いて、真夏の夜にストーン・ヘンジで生贄を捧げる白いローブをまといひげを生やした男性を連想することだろう。だがそれは事実ではない。ストーン・ヘンジは、最初のケルト人が英国にやってくるはるか以前に作られたものだし、ドルイド僧には男性ばかりでなく、女性もいた。またドルイド僧は確かに生贄を捧げたが彼らは血に飢えていたわけではない。

それではドルイド僧とは何者だろうか？　ケルト文化の宗教の最盛期、彼らは、ときに軍の指導者に助言をし、ときに未来を予言する、支配階級の祭司だった。儀式を執り行う立場ではあったが、ただの祭司ではない。生贄を伴う儀式や予言や超自然の世界のコントロールに携わるだけでなく、政治にも関わっていた。彼らは教師であり、口頭伝承を受け継ぐ者でもあった。哲学者であり、シャーマンであり、医者であり、裁判官であった。彼らは恐れられ、崇められていた。

ジュリアス・シーザーはこう書いている。〝彼らには判決をくだし、報酬と罰を決める権利がある〟

古文書によれば、ドルイド僧は一人前の祭司になるために二一年間の勉学を終えなければならなかったという。

ドルイド僧の職能には三階級がある。

バード：詩人であり、歌い手であり、音楽家であり、系図学者であり、歴史家

ヴァテス：占い師であり、お告げをする者

ドルイド：聖職者であり裁判官

シーザーはこうも書いている。〝彼らは星や天体運動や、物事の本質的な性質や、不死の神の力と権威についてくわしく、そういったことを生徒たちに教える〟。

様々な面において、彼らはヒンドゥー教のバラモンやバビロンのカルデア人の天文学者に似ている。現在もそうであるように、当時の彼らはふたつの世界――見えるものと見え

「お願いだから泣かないでくださいよ、ミセス・ウィリアムス」エヴァン・エヴァンズ巡査はぎこちなく手を伸ばし、下宿の女主人の肉づきのいい肩を軽く叩いた。だが、ハンカチを顔に押し当ててすすり泣くふくよかな体つきの女性の声が、いっそう大きくなっただけだった。

「息子を失くすみたいな気分ですよ」彼女は言った。「あなたは、わたしが持つことのできなかった息子みたいなものだったんですから」

「遠くに行くわけじゃないんですから。通りのすぐ向かいじゃないですか。毎日会えますよ。お茶を飲みに寄って、お喋りだってできます」

「でも、同じじゃありませんよ」

「ほら、泣き止んでください」エヴァンはぎりぎり届くところまで、彼女の肩におそるおそる手をまわした。「そろそろぼくもひとり立ちするときだと思いませんか？　ずっとあなたに面倒を見てもらうわけにはいかない。自分の足で立つことを学ばなければならないんですよ」

ミセス・ウィリアムスは懸命に気を取り直そうとした。全身を震わせるようにして大きくため息をつく。「そうなんでしょうね。いつかはこの日が来るってわかっていたんですよ」

「ぼくだって楽しみで仕方がないっていうわけじゃないんです」エヴァンは言った。かがみこんで、自分の部屋の床に置かれている荷物が入った段ボール箱を持ちあげる。「一年以上もあなたのおいしい料理を食べたあとで、自分で作らなきゃいけない——慣れるまでしばらくかかるでしょうね。ひと月もしないうちに、きっと骨と皮になっていますよ」

「いつでもディナーを食べに来てくれていいんですよ。わかっていますよね」ミセス・ウィリアムスが言った。

「はい」エヴァンはにこやかに微笑んだ。「でも、そういう問題じゃないんですよ。ぼくがちゃんとひとりで暮らしていけるようになるまで、ブロンウェンは真剣に付き合ってはくれない」彼は箱を肩にかついで、階段をおり始めた。「まったく彼女の言うとおりですよ。ぼくは母の料理からあなたの料理へと移ってきただけだ。本当にひとりで暮らしたことはないんです。どうやって自分の面倒を見ればいいのかわからない人間が、夫や父親になれるはずがないですよね？」

「それじゃあ、決めたんですか？　ブロンウェン・プライスと結婚して、落ち着くことを考えているんですか？」ミセス・ウィリアムスの涙はすっかり止まっていた。エヴァンのあとを追って、あわただしく階段をおりてくる。「あなたたちが付き合っていることは、もちろんみんな知っていますけれど、でも……」

「考えています」エヴァンは答えた。「ぼくも三〇歳だ。落ち着いてもいい頃です」

「まあ、悪くないんでしょうね」ミセス・ウィリアムスは渋々応じた。

「悪くない？　これ以上は望めないと思いますけれどね。彼女は素敵な女性だ。違いますか？」

「それは否定しませんよ。いい人ですよ。分別もあるし。でも言わせてもらえば、少しばかり真面目すぎますよね。男の人は人生に楽しみが必要なんですよ。時々はダンスに行ったりとか。一日の仕事を終えたあとは、くつろがないと」

「ぼくはベッツィとデートするべきだって言っているんですか？」彼女がなにを言いたいのか、エヴァンにはよくわかっていた。彼がここで暮らすようになってからというもの、彼女は決してさりげないとは言えない口調で、定期的に同じことをほのめかしてきたのだ。

「ベッツィ・エドワーズ？　バーのベッツィ？　まさか《エスコブ・アンウイル》！　そんなことは言っていませんよ。ベッツィは気まぐれすぎて、どんな相手だろうときちんとした妻にはなれません。あなたに必要なのはしっかり家を守ってくれて、それでいて楽しむことも知っている女性ですよ」

ミセス・ウィリアムスは手を伸ばして、玄関のドアを開けた。冷たい風が吹きこんで、箱の一番上に積んである本のページをめくった。「ここに住んでいるあいだは、シャロンを誘いたくなかったのはわかりますよ。それは理解できます。若い男性は恋愛についてはプライバシーが欲しいものですからね。彼女のおばあさんが目を光らせているなかで、求愛なんてできませんよねえ。でもこれからはひとり暮らしを始めるわけだし、あの子を誘ってみたらどうですかね？　わたしは賛成ですよ。そうしたら、シャロンが素晴らしい料理人で、素晴らしくダンスも上手だっていうことがわかりますから」

エヴァンは彼女に背を向けていたので、無意識のうちにしかめていた顔を見られずにすんだことにほっとしていた。ミセス・ウィリアムスの孫娘のシャロンは、彼がなにか言うたびに女学生のようにくすくす笑うし、あまりに熱心で、しきりにべたべたと触ってくる。まるでセントバーナードの子犬を払いのけているような気分になるのが常だ。

「彼女は男性をとても幸せにしてくれるでしょうね、ミセス・ウィリアムス」エヴァンは言った。「でもぼくのことはよく知っているでしょう？　ぼくは物静かなタイプなんです。ダンスとかそういうことにあまり興味はない。ブロンウェンとぼくはお似合いなんですよ。ありがとうございます」

エヴァンは、風がさらっていこうとする荷物を上から押さえながら、強風のなかに歩み出た。春のはずなのにと暗い気持ちで考えた。ゆうべはスノードン山にまた雪が降ったのだ。道路を渡りながら山を見あげたが、厚い毛布のような黒い雲に覆われて頂上は見えなかった。道路の反対側には、鉱山の村でよく見かける灰色の石の連棟住宅のコテージがずらりと並んでいる。エヴァンは二八と書かれたドアの外に箱を置いた。二六から三〇までの家との唯一の違いは、その家のドアが赤いことだった。ウェールズの田舎では、こういったとっぴで目立つ色は眉をひそめられる。最後にここに住んでいたミセス・ハウエルズという名の未亡人は、赤いドアのせいでずっと軽はずみだと思われていた。ここで暮らしていた一五年のあいだ、目立ちたがるようなことは一度もしなかったにもかかわらず、地元の女性たちはいまも彼女のことを〝二八番地のミセス・ハウエルズ、赤いドアの家の軽はずみな女性〟と呼ぶ。彼女はいまカーディフ――よりによって――で娘と暮らしている。これもまた、彼女の判断がいくらかずれていることを証明していた。

コテージが空くという噂を耳にしたエヴァンは、即座に飛びついた。競争相手が大勢いたわけではない。ウェールズのたいていの村同様、スランフェアの人口は減っていたし、住人はどんどん年を取っている。スレート鉱山が閉鎖されてから仕事はなく、近くのホテルで給仕をするか、ベッドを整えるくらいしか、若者にできることはなかった。

エヴァンは鍵穴に鍵を差しこみ、まわし、ドアを押し開けた。箱を持ちあげ、なかに入る。使われていない家のじっとりと冷えた空気が彼を包んだ。温かく迎えてくれるミセス・ウィリアムスの家の玄関ホールとは大違いで、エヴァンはうらやましげに通りの反対側を振り返った。この場所を〝我が家〟にするのに、どれくらいかかるだろうと考えた。

いまあるのは、片手鍋がふたつ、ブロンウェンにもらった不揃いの陶器がいくつか、天板がプラスチックのテーブル、バンガーにあるディスカウント店で買った二脚の椅子とシングルベッドだけだ。幸先のいいスタートとはとても言えない。

エヴァンはそのまま居間兼食堂となる奥の部屋へと進み、床に箱を置いた。あばた模様の茶色いリノリウムのせいで、いっそう寒く、陰鬱に感じられる。まずは敷物を買う必要がありそうだ。午後にバンガーかスランディドノーに行って、リサイクルショップをざっと見てまわろうと思った。巡査の給料では、欲しいものすべてを一度に買うことはできない。それにここは仮住まいなのだからと、エヴァンは自分に言い聞かせた。運がよければ、村の上の国立公園内にある羊飼いの古いコテージを建て直す許可がおりるだろう。それは彼の夢で、国立公園の担当部署から返事がくるのを、ここ数か月辛抱強く待っていた。あそこに自分のコテージを建てたら、好きなように家具を備えることができる――いや、ブロンウェンの好きなようにだ。彼女はあそこで暮らしたいとはっきり言っている。結婚に関しては、なにも触れようとしないけれど。その点については彼も同じだった。それはまるで、氷の穴のまわりを慎重にスケートで滑っているみたいだった。

ブロンウェンがここにいてくれれば手伝ってもらえたのにとエヴァンは思った。けれど、彼の部署は経費削減を行っていて、週末は一週間おきにしか休めない勤務体制になっている。ブロンウエンが村の学校で授業をしている火曜日に引っ越しをしているのはそういうわけだ。エヴァンはランプを取り出し、どこに置こうかと部屋を見まわしたものの、ほかに適当な場所が見つからなかったので炉棚の上に置いた。ミセス・ウィリアムスの家に戻ろうとしたとき、玄関のドアが開いてブロンウェンが駆けこんできた。

「まだあまり進んでいないのね？」彼女はドア口に立ち、とがめるようなまなざしで家のなかを眺めた。紺色のフィッシャーマンズセーターが、瞳を同じくらい濃い青色に見せていて、風のなかを歩いてきたために頬はピンク色に染まっている。灰色がかった金髪を長い三つ編みに結っていて、結びきれなかった幾筋かの髪が顔の上で揺れていた。

「どうしてここに？」エヴァンの顔がぱっと輝いた。「ぼくに会うために、子供たちを放ってきたわけじゃないだろうね？」

ブロンウェンはにっこりと笑った。「いまはランチタイムよ。お母さんふたりがボランティアで付き添ってくれているから、少しだけ抜け出してあなたがどんな具合かを見に来ることにしたの」彼女は髪を耳にかけながら、部屋を見まわした。「まあ。こんなにわびしい家だったかしら」

「最後にきみが見たときは、ミセス・ハウエルズの家具があったからだよ。それに床には敷物があった」エヴァンは言った。「まず敷物を買うべきだろうね。それから鍋にフライパン、椅子とテーブル、衣装ダンス、整理ダンス――それから食べ物も」

「お給料でもあがったの？」

「午後にバンガーに行って、リサイクルショップを見てこようと思っている。家具をそろえるにはそれしかないよ」

ブロンウェンはうなずいた。「コテージにふさわしくないものには、あまりお金を使いたくないものね」

「許可がおりればだけれどね」エヴァンはため息をついた。「国立公園内にあるものはすべて自然に戻すべきだって考えている偏屈者の年寄りが、委員会にいるんだろうな」

ブロンウェンはエヴァンに近づくと、彼の首に腕をまわした。「許可はおりるわ。辛抱強く待つことね。そのあいだに、サバイバルのための貴重な経験が積めるじゃない」

「まるでぼくが徒歩で南極大陸を横断しようとしているみたいな言い方だね」エヴァンは笑いながら言った。「まあ、ぼくの料理の腕では、すぐに飢えて死ぬかもしれないが」

「冗談でしょう?」ブロンウェンは彼から離れると、からかうように軽く頬を叩いた。「半分はわたしのところで食べるんだろうし、ミセス・ウィリアムスがきっと毎日なにかを持ってくるだろうってこと、よくわかっているくせに」

「いつでもディナーを食べにくるようにと言われているよ」エヴァンが応じた。「だがぼくは、頑として誘惑に抗うつもりだ。テイクアウトも冷凍食品も使わない。きみがクリスマスにくれた料理本があるから、料理を覚えるつもりだよ。見ていてほしいな」

「あなたを誇りに思うわ。いずれあなたがわたしをディナーに――」

エヴァンのポケベルが鳴ったので、ブロンウェンは言葉を切った。ベルトにつけていたポケベルを見て、エヴァンは顔をしかめた。「勘弁してほしいな。本部から電話だそうだ」

「それっておかしくない？」ブロンウェンは腹立たしげに言った。「あなたの週末を半分奪って、代わりに役に立たない週日の休みを二日与えておきながら、その休みの日に電話をかけてくるなんて」

「ぼくは警察官なんだよ、ブロン。この仕事にはつきものだ。緊急事態になれば、休みは関係ない」

「でもここ最近、あなたとまともに会えていないのよ。週日はわたしが採点に忙しかったし、あなたは週末ずっと仕事だった。グリデル・ヴァウルをひとりでハイキングしなければいけなかったんだから」

「そのことならすぐにでも解決できるさ」エヴァンは彼女の肩に手をかけた。「この家を整えるのはやめて、きみのところで一緒に暮らせばいい」

「あら、地元の人たちがさぞ歓迎するでしょうね！」ブロンウェンは笑った。「ふたりの牧師たちの日曜日のお説教の格好の材料になるわ。それに」手を伸ばして彼の頬を撫でる。「これは目的があってしてることでしょう？」ブロンウェンは彼の頬にあわただしくキスをした。「もう行かないと。わたしがいないと、子供たちが好き勝手するわ」

エヴァンは彼女を玄関まで送り、坂を駆けあがっていく彼女を見送ってから、丘の下にあるこじんまりした警察署に向かった。

「エヴァンズ巡査。連絡がついてよかった」通信連絡係のメガンが電話に応じた。「休日にすみません。警部が話したいことがあるそうなんですが、会議のために朝のうちにバーミンガムに出発しなくてはならないんです。警部が考えている組織の再編成についてです。結論として、あなたを――より機動的にすることにしたようです」

「いますぐに話がしたいということかい？」

「直接話がしたいので、来てもらいたいと言っています。来られますか？　休日なのはわかっていますが……」

「三〇分で行く」エヴァンは答えた。

電話を切り、おんぼろ車に乗りこむ。三度目でようやくエンジンがかかった。地域の警察官に警察車両は与えられておらず、必要なときにはカナーボンから機動隊が応援として送られてくる。これはエヴァンの車だった――長年乗っている車だ。〝より機動的〟――いったいどういう意味だろう？　その言葉を口にしたときの彼女は、ずいぶんと意味ありげだった。彼が知らないことを知っているのだろうか？　昇進とか？　ついに私服刑事になれるんだろうか？　エヴァンはアクセルを踏みこみ、エンジンが文句を言うのを聞きながら駐車場から車を出した。

「やあ、エヴァンズ。よく来てくれた」メレディス警部のいつもの挨拶だが、なにか問題があるときには〝やあ、エヴァンズ〟だけで、〝よく来てくれた〟は省かれる。というわけで、困った事態に陥っているわけではないことがわかった。

「すぐに来てくれてよかった」これもいつもの台詞の一部だ。「座りたまえ」

警部はいつものようにシャツの袖をまくりあげていて、部屋が気持ちよく暖められていることにエヴァンは気づいた。ここではセントラルヒーティングの経費削減は行われていないようだ。

「それで、最近のスランフェア《Llanfair》はどうだね？」警部は、ウェールズ語を話せない人たちが皆そうであるように、Llの発音がうまくできない。彼は北ウェールズ出身ではあるものの、高級住宅地化していると言われている海辺の町スランディドノーの生まれで、そこではウェールズ語を話す人間のほうが珍しかった。

「変わりありません、サー」エヴァンは来客用の硬い木の椅子に腰をおろし、警部がくだらないお喋りを止めてさっさと本題に入ってくれればいいのにと考えた。期待で苦しくなりそうだ。

「しばらく死体は見つかっていないのかね？　きみはさぞ退屈だろうね」警部は笑った。儀礼的な笑い声だ。エヴァンは笑みを浮かべただけで、あえてなにも言わなかった。殺人事件を解決する彼の能力が、上層部に常に好意的に受け入れられているわけではないことはわかっている。それどころか、刑事になるための訓練を受けさせてもらえないのはそのせいかもしれないと思うこともあった。

「この時期のスランフェアはかなり静かなのではないかね？　迷子になったり、動けなくなったり、鍵をなくしたりする観光客がいないわけだから」

「そのとおりです、サー」

警部補は座ったまま身を乗りだした。「そこでだ、エヴァンズ。部門にかかる経費を大幅に削減するよう、コルウィン・ベイから指示されていることはきみも知っていると思う。提言のひとつが、小さな支所を閉鎖して人員を本部に集約するというものだ」

「ぼくがここに配属になる前に、それは一度試したんじゃありませんでしたか？　現場に警察官がいると犯罪抑止になることに気づいたんだと思っていました」（良識のある人間ならとっくに気づいていたはずだがと、エヴァンは考えた）

「確かに。だが村の人口はどんどん減っているだろう？　数年後には、観光客のためだけに存在するようになるだろう――ウォルト・ディズニーのウェールズ版だよ。B&B、工芸品店、昔風の鍛冶屋――その手のたぐいだ」

「ですが、それはまだ先のことです」エヴァンは言った。「スランフェアには少なくともまだ数百人の人が暮らしていますし、ほかにも小さな村はいくつもあります」エヴァンはまっすぐに警部を見つめた。どんどん気分が落ちこんでいく。あれこれと想像しながら、期待を抱いて急いでここまでやってきたのだ。話の展開がどうにも気に入らない。「スランフェアの警察署を閉めることを考えているんですか？」

「いまは考えていない。だが、充分に活用できていない警察官を置いておく余裕はないんだ。きみに忙しい時期があるのは知っている。実際きみが来てから、いくつか大きな事件があって、きみの存在がとても――」〝便利だった〟と言うのだろうとエヴァンは思ったが、警部は違う言葉を口にした。「事件の素早い解決に役立ったことは確かだ。だが一方で」警部は日誌を手に取った。「電話の応対をして紅茶を飲むくらいしかすることがない日もあるようだ」

「それほど問題だとは思いません」エヴァンは言った。「なにもすることがないときには、書類仕事を片付けています。このあたりでも、たいして忙しくない日だってあると思いますが」

警部は笑顔を作った。エヴァンはこれ以上じらされることに我慢できなくなった。「それで、ぼくをどうするつもりなんですか?」

「きみの受け持ち区域を広げようと思う」メレディス警部が答えた。「いまきみの受け持ち区域は、徒歩で移動可能な地域に限られている。きみが優れた登山家で、山での事故に対応できることはわかっているが、当然ながら時間がかかる。そこで我々はオートバイを支給することで、きみの仕事を楽にしようと思っているのだ」

「オートバイ?」エヴァンはおおいに驚いたし、失望もしていた。「ぼくはオートバイに乗ったことはありません、サー」

「問題ない。もちろん、訓練は行う。オートバイを支給することが、スランフェアの警察署を維持する理由になるんだ。きみはスランベリスからベズゲレルト、頻繁に使われる山道までパトロールできるようになる。近頃ではだれもが携帯電話を持っている。困った事態に陥った登山客やハイキング客から電話があれば、きみがすぐに駆けつけることができるというわけだ」警部は素晴らしいプレゼントを差し出したかのようににんまりと笑った。

「それで——えーと——ぼくはいつ——オートバイをもらえるんですか？」エヴァンは尋ねた。心の内が声に出ないように気をつけた。買ってほしいと友人たちが両親に懇願していた十代の頃でさえ、彼はオートバイを欲しいと思ったことがない。寒そうだし、乗り心地も悪そうだとしか思えなかった。車なら濡れることもないのに、顔で雨を受け止める意味がわからない。動けなくなった観光客を探すために、嵐のなか、山道をオートバイでのぼっていくところを想像してみた。気持ちの浮き立つ光景ではない。

「もう届いていて、点検してもらっている。機動隊になってもらうのはきみを含めて五人の巡査だ。それぞれ訓練のスケジュールを組まなければならん。全体のスケジュールを確認して、いつなら訓練を受けられるかを考えておきたまえ。できるだけ早く終わらせてほしい。そうすれば観光客が一斉にやってくる前にきみの準備ができるからね」

エヴァンは立ちあがった。「それだけでしょうか、サー？」

警部は両手を伸ばし、椅子の背にもたれるようにして伸びをすると、ぽきぽきと指の関節を鳴らした。「うむ、それだけだ。もう帰っていい。我々が見ていないところで、ウィリーなんてするんじゃないぞ」彼はまたくすくす笑った。

エヴァンはドアのほうへと歩きかけたところで、振り返った。「ぼくの要請はどうなりましたか？　私服刑事への異動ですが。可能性はありますか？」

「経費削減が進行中のいまは、残念ながらない。私服刑事は必要最小限にまで減らさなくてはならんのだ。それにわたしは優秀な警察官を急いで手放すつもりはないのでね」

エヴァンは廊下に出ると、玄関へと向かった。カフェテリアに寄ってお茶を飲んだり、だれかとお喋りをしたりする気分ではない。エヴァンが前を通りかかると、陽気な通信指令係のメガンが窓から顔を突き出して言った。「警部と会ってきたんですか？　わたしのジョークを気に入ってくれました？　機動的って言ったでしょう？」

「面白かったよ」エヴァンはそう言い残すと、スイングドアを押し開けた。

4

雨が降りだしていた。地元の人間は、こんな霧雨の日を〝穏やかな日〟と呼ぶ。雨だと意識することもないが、実は強い雨と同じくらいぐっしょり濡れる。エヴァンは襟を立てることすらしなかった。いまの気分にふさわしい。メガンの笑い声が頭のなかで反響していた。

エヴァンは自分の車を通り過ぎ、駐車場を抜けて、新しいオートバイが待っている整備小屋に向かった。さっさと気持ちの整理をつけて、見ておくに越したことはない。オートバイに対してどうしてこれほど否定的な感情を抱いているのか、自分でもわからなかった。一度も持ったことはない。若い頃の友人にも持っていた者はいなかった。それなのになぜ、これほど乗りたくないと思うのだろう？　気になっているのは、寒さや顔を打つ雨ではない。ウェールズの山地で育った人間はだれもが、寒さにも顔を打つ雨にも慣れている。スクールバスを待っているときや、ラグビーをしているときにいやというほど経験してきた。ハイキングや登山の際に、天気を気にしたこともない。それ以外になにかあるはずだ……

エヴァンは記憶を探った。スピード狂だったことはないが、スピードを怖いと思ったこともない。ありえない角度に傾きながら急カーブを曲がっているオートバイが脳裏に浮かんだ。いつ見たのだろう……

不意にすべてが蘇った。両親と一緒に休暇を過ごしたマン島で、毎年行われているオートバイのグランプリレースを見に行ったのだ。五歳か六歳だった。よく見えるようにフェンスによじのぼったことを覚えていた。オートバイはエンジン音を響かせながら、猛スピードで目の前を駆け抜けていった。あまりの速さに、鮮やかな色が通り過ぎたようにしか見えなかった。こんなに興奮するものを見たのは初めてだとエヴァンは思った。早く家に帰って、新しい自転車をオートバイに見立てて遊びたかった。そのときだった——一台のオートバイがスピードを出しすぎたままカーブに差し掛かった。ライダーの頭と路面がほんの数センチしか離れていないくらい、ありえない角度に傾いていた。雨が降っていて、路面は濡れていた。不意にそのオートバイは倒れて、ほかのオートバイに滑りながら突っこんでいった。金属がひしゃげる恐ろしい音がして、大きな炎があがった。死者は出なかったはずだが、その光景はくっきりと彼の心に刻みこまれた。「あんな恐ろしいものに絶対に乗らないと約束してちょうだい。約束して」と母が言い、エヴァンは約束した。

エヴァンの母はそれがなんであれ、彼女が恐ろしいと思ったものに対しては同じような約束をさせた。父親にも同じような約束をさせた。だがその約束は役に立たなかった。気をつけると幾度となく約束していたのに、父はある夜、麻薬の取引を阻止しようとして銃弾の雨を浴びたのだ。

エヴァンは母親がグランプリの事故を忘れていることを願ったが、忘れていないことはわかっていた。毎週かける電話では、オートバイについては触れないようにしなくてはいけない。

彼の新しいオートバイは、解体されたパトカーと並んでほかの四台と一緒にガレージのなかに置かれていた。恐れていたほど大きくもなければ、印象的でもない。ごつごつした大きなタイヤがついた、軽量の二輪車だった。エヴァンは安堵のため息をついた。

パトカーの下から顔がのぞいて、整備士のダイが現われた。「やあ。エヴァンズ巡査だね？　きみのバイクを取りに来たの？」

「今日は見に来ただけなんだ。乗る前に訓練を受けることになっているんでね」

「こんなのなんでもないさ」ダイは笑って言った。「一〇歳の子でも乗れる。スピードを出そうとしても出ないからね。オフロード用に作られているんだよ。ひつじを集めるこのあたりの農夫が乗っているみたいなやつだ。その気になれば、スノードンの頂上までこいつで行ける。オートバイに乗ったことは？」エヴァンは首を振った。「それなら、乗ってみるといい。感覚をつかむんだ。基本的なことはおれが教えるよ。それで問題なく乗れる。そうしたければ、スピンだって今日中にできるぞ」

エヴァンはオートバイにまたがった。小さくてこぢんまりしている。競走馬じゃなく、ポニーという感じだ。「ここのスイッチを入れる」ダイが言った。「ハンドルバーがスロットルになっている。さあ、やってみて」

オートバイのエンジンをかけたところで、ガレージのドア口にふたりの人影が立っていることにエヴァンは気づいた。

「よく見てごらん、グリニス？」ワトキンス巡査部長がパートナーに笑いかけた。「あれが道路の王だ。まさかヘルズ・エンジェルスが警察車両を乗っ取るとはね」

「勘弁してくださいよ、巡査部長」エヴァンは急いでエンジンを切ると、笑顔でオートバイからおりた。「ぼくがこいつに乗ることになったのは聞きましたか？」

「そうらしいね」ワトキンスが言った。「悪いアイディアではないと思うね。どこかの間抜けなイングランド人女性が山で財布を落としたら、きみが素早く駆けつけられるわけだからね。そうだろう？」

「面白そうね」若い刑事のグリニス・デイヴィスが、魅惑的な笑顔をエヴァンに向けた。

きみの仕事ほどではないけれどね、エヴァンは心のなかでつぶやいた。ぼくが志願したのに、きみが手に入れた仕事。エヴァンはその思いを頭から追い出そうとした。先に昇進したのが彼女のせいでないことはわかっている。彼女は聡明で、有能だ。そして、より多くの女性刑事を採用するようにという指示が出されたとき、そこにいたのが彼女だった。

わかってはいても、いまも心が波立つのをどうしようもなかった。

「うしろに人を乗せてもいいの？」彼女が訊いた。

「なにが許可されているのか、ぼくにもまったくわからないんだ。ほんの数分前に聞いたところだから」

「もし許可されているなら、わたしを一番に乗せてね」彼女はワトキンスをちらりと見た。「別のニュースがあるのだけれど、聞きました？」エヴァンはワトキンスがいさめるような表情をグリニスに向けたことに気づいたが、彼女はそのまま言葉を続けた。「上司が早期退職するのよ」

「警察署長が？」

「ええ。だれがその後釜になると思う？」

「まさかヒューズ警部補じゃないだろうな？」エヴァンは疑わしげに訊き返した。「あの男は自分のトーストに乗った目玉焼きすら見つけられないのに」

「彼は有力者と親しいんだ」ワトキンスが言った。「それに、コルウィン・ベイからだれかを連れてくるのでないかぎり、実のところ彼以外に人材がいないんだよ」

エヴァンはうなずいた。どうして気にする必要があるだろう？　私服刑事のトップが交代したからといって、彼に影響があるわけではないのだ。

「それじゃあ、当分は警部補がいない状態で捜査をするっていうことですか？」

ワトキンスの顔が真っ赤になった。彼が赤面するのを見るのは初めてだ。

「ワトキンス巡査部長は訓練を受けることになっているの」グリニスが誇らしげに告げた。「警部補に昇進する予定なのよ」

「それは素晴らしい」エヴァンは心をこめて彼と握手を交わした。「おめでとうございます」

「その言葉は、実際にそうなってから言ってくれないか？　いまは経費削減がいろいろと進められているから、結局、わたしを昇進させる余裕はないということになるかもしれない」彼は整備士のダイに向き直った。「ここに来たのもそれが理由なんだ。経費削減だ。上層部は、とっくの昔にスクラップにされているはずだった車を蘇らせようとしていて、わたしたちにこのとんでもない代物が割り当てられたというわけだ。これは当分動きそうにないな、ダイ？」

「そのとおりですよ」ダイが答えた。「まったくひどいもんだ。こいつを走らせようと思ったら、新しい部品をそろえるのに相当な金がかかりますよ。それにシャシーの錆を見てくださいよ。走っているあいだにばらばらにならなかったら運がいい」

「どうもありがとう。心強い言葉だよ」ワトキンスが言った。「オートバイのうしろに乗せてもらえるよう、エヴァンズに頼まなくてはならないようだ」

「残念ですね。ぼくはまだこれには乗りませんよ。まず訓練を受けなくてはいけないんです」

「訓練？」ワトキンスがくすくす笑った。「いったいなにをするというんだ？　補助輪でもつけるのか？　これなら、娘のティファニーでも乗れる。リルのゴーカート走路でのあの子を見せたかったよ。ちょっとしたスピード女王だった。一八になるまで運転免許が取れなくて、本当によかった」彼はエヴァンの肩に手を乗せた。「そういうことなら、カフェテリアでお茶でも飲むことにするよ。きみもどうだい？」

「いいですね」エヴァンはふたりと一緒にガレージを出て、雨に濡れた駐車場を歩いた。

「今日は休日だったんじゃないの？」グリニスが尋ねた。「あなたに会いに行こうと思っていたんだけれど、勤務表を見たらお休みになっていたわ」

「うん、休みのはずだったんだが、素晴らしい知らせをじきじきに伝えたいと言って警部に呼び出された」

「素晴らしい知らせ？」グリニスは無邪気に訊き返した。

「オートバイのことさ」

「あまりうれしくなさそうだな」ワトキンスが口をはさんだ。

「もっといいニュースかと思っていたんです」

ワトキンスはうなずいた。「いずれそうなるさ」

「それで、ぼくになんの用だったんだ、グリニス？」エヴァンは安全な方向に話題を逸らそうとして言った。

「あなたはホステルとかそういうところにくわしいわよね？　手を貸してもらえるんじゃないかと思ったの。地元のユースホステル全部にチラシを貼らなくてはいけないのよ。行方不明の女性を捜しているの」

「地元のユースホステルに滞在しているの？」

グリニスは首を振った。「わからない。アメリカの大学生で、オックスフォード大学の講座を受けていたの。講座はクリスマス前に終わったんだけれど、しばらくこっちにいて、あちこち旅行をしてから家に帰ると両親に電話を入れているの。向こうの大学の春学期に間に合うように、イースターまでには帰ると約束したそうよ。でも二月以降、両親のところに連絡はなく、イースターにも帰ってこなかった。当然ながら両親はものすごく心配して、娘を捜しに来たの」

「どうして彼女がこのあたりにいると思ったんだろう？」

「最後に届いた絵葉書にウェールズに行くと書いてあったから。手がかりと言えるものはそれだけなの」

「なるほど」エヴァンは眉間にしわを寄せた。「難しい問題だな。どこにいてもおかしくない。ほかの警察署も彼女を捜しているんだろう？」

グリニスはうなずいた。「オックスフォードの警察はもちろん、ロンドン警視庁も捜している。クリスマス休暇のあいだ、ロンドンにある友人のアパートに滞在していたから」

「わかった、ぼくがユースホステルにチラシを貼っておくよ」エヴァンが言った。「アウトドア派の女の子なんだね？　ハイキングか登山目的でここに来たのかな？」

「それが、違うの。そこが妙なところなのよ。とても物静かで、勉強好きで、社会的意識が高くて、バイオリンを弾くそうよ。でもユーモアのセンスはあって、最後に両親に送った絵葉書にはこう書いてあったらしい。〝ウェールズに来たわ。ドルイド僧とデートよ〟」

「手がかりと言えるのはそれだけなんだね？」

グリニスはうなずいた。「少ないわよね」

「クリスマスからこのあたりをうろうろしていたなら、もうとっくにどこかへ行っているだろう。彼女を覚えている人間をユースホステルで見つけられたら、運がいいと思わなくてはいけない。ああいった若者たちはせいぜいひと月滞在するだけで、また姿を消してしまうんだ」

「まさにレベッカはそうなった——姿を消した」グリニスが言った。「残りの荷物を取りに友人のアパートに戻ってくることもなかったの」

「あまりかんばしくないな。チラシに彼女の写真は載っているんだろうね？」

「ええ。でもあまり鮮明じゃないの。両親に会ったら、もう少しいいものがないかどうか訊いてみるわ。数日中にここまで来る予定なの。北ウェールズから南ウェールズまで、あらゆる手段を講じて娘を捜しているところ」

「気の毒に」エヴァンはつぶやいた。「わからないというのは最悪だと昔から思っているんだ。人は悪い知らせを受け止められるものなんだ。真実がわかってさえいれば」

グリニスはうなずいた。「そのとおりだと思うわ。リーゼン夫妻が着いたら、あなたのところに連れていくわね。あなたは言うべきことを知っているもの」

「わかった」エヴァンは微笑んだ。彼女はいい子だ。警察署長の甥と付き合っていなければ、エヴァンにブロンウェンがいなかったら、ひょっとして……警察署のドアの前で、エヴァンは唐突に足を止めた。「思い出した。お茶をするのはやめておいたほうがよさそうだ。今日は引っ越しなんですよ。やらなくてはいけないことがまだ山ほどあるし、閉まる前にリサイクルショップを見に行きたいんです。どうにかして家らしくしつらえないといけませんからね」

「ついにか？」ワトキンスが笑顔になった。「しがらみを断って、あの下宿から出たんだな。ふむ、いいことだ。これできみもようやく本当の人生がどういうものかがわかるわけだ。わたしたちと同じようにトーストにビーンズを載せて食べ、自分のシャツは自分で洗うんだな」

「ぼくは腕のいい料理人になるつもりですよ」エヴァンは言った。ワトキンスがグリニスをつつくのを見て、笑いたくなるのをこらえる。「本気ですって。ブロンウェンがおしゃれな料理本をくれたんですよ。ちゃんとしたものを作れるようになるつもりです」

「ディナーに招待してもらえるのを待っているよ。そうだろう、グリニス？」ワトキンスが言った。

「もちろん」グリニス・デイヴィスの大きな茶色い目がエヴァンを見つめた。

エヴァンはカフェテリアへと入っていくふたりをいささかの後悔と共に眺めた。いろいろあったことは確かだが、いまもまだ彼女を魅力的だと思っていることは認めざるを得なかった。

5

　数日後、エヴァンは新しいバイクでカナーボンを出発した。走ることと止まることを覚え、コーンを倒すことなくそのあいだを走り抜けて試験に合格した。バイク警官になる準備はできた。悪くない響きだ。エヴァンは、ロサンジェルスのようなところで行われるカーチェースに加わることを想像して、にんまりした。スランフェア周辺でのカーチェースは道路に迷い出たひつじを追いかけるくらいのものだろうが。

　都会の町並みをあとにしたエヴァンは、スロットルを開けて山道をのぼり始めた。エンジンが満足そうにうなる。最初のジグザグカーブが近づいてきた。体を傾けるべきなのはわかっていたが、とてもできそうもない。重力に引っ張られるのを感じて、体を倒した。バイクがきれいにカーブを曲がり、エヴァンは満足そうに微笑んだ。なかなかうまくいった。オートバイは思っていたほど悪くないかもしれない。オフロードを早く走ってみたくてたまらなかったが、ここ数日は雨が降り続いていたから、地面が乾くのを待ってからにしたほうがよさそうだ。

緑の斜面に抱かれたスランフェアが前方に見えてきた。午後の遅い時間だったので、村は傾きかけた太陽の光に包まれていて、灰色の石のコテージがピンク色に輝いている。山から流れてきた清流は土手まであふれそうなほど水量を増やし、日光の下で水しぶきを跳ね散らしながら石橋の下をごうごうという音と共に流れていた。雨のあとはすべてがこのうえなく美しい。なにもかもが新しくなったようだ。気持ちよく山歩きをするにはうってつけの夕方だ。

だがぼくは居間のペンキ塗りを終わらせなくてはいけない。エヴァンはため息をついた。居間に敷く明るい色の敷物は見つけたが、それだけでは暖炉に火を入れてもどうにもならないほどの陰鬱な雰囲気を追い払うことはできなかった。茶色い壁紙のせいもあるかもしれないと考えたエヴァンは、最初の夜の高揚した気分にかられてはがしていった。壁紙は気持ちよくはがれ、壁はすっかりむき出しになった。エヴァンは壁を白いペンキで塗り始めた。二面の壁を塗り終えたところで、このコテージは少なくとも五〇年、ペンキの塗り直しをしていないことに気づいた。居間に比べると、どこも薄汚れて見える。天井も塗り直す必要があった。居間のあとは、玄関ホール、キッチン、階段……。大がかりなプロジェクトに手を出してしまったことがわかった。週末がＤＩＹでつぶれてしまうとしばしば文句を言っていたワトキンス巡査部長の心中を、エヴァンは初めて理解した。

今後すべきことを考えてうんざりしながら、エヴァンは警察署の駐車場にバイクを入れ

た。バイクから降りようとしたところで叫び声が聞こえ、だれかが腕を振り回しながら通りを走ってきた
「エヴァンズ巡査！」

エヴァンが以前解決した事件のひとつに関わった、地元のやんちゃ坊主のテリー・ジェンキンスだ。興奮に顔を輝かせている。「これはあなたのバイク？　買ったの？」あたかもバイクが生きているかのように、テリーはクロムメッキが施されたハンドルバーを愛しげに撫でた。「きれいだねえ。時速一〇〇マイル出る？」

エヴァンは笑った。「一〇〇マイルなんてとんでもないよ、テリー。これは速く走るためのバイクじゃないんだ。ぼくが受け持ち区域を楽に見てまわれるようにするためなんだよ」

「その気になれば、かなりスピードが出るはずだよ。それにこのタイヤ。モトクロスができるよ――ほら、丘の上を吹っ飛んで――ビューン――空を飛ぶんだ！」

「これは警察のバイクだよ、テリー」エヴァンは、ありもしないモトクロスの才能を披露せずにすんでほっとしていた。「そういう派手な技はしない」

「なんだ」テリーの顔が曇った。「でも、悪党を追いかけるときはスピードを出さなきゃいけないんだよね？　あのときの赤いスポーツカーの男みたいなやつを見つけたときは」

「ああいうことは、もう当分このあたりでは起きないと思うよ」エヴァンはテリーの肩に

手を置いた。「さあ、雨が降るといけないからバイクを屋根のあるところに移動させるのを手伝ってくれないか」

がっかりしたテリーが帰っていき、エヴァンは二八番地の家に入った。いまもまだひんやりとして、人を寄せつけない雰囲気がある。ミセス・ウィリアムスの家の玄関を開けたときに出迎えてくれた、おいしそうなにおいを恋しく思い出した。いまはおいしそうなにおいを嗅ぎたければ、自分で作らなくてはいけない。けれどゆうべの奮闘のあとでは、食べられるものを作れる確信が持てなくなっていた。ステーキ・アンド・キドニーパイを作ろうとした。レシピに忠実に従ったのに、ステーキとキドニーは正体不明のしなびた物体と化し、パイ生地は穴を開けるのにのみが必要な有様だった。高望みしすぎたのかもしれないとエヴァンは思った。料理という行為に慣れるまでは、卵とフライドポテトくらいにしておくべきなのかもしれない。

エヴァンは卵をふたつ取り出し、じゃがいもの皮をむき始めた。切るのに時間がかかったので、そのあいだにフライパンでラードを温めておくことにした。ふと、食事の時間までに部屋を暖めておくには、あらかじめ居間の暖炉に火を入れておかなければならないことに気づいた。居間に行き、新聞をたきつけにして火をおこした。火はすぐに気持ちよく燃え始め、なにかが燃えるにおいが部屋じゅうに広がった。エヴァンはしばらく待ってから炭を入れた。キッチンに戻ってみると、燃えているにおいがどこから漂ってきていたのかがわかった。フライパンからもくもくと煙が出ていて、彼が近づこうとしたそのとき、ボッという音と共に大きな炎があがった。エヴァンはフライパンの蓋をつかみ、かろうじて炎を押さえこんだ。

「ふう、危ないところだった」煤まみれの手で髪をかきあげながら、エヴァンはつぶやいた。「煙探知機」冷蔵庫に貼ってある、長くなる一方の買い物リストに書き足した。

エヴァンはなんなく料理を作っていたミセス・ウィリアムスを改めて尊敬した。ラードを温め直すのは意味のないことのように思えたし、フライドポテトを作る気もなくなっていたので、スクランブルエッグを作ることにした。いくらか硬かったものの食べることはできたが、空腹は収まらない。食品庫にある缶詰にもそそられなかった。負けを認めて、ソーセージかミートパイを食べにパブに行くほかはなさそうだ。なにより、このにおいから逃れたかった。

暖炉のなかの弱々しい火が家を燃やしたりしないことを確かめてから、エヴァンはレインコートを着て道路を渡り、レッド・ドラゴンに向かった。店のなかはいつものように暖かくて快適だった。暖炉では赤々と炎が燃え、あたりには煙と話し声が充満している。エヴァンはカウンターに進んだ。出迎えたのは、ベッツィのうれしそうな笑顔ではなく、カウンターの向こうからのぞくパブのハリーのはげ頭だった。

「なににする?」彼が訊いた。

「こんばんは、ハリー・バッハ」エヴァンはどういうことなのかの説明を求めて、カウンターのまわりに立つ男たちを見まわした。「いつものギネスと、手間じゃなかったらなにか食べるものがほしい」

「手間なんだよ」ハリーが応じた。「ギネスはいいが、今夜は食べ物はなしだ」

「どうしてだ？　なにがあった？　ベッツィは？」

「おれが教えてほしいね」ハリーはきつい口調で言うと、エヴァンのギネスを注ぎ始めた。

「五時には仕事を始めるはずなのに、いったいあいつはどこにいるんだ？」

「遅れるなんて彼女らしくない」エヴァンは言った。「家に電話してみたか？」

「ああ。だが出なかった。どこかの女性と一緒に、今朝出かけていったと親父さんが言っている」

「どこかの女性？」

「それがだれだか知っているぜ」肉屋のエヴァンズが空のグラスを置いて、お代わりが欲しいと身振りで示した。「このあいだここに来た外国人だ」

「イングランド人ってことか？」ハリーが尋ねた。

「いいや、アメリカ人だってベッツィは言っていた。ここに勉強に来たって」

エヴァンは耳をそばだてた。「ここに勉強に来たアメリカ人の娘？　レベッカっていう名前じゃなかったか？」

「おれが知るはずないだろう？」肉屋のエヴァンズが言った。「それにおれは彼女を娘とは呼ばないね。若作りの年増女だったよ」

「それでベッツィは彼女となにをしているんだ？」ハリーは慣れた手つきでビールのお代わりを注ぎ、肉屋のエヴァンズの前に置いた。

「さあね。おれは話の終わり頃に来ただけなんだ。ベッツィに特別な力があるとか予知能力があるとか、そんなばかげた話だったな」ハリーが言った。「なんでも言われたことを信じてしまう」

「あの娘は頭のなかがお粗末なんだ」

「なにか危険な目に遭っていないといいんだが」エヴァンは落ち着きなくあたりを見まわした。「そのアメリカ人はどこで勉強していると言っていた？　バンガー？」

肉屋のエヴァンズは肩をすくめた。「おんぼろ車のバリーに訊くんだな。やつがその場にいたから、知っているかもしれない」

そこにいた人々は、暖炉の近くの隅で友人たちと話をしているバリーに目を向けた。「おい、バリー」肉屋のエヴァンズが呼びかける。「おまえはそこにいたんだろう？　あのアメリカ女がここに来てベッツィと話をしていたときだ」

バリーは友人たちから離れ、カウンターにやってきた。「いたよ。学位をいっぱい持っている、すごく頭のいい女性だ。それに見た目も悪くない――ちょっとばかり痩せすぎだが、少し肉をつけたらいい感じだと思うね。ナッツと米ばかり食べているタイプなんだろうな」

「それでベッツィは彼女と一緒にどこに行ったんだと思う？」

「彼女が勉強するって言っていたところだよ。ほら、頭のいかれた貴族のティギーが海岸沿いに建てた屋敷だよ。なんていったかな？　そうそう、セイクリッド・グローヴだ。彼女はそう呼んでいた。彼女の言うところによれば、いまそこを持っているやつはあの年寄り貴族よりもっといかれているらしいぞ――彼女はベッツィに予知能力があるかどうかを確かめるつもりらしい」

「お茶の葉を読むとかそういうことか？」ハリーが聞いた。

「だと思うね。とにかく、未来を見るんだよ。その女は、ケルト人は昔そういう能力があって、ベッツィにもあるかもしれないって言ったんだ。ベッツィのナインがデリン・コーフを見たことがあるからってね」

ハリーはくすくす笑った。「そんなふざけた話を聞いたのは初めてだ。ベッツィはそれを信じたのか？　信じたんだろうな。だが彼女はおれの裏庭の鶏ほどにも未来のことなんてわかっちゃいない。鶏っていうのは、地球上で一番間抜けな生き物なんだがな。もしも彼女に未来が見えるなら、グランド・ナショナルで勝つ馬を教えてくれたはずだろう？　そうすれば一〇ポンドすることもなかったのに」

それにあの夜、アーバスノット大佐がパブを出ていったときに、彼が殺されることを予見していたはずだ、とエヴァンは思った。予知能力を発揮するべきときがあるとすれば、まさにあのときがそうだった。ベッツィは自分の言葉や行動に注目を集めたがるタイプだ。

「あんたにだってケルトの予知能力はないよ、ハリー」おんぼろ車のバリーがカウンターにグラスを叩きつけながら言った。「でなきゃ、おれが喉が渇いて死にそうになっていて、お代わりを待ってることに気づいてるはずだからな」

ハリーがなにか言おうとして口を開けたちょうどそのとき、ドアが開いてベッツィが入ってきた。金色の髪は風で乱れていたが、目は勝ち誇ったようにきらきらと輝いている。

「遅くなってごめんなさい、ハリー」ベッツィは男たちをかきわけるようにして、カウンターへと進んだ。「でも、いまあなたが話している相手は、本物の超能力者かもしれないってこと覚えておいてね」

「きみの超能力は、仕事に遅れるってことを教えてくれなかったのか？　怒っているおれが発しているマイナスの波動を感知しなかったわけか？」

ベッツィはまばゆいばかりの笑みを浮かべ、コートを脱ぎながらカウンターのスイングドアを開けてなかに入った。「今回だけはわかってくれると思ったの。今日はわたしの人生にとって特別な日なのよ、ハリー。今日あたしがなにを見たのか、とても信じてもらえないと思うわ。まるで別世界だった」

「宇宙人にでもさらわれたのか？」バリーはカウンターによりかかり、にやりと笑って言った。

「あんたにはわからないのよ、おんぼろ車のバリー」ベッツィが言った。「今日あたしが見たものを見たら、あんたの目玉はぽろりと落ちるわね。まるで違う世界だったんだから」

「なるほどね。きみが本物の超能力者なら、おれがなにを考えているのか当ててみてくれ」バリーがからかうように言った。

「あんたのオーラで判断するなら、ちゃんとした紳士が考えるべきじゃないようなことね。いつものことだけれど」

「おれのオーラ？　オーラってなんだ？」

「あたしたちはみんなオーラをまとっているってエミーが教えてくれた」ベッツィが答えた。「あたしたち超能力者は訓練でそれを見られるようになるの。人はみんな美しい色の光に包まれているのよ。金色のオーラを持っている人もいれば、ピンク色の人や藤色の人もいる——あんたのオーラはね、おんぼろ車のバリー、汚らしい茶色よ」

「そんなくだらない話は初めて聞いた」ハリーが言った。「いったいどこでそんな考えを吹きこまれてきたんだ？」

「くだらなくなんてないから。あなたには理解できないのよ。あたしみたいな超能力者じゃないから。セイクリッド・グローヴには、オーラが見えて、クリスタルで病気を治せる人がいっぱいいるの。木を崇拝している人もいるし、ほかにも素晴らしいことがいっぱいあるのよ。最高に素敵なところよ。ウェールズのほかのところとは全然違っていて、テレビで見る美しい村そのものなの。プールに噴水にスパ、ゲストたちはそれぞれ自分の小さな家を与えられるの。まるで別世界よ」

「その話はもうたくさんだ。お喋りはやめて、さっさと仕事に取りかかってくれ。ここにいる紳士たちは喉がからからだし、オーブンでパイを温めてくれる人間がいなかったから、気の毒なエヴァンズ巡査は腹ペコなんだ」

ベッツィはぞっとしたように、バービー人形のような青い目でエヴァンを見た。「食事していないの？　かわいそうに。世話をしてくれる人もいないのにひとりで暮らすなんて、どうかと思っていたのよ」

「ベッツィ、ぼくは自分の面倒くらい……」エヴァンは全員に見つめられていることを意識しながら口を開いた。「まだ、台所をきちんと設えるだけの時間がないんだ」

「ココット皿なしでは、なにも作れないらしいぞ！」肉屋のエヴァンズが、たったいまやってきたばかりのチャーリー・ホプキンスをついた。「おれたちみんな、あんたが腕のいい料理人になってディナーに招待してくれるのを待っているんだからな」

「どうしてぼくがひとり暮らしに失敗するとみんなが考えているのかがわからないな」エ

ヴァンはぼやいた。「ぼくはたいていのことはうまく扱えるのに」

「ベッツィはあんたにうまく扱ってほしくてたまらないんだと思うぞ。そうだろう、ベッツィ?」チャーリー・ホプキンスは体を震わせながら、声を出さずに笑っている。

「わたしは、どうやって彼を扱えばいいのかを知っているから」ベッツィが応じた。勇気づけるように微笑みかける。「ちょっと待ってね。電子レンジでミートパイを温めるから。それでいい?」

「上等だよ。ありがとう」

「一週間というところだな」チャーリー・ホプキンスがカウンターに近づいてきた牛乳屋のエヴァンズに向かって言った。「一週間で、彼はミセス・ウィリアムスのところに戻る」

「あら、それは無理よ」ベッツィが声をあげた。

「どうしてだ?」

「あの部屋はもう人に貸したから」

とたんにしんと静まりかえった。スランフェアでは、なにかが起きればあっという間に噂が広まるのが普通だ。

「もう貸した?」牛乳屋のエヴァンズが言った。「この時期に観光客はいないはずだ」

「観光客じゃないの」ベッツィが答えた。「あたしの友人のエミーよ。いま話した、大学から来ているアメリカ人女性。研究のためにしばらく滞在するから、安く泊まれるところいんですって。おんぼろ車のバリー、あなたは知らないでしょうから教えてあげるけど、超感覚的知覚っていう意味よ」ベッツィは勝ち誇ったように言い添えた。「あたしは彼女の最初の被験者なの。今日ひとつテストをしたら、ぶっちぎりのスコアだったんだから」

「そいつはぶったまげたね」ハリーがつぶやいた。

「だからもっとくわしいテストをしに行かないといけないの。今日はあそこの持ち主に会ったのよ。彼がじきじきにあたしをテストしてくれるんですって」

「ブランド・ティギーとかいうやつか？　貴族のじいさんはずっと前に死んで、彼の娘が引き継いだんじゃなかったかな」

「ブランド・タイって発音するのよ。ティギーじゃない。あんたって、本当に無知ね」ベッツィの口調は辛らつだった。「所有者はいまもレディ・アナベル・ブランド・タイだけれど、彼女はランディっていうアメリカ人男性と結婚したの。彼はとても有名な超能力者で、あそこを自分と同じくらい有名にするつもりなんですって。今日、会ってきたわ。本当に素敵な人なのよ。映画スターみたい――金色の髪は肩まであって……」

「男なんだろう？」バリーが言った。「長い金色の髪だって？」

「そうよ」

「おれにはゲイだとしか思えないがね」バリーは同意を求めて男たちを見まわした。

「あら、全然そんなのじゃないの。とんでもなくセクシーなのよ――ロマンス小説の表紙に載っている男性みたいなんだから。波打つ筋肉と前をはだけたシャツ。結婚しているなんて本当に残念だわ。それもあんなおばさんとだなんて。彼が明日、あたしをテストしてくれるの」

「ちょっと待て」ハリーが口をはさんだ。「明日だって？　明日は土曜日だぞ。丸一日、働いてもらわないと困る」

「でもハリー……」ベッツィは懇願するように、その大きな目で彼を見つめた。

「好き勝手に休んでもらっちゃ困る。きみにはここでの仕事があるんだし、土曜日は休日じゃない」

「今回だけよ。明日がどれだけ大切かわかるでしょう？」

「いいや、だめだ。超能力者の友人に、休みの月曜日まで待ってもらうんだな。そもそもそいつらが本当に超能力者なら、月曜日がきみの休みだってことくらいわかっていたはずだろうが！　ほら、ふくれていないで、さっさと空いたグラスを片付けてくるんだ。グラスが足りなくなっているんだからな」

「話のわからない堅物」ベッツィは文句を言いながら、カウンターのまわりにいる男たちを押しのけた。

グラスがいっぱいに載ったトレイを持ったベッツィが入り口の前を通りかかったちょう

どそのとき、ドアが開いて女性が入ってきた。ベッツィはそちらを見て、うれしそうに叫んだ。「エミー！　来てくれたのね！　うれしいわ！　みんな！」ベッツィは声を張りあげた。「彼女がさっき言っていたエミーよ。ミセス・ウィリアムスのところに越してきたばかりなの」

顔に落ちてきた黒い髪をかきあげながら、女性は恥ずかしそうに微笑んだ。「素晴らしいディナーだったわ！　あの人は本当に料理上手ね。あんないいところを紹介してくれて、あなたには大きな借りができたわ、ベッツィ。今夜のラムチョップときたら――ああ、ベジタリアンをやめて本当によかった。至福のひとときだった」

ミセス・ウィリアムスのラムチョップがちらちらと頭のなかで躍り、エヴァンはごくりと唾を飲んだ――外はこんがりときれいな茶色で、内側はピンク色が残り、おそらくはふわっとしたマッシュポテトとカリフラワーのパセリソースがけが添えられている。ベッツィがまだ温めたミートパイを出してくれていないことにエヴァンは気づいた。

「さあ、入って、エミー。みんなと会ってちょうだい」ベッツィは彼女が通れるように、トレイを使って道を作りながら言った。

「来ようかどうしようか迷ったの。女性はパブでは歓迎されないみたいだから」

「歓迎されないって、だれがそんなことを言ったんです？」ハリーが訊いた。「もちろん歓迎しますよ。座り心地のいい椅子とテーブルを置いてある、いいラウンジがありますからね。ベッツィ、案内してやってくれ」

「ひとりであそこに行かせないであげて」ベッツィが言った。「あっちはすごく寒いし、今夜は彼女ひとりきりだから居心地が悪いわよ。この村で歓迎されているって彼女に感じてもらわなきゃ」

「決まりは決まりだ」ハリーはウェールズ語で言った。「どんな外国人であろうと、破るつもりはない」

「今夜はずいぶん不機嫌じゃないの」ベッツィもウェールズ語で言った。

「従業員が時間どおりに来なかったもんで、ひどく忙しかったからな」ハリーが応じた。

「エミー、女性用のラウンジに行ってもらえるかしら」ベッツィが英語でエミーに告げた。

「申し訳ないけれど、ハリーは決まりにはうるさいのよ」

「いいのよ。あそこは趣があるもの」エミーが応じた。「世界にはまだ伝統を大切にしているところがあるってことを知るのはいいものだわ」エミーはラウンジ側からカウンターに近づき、向こう側にずらりと並んで自分を見つめている男たちの顔を眺めた。「ベッツィから聞いたかしら？　この村に本物の超能力者がいるって聞いて、わくわくしない？」

「本物の超能力者ね」ハリーはエミーの前に優しいとは言えない手つきで一パイントのビールを置いた。「彼女が本物の超能力者なら、おれはエディンバラ公爵だ」

「そうじゃないの。本当のことなのよ」エミーが言った。「もちろん彼女はまだ自分の能力をどう活用すればいいのかをわかっていない。でも確かに能力はあるの。明日、指導者に彼女を見てもらうのが待ちきれないわ。彼はアメリカで有名な超能力者なの。名のある人はみんな彼に相談するのよ。テレビ番組を持っていたこともあるんだから」

「だから、あんなに格好いいのね」ベッツィはカウンターの内側に入り、エミーに近づいた。「映画スターみたいだって言ったでしょう?」

「彼は世界でもっとも知られた超能力者のひとりなの」エミーは言葉を継いだ。「彼がわたしの研究に力を貸してくれるなんて、本当にラッキーだったわ。眠ったままの力を持つ地元の人間を探すのを本当に楽しみにしているのよ。明日ベッツィと会って、彼女からあふれ出す未開のエネルギーを感じたら、さぞ驚くでしょうね」

「明日、彼とは会えないの」ベッツィは声をつまらせながら言った。

「まさかおじけづいたわけじゃないわよね、ベッツィ?」

「違うわ。でもハリーが休みをくれないの。行かせてくれないのよ」

「彼女には仕事があるんだ。そっちが優先だ」ハリーが言った。「この村で仕事があるのはとんでもなく運がいいんだぞ。若い者の多くは、出ていかなくちゃならないんだからな」

アメリカ人女性はベッツィの腕に触れ、彼女に顔を寄せた。「ねえ、ベッツィ、仕事が問題なら、いい方法があるわ。夏のシーズンに備えて、セイクリッド・グローヴでは追加で人を雇うつもりだってたまたま耳にしたの。もしよければ、あなたがあそこで働けるようにオーナーたちに話をしてもいい。そうすればあなたはあそこにいられるから、もっとくわしい検査をして、あなたの隠れた才能を引き出す手助けができるわ」

ベッツィの目が輝いた。「本当に？　わたしをあそこで雇ってくれると思う？」

「もちろんよ。あそこはもう夏の予約はいっぱいで、五つ星ホテルと同じようなサービスができるスタッフを必要としているの。あなたはすでに接客業をしているわけだから、それだけ有利だっていうことよ。朝になったらオーナーたちに訊いてみるわ」

「聞いた、エヴァン？」ベッツィはエヴァンに向き直った。「エミーが言ったことを聞いた？　わたしを検査しているところで雇ってもらえるかもしれないんですって。想像してみてよ――ヒーラーや女性の祭司やそういった人たちが大勢いるのよ。そんな人たちの素晴らしい波動に囲まれたら、あたしはどんな超能力者になれると思う？」

「ここをやめて外国人たちのところで働くだなんて、本気で考えているわけじゃないだろうな？」肉屋のエヴァンズが割って入った。

「どうしてだめなの？」ベッツィが反論した。「もっといい仕事がしたいってあたしが考えていないとでも思った？　あたしにだって夢や野望はあるのよ。あそこで雇ってくれるなら、ハリーがなんて言おうと朝には出ていくから！」

6

リアンノン著『ドルイドについて』からの抜粋

ドルイド教の歴史

ドルイド教の歴史ははるか古代にまで遡る。黒海周辺の祖国からヨーロッパを支配するために移り住んできたケルト人がドルイド教を持ちこんだのか、あるいは英国と北フランスに暮らす西部のケルト人たちのあいだでだけ発達したのかは、わかっていない。ドルイド教の存在を示す物的証拠——神の彫刻像、呪文が刻まれた石、聖職者の装飾品、泉や湖で見つかった祭具——はその地域でのみ発見されている。

その存在をもっとも強く感じるのはウェールズとアイルランドだと言えるだろう。

ともあれ、紀元前五五年にジュリアス・シーザー率いるローマ軍が侵略したとき、イギリス諸島でドルイド教が広く信じられていたことはわかっている。

ドルイド教は過去のもので、最近になって復活したと考えるのは近視眼的である。アイルランドとウェールズの本当のケルト人たちのあいだで、ドルイド教が廃れたことはなかった。キリスト教化によって下火にはなったものの、あらゆるケルト人の精神の根底にはいまも潜在している。

ドルイド教は、今日で言うところの否定的報道によって被害に遭ってきた。ドルイド教崇拝についての歴史的説明は、ローマ人が残したものしか存在していない。征服した者は、征服という行為を正当化する。ジュリアス・シーザー、小プリニウス、そのほかの著名なローマ人は、ドルイド僧のことを囚人たちを拷問し、生贄を捧げ、オークの木立のなかで謎めいた恐ろしい儀式を行う残酷な野蛮人と記している。だが一方で彼らは、囚われたケルト先住民族——その多くがドルイド僧かドルイド教の信奉者であった——がローマへと送られ、アリーナで剣闘士やライオンと戦う見世物に使われたことには触れていない。

タキトスはこう記している。〝彼は、モナの野蛮な迷信に捧げられたその墓を破壊した。祭壇に捕虜の血をかけ、人間の内臓を捧げて神に祈るのが、彼らの宗教だったからだ。〟

ローマ人のこういった歪曲した解釈からわかるのは、ドルイドたちは恐るべき敵だったということだ。ローマ人がモナ島（イングランド人はアングルシーと呼ぶ）に侵攻したとき、体に青い模様を描いた大勢のケルト人——男女を問わず——が立ち向かった。武器を振りまわし、恐ろしい声をあげる彼らに対した強大なローマ軍は狼狽し、兵士たちは海峡を渡って戦い始めることができなかった。援軍が到着し、圧倒的多数になったところで、ようやくローマ軍は前進し、激戦が繰り広げられたのちにケルト軍は壊滅した。

ウェールズはローマの属州となった。四世紀にはキリスト教が広まり、ドルイド教は抑圧されたが、完全に滅びることはなかった。キリスト教の伝道者たちはドルイド教のもっとも重要な祝祭日を巧妙に西暦年に取り入れた。ヒイラギとツタの花冠を作り、それを大きな焚き火で燃やし、もっとも昼が短い日を明るく乗り切るための祝宴が開かれる冬至が、クリスマスとなった。

かがり火を焚き、花を飾り、春の目覚めを祝うベルテーンは、イースターに取り入れられた。そしてもっとも神秘的な日と言われる一〇月三一日のサウィンは、この世とあの世を隔てるドアが開き、霊魂が自由にふたつの世界を行き来できる日とされた。それが今日では、子供たちの行事であるハロウィーンとなった。

眠りから覚めたエヴァンは、まばゆい白い光に目をしばたたいた。鼓動が速くなる。体を起こし、いったいなにが起きたのだろうかと、数秒間考えた。やがて、まだカーテンをつけていない寝室の窓から太陽の光が射しこんでいるだけだと気づいた。この家に越してきてからずっと曇天が続いていたから、寝室の窓が真東に向いていて、朝日がまともに入ってくることを初めて知った。日光の強さから判断するに、かなり遅い時間だろう。ベッドサイド・テーブルの代わりに置いている荷造り用の箱の上の時計に手を伸ばした。八時一五分。こんなに遅くまで寝ていることはめったにない。これまではミセス・ウィリアムスが寝過ごさないようにしてくれたし、ベーコンを焼くおいしそうなにおいはそれだけで目を覚ますのに充分だった。今日が土曜日であることを思い出した。ミセス・ウィリアムスは週末にはたっぷりしたウェールズの朝食を作ってくれる――ベーコン、ソーセージ、揚げパン。エヴァンは冷たいリノリウムに足をおろし、ため息をついた。

少なくとも天気のいい土曜日は気分転換にはなる。ブロンウェンが山歩きに行きたがるかもしれない。それともスリン半島までドライブしてバードウォッチングをしてもいい。春は、海鳥を見るには一番いい季節だ。だがそこでエヴァンはあることを思い出した。この週末は働かなくてはならない。どうすれば数分以上給湯器を動かしていられるのかわからなかったので、ぬるいお風呂に入り、ひげをそり、トーストを焼いて紅茶を入れた。とりあえず、コンロは使える。

トーストをテーブルに運んでいるときだった――オートバイのエンジンをかける音が聞こえてきた。エヴァンはあわてて立ちあがり、急いで玄関に向かった。オートバイを止めた差し掛け小屋には確かに鍵をかけた。それに、キーがなければエンジンはかけられないはずだろう？　わずか一日でオートバイを盗まれたと報告したら、メレディス主任警部になにを言われるだろうと考えた。外に出てみると、大きなカバンを背中にかけたひょろっとした男が、よろめきながらバイクで丘をくだっているのが見えた。エヴァンがおののきながら見つめるあいだにもバイクはスピードを増し、男は悲鳴をあげて飛びおりた。バイクはそのままレッド・ドラゴンの門柱に突っこんで、倒れた。エンジンはうなり続けている。

エヴァンは男に駆け寄った。大きな郵便袋を肩にかけたままの郵便屋のエヴァンズだった。「ばかやろう！」エヴァンはどなった。「いったいどういうつもりだ？」

郵便屋のエヴァンズはよろめきながら立ちあがり、汚れを払った。「バイクは壊れたかい？　壊れてくれているといいんだが」

「バイクが壊れてほしいのか？　頭がどうかしたのか？」

「おれにはこんなものは扱えないって言ったんだよ」郵便屋のエヴァンズは悲しそうな大きな目で倒れたオートバイを見つめている。「何度も言ったんだ。〝おれは機械は苦手だ〟って何度も言ったのに、あいつらは耳を貸そうとしなかった。郵便局長からの命令だって言われたよ。地方の郵便配達員はバイクを使わなきゃいけないんだってね」

エヴァンはようやく彼が言っていることがわかってきた。「ちょっと待ってくれ——これはきみのバイクだと言っているのか？」

「おれのじゃないよ。そうじゃない。郵便局のものだよ。みんな歓迎しているよ。この村にだけ手紙を配達しているおれは、生産性がないんだってさ。一二年もそうやってきたんだぞ。一日だって病気で休んだこともないのに、それじゃあだめらしい。全部の農家に配達しなきゃいけないらしい――それもカペル・キリグまでだと。よくそんなことが言えたもんだ」

エヴァンは先に立ってオートバイに近づき、起こして、エンジンを切った。「運がよかったな。なんともなさそうだ。壊していたら、大変なことになっていたんじゃないか？」

「おれをくびにしたと思うか？」郵便屋のエヴァンズはバセットハウンドのような目でエヴァンを見た。「そんなことはしないだろう？」

「ありうると思うよ。きみはこれに慣れなきゃいけない。ぼくもバイクを使えと言われた。ぼくだって歓迎しているわけではないんだ」

「でも悪党を捕まえるには役に立つだろう？」彼は一〇歳の子供のようににんまりと笑った。「そうだ――おれもこいつに乗れるように練習するから、いつか競争しよう」

「まずは丘をのぼるところからだな」エヴァンは彼に手を貸してバイクにまたがらせ、郵便袋の位置を調節した。「それなら、たいしてスピードは出ない」

「怪我もしないしね」郵便屋のエヴァンズが言った。「わかったよ。あんたがそう言うのなら。まずはユースホステルに行ってみることにする。面白い外国の切手が貼ってある手紙が、あそこにはいっぱい届くんだ。今日はアメリカから一通来ていた。あの娘の恋人からだよ。会いにくるらしい。彼女は驚くだろうな？」

「ディルウィン――手紙を読んじゃいけないって、何度言えばわかるんだ？」エヴァンが言った。

「別に問題はないよ。それが絵葉書ならね」郵便屋のエヴァンズは気分を害したようだ。「絵葉書は人に読まれるためのものだよ。それがいやなら封筒に入れればいいんだ」

エヴァンは家へと戻りかけて、足を止めた。「いいことを思いついた」そう言って、郵便屋のエヴァンズの肩に触れた。「警察に協力する気はないか？　レベッカ・リーゼンという娘宛ての手紙があったら、ぼくに教えてくれないか？」

「逃亡中の悪党なのか？」郵便屋のエヴァンズの悲しそうな長い顔がぱっと明るくなった。

「そうじゃない。行方不明になっているアメリカ人の学生なんだ。彼女が泊まっていないかどうか、ユースホステルを全部まわってみた。いまのところ、手がかりなしだ」

「レベッカ・リーゼン。わかったよ」郵便屋のエヴァンズはもったいぶって言った。「それじゃあ、おれは行くよ」彼は丘をのぼり始めた。重たい荷物を載せたバイクはまだ危なっかしくふらふらしている。

エヴァンは冷めた紅茶とトーストを食べ、警察署へと向かった。彼のバイクはゆうべ止めたところにちゃんと止まっていた。郵便屋のエヴァンズとのやりとりを思い出した彼はくすくす笑った。ディルウィン・エヴァンズのように郵便配達員みんなが手紙を片っ端から読んでいれば、行方不明の娘は今頃きっと見つかっていただろうし、ほかの犯罪も解決するかもしれない！

差し掛け小屋を出たところで白のフォード・フィエスタが通りかかり、速度を落としてクラクションを鳴らした。ベッツィが窓を開け、顔を突き出した。「聞いてよ、エヴァン——仕事をもらえたのよ！　エミーが今朝電話してくれて、そうしたらすぐに雇ってくれることになったの。エミーがあそこまで連れていってくれるところなのよ。想像してみて。有名な人たちがいて、プールがあるところで働けるのよ！」

「ハリーに話した？」エヴァンは尋ねた。「彼が困るのをわかっていて、こんなふうに出ていくのは正しいこととは思えないな」

ベッツィの顔が曇った。「彼があんなに気難しくて、意地悪じゃなかったら、あたしだってこんなことはしない。彼は一度だってあたしを褒めてくれたことも、励ましてくれたこともないんだから。あたしがいるからお客さんが来てくれるのよ。店に目の保養になるかわいい女の子がいなかったら、どれくらいお客さんが減るか思い知るといいんだわ」

「それでもぼくは気に入らないよ、ベッツィ。きみらしくないと思う」

「あたしだってチャンスはつかまないと。そうでしょう？　夢を追いかけろって言ったのはあなたよ。覚えている？　いまあたしはチャンスをつかんだの。あたしの力がエミーが考えているくらい強いなら、いつかあたしはランディみたいな本物の超能力者になって、テレビに出られるかもしれない」車がまた速度をあげたので、ベッツィは窓から身を乗り出した。「幸運を祈っていて、エヴァン」

車が坂道をくだって見えなくなるまで、エヴァンはひらひらと振られる白い手を見つめていた。いつも大きな夢ばかり見ているかわいそうなベッツィ。うまくいけばいいと思った。彼女が望んでいたきっかけになることを願っていたが、セイクリッド・グローヴという場所に対していい感情が持てずにいることは事実だ。なにか知っているわけではないが、精神治療医とか超能力者といったたぐいはどれもたわごとだとエヴァンは考えていた。ベッツィのようなだまされやすい人間に影響を与えるのは簡単だろう。彼女はその一員になれることにとても興奮していた——彼女が実際に口にした言葉が蘇ってきた。〝女性祭司〟と彼女は言った。行方不明のアメリカ人の娘はドルイドとデートと書いていなかったか？　ドルイドが聖なる林《セイクリッド・グローヴ》のなかで儀式を行っていたことを思い出した。

エヴァンは警察署に入り、本部に電話をかけた。

「デイヴィス巡査、スランフェアのエヴァンだ」あくまでも仕事の話に徹するんだ。「行方不明の娘についてなにか進展は？」

「こんにちは、エヴァン。いいえ、なにもない。ユースホステルにチラシを貼ってくれてありがとう。ご両親が来るのに、なにも報告できないと思うと気が重いわ」

「グリニス、ちょっと考えたことがあるんだ」エヴァンは言った。「ポルスマドグ近くに新しくできたヒーリングセンターについて、なにか知っているかい？」

「ああ、聞いたことがあるわ。すごく豪華なんでしょう？　オーラを見てもらうのが、五つ星ホテル並みの料金なんですって？」グリニスは笑いながら言った。

「セイクリッド・グローヴというんだ。うちの村の人間がそこを訪ねたんだが、女性祭司の話をしていた」

「女性祭司？」

「そうだ。ひょっとしたら、そこにドルイドがいるかもしれない」

「それは興味深いわね。もしよければ、わたしの代わりに調べてきてくれないかしら？ワトキンス巡査部長はこの週末から講習が始まったので、彼の分の仕事が全部わたしにまわってきているの。フリーマーケットにまた盗品が出ているのよ。張りこまなくてはいけなくて」

「喜んで行かせてもらうよ。新しいバイクの練習をするように言われているしね」

「新しい玩具で遊ぶ言い訳が欲しいのね」グリニスは笑ったが、踏みこみすぎたと思ったのかすぐに言葉を継いだ。「でも、あなたが行って確かめてくれたら、本当に助かるわ。チラシはまだ残っているかしら？」

「ここの警察署の外の掲示板に貼ってあるよ」

「素晴らしいわ！　彼女を見かけた人がいないかどうか、それを見せて尋ねられるわね」

「わかった。そうしよう」

「ありがとう。今度ビールをおごるわ」

エヴァンは受話器を置いた。グリニスを好きにならずにいるのは難しい。少なくともこれで、セイクリッド・グローヴを訪れて自分の目で確かめる理由ができたし、ベッツィに目を光らせておくこともできる。

7

雨あがり特有の澄んだ青色の空が広がっていた。花の香りを含んだ風は柔らかく、夏がすぐそこまで近づいてきていることを教えている。ナントグウィナント・パスを走っていると、顔に当たる風が気持ちよかった。眼下にはグウィナント湖が朝の光を受けてきらきらと輝いている。道路脇にはプリムローズが咲いていて、野原では元気な子ひつじたちがまるで脚に骨がないかのように、ぴょんぴょんと跳び回っていた。

最初のヘアピンカーブが近づいてくると、エヴァンは前方の道路に意識を集中させた。ここのカーブでどれほど多くの車が運転を誤ったのかはよく知っている。何度も見てきた。カナーボンからスランフェアまではおとなしく言うことを聞いてきたバイクだが、急なくだりに差し掛かったいまは、勝手に走っていってしまいそうだ。エヴァンはスピードを制御し、カーブごとに体を倒すことを意識しながら走っていたが、石橋を渡り、ベズゲレルトまでやってきたときには、集中していたせいか全身が汗ばんでいた。春の観光シーズンに備えて、美しい村はさらに美しく飾り立てられている——春の花が植えられた桶や手押し車が華やいだ雰囲気を醸し出していた。観光バスが〈ザ・ゴート・イン〉の外に止まっていて、観光客たちはすでにゲレルトの墓に向かっていたり、コーヒーを飲みに行ったりしている。

エヴァンはベズゲレルトを通り過ぎた。暗いアベルグラスリン・パスに差し掛かると、道路が狭くなる。左側から聞こえてくる川の水音が、日光を遮ってこの付近一帯にひんやりとした不気味な印象を与えている高い岩の壁に反響していた。ポルスマドグの手前で平坦な緑の野原に出たときには、エヴァンはいつも以上にほっとした。その町を迂回するように走って通り過ぎ、ブライナイ・フェスティニオグの古いスレート採石場へと山をのぼっていく小さな蒸気機関車を右手に見ながら、コブと呼ばれる細い土手道を通って入り江を渡る。

入り江を渡り切ると、木漏れ日の射すオークの森のなかに延びる曲がりくねった道は、やがてまたのぼり始めた。一・五キロほど走ると、前足を盾のようなクレストに乗せた石造りのライオンが飾られている印象的な門柱が見えてきた。地元の花こう岩で作られた門の脇の目立たない看板には、〝ザ・セイクリッド・グローヴ、ヒーリングとケルト宗教のセンター〟と書かれている。門を通り過ぎて日陰に入ると、顔に当たる風が冷たくなった。小さな丘を頂上までのぼると、突如としてありえない光景が眼前に広がった――青と白のモザイクタイルで飾られたイタリア風の鐘楼が緑の森のなかにそびえ立っている。その向こうにはきらめく海が見える。カーブを曲がった先の道路は防犯ゲートに遮られていた。あたりを確かめると、ゲートの左側にインターコムがあった。エヴァンはボタンを押した。

「はい？」男性の声が返ってきた。「なにかご用ですか？」

「北ウェールズ警察のエヴァンズ巡査です。公務で来ました」

「少々お待ちください」

長く待たされたあとで、ゲートがゆっくりと開いた。エヴァンが通り過ぎたとたんに、ゲートは大きな音と共に再び閉じた。木立の合間にいくつもの建物の屋根が見える。ガラス張りのブースまでやってくると、警備員の制服を着た男が窓を開けて言った。「バイクはここに置いていってください。エンジンで動く乗り物は、この先では使えません。集中を乱しますから」男はじろじろとエヴァンを眺めた。「北ウェールズ警察？　だれに会いに来たんです？」

「行方不明になっている人物についてお訊きしたいことがあります」エヴァンは言った。

「ここの所有者に会わせてください」

「電話をして、だれかに案内させましょう」

「大丈夫です。道ならわかると思います」エヴァンは言った。

男はにらむような目つきをエヴァンに向けると、受話器を手に取った。「すぐにだれかが来ます」男は言った。「ここで待っていてください」

　エヴァンは待った。ブースにはいくつかモニターがあって、男が防犯カメラをチェックしていたことをエヴァンは悟った。ヒーリングと平穏のセンターとされている場所に厳重な警備か、とエヴァンは考えた。砂利道を近づいてくる足音が聞こえて、彼はそちらに顔を向けた。たっぷりした黒っぽいスウェットシャツとみすぼらしいコーデュロイのズボンという格好の痩せた若者だ。華奢な体格で、まだ体ができあがっていない人間らしいぎこちない足取りで歩いてくる。近くまでやってきた彼を見て、そのスウェットシャツにセイクリッド・グローヴのロゴ——根がケルト文様を形作っている古いオークの木——が印刷されていることにエヴァンは気づいた。

「こんにちは」彼が言った。「な、なにかご用でしょうか？」メタルフレームの丸い眼鏡の向こうから、彼は恥ずかしそうにエヴァンを見た。

　地元のウェールズ語ではなく、最近までイングランドのパブリックスクールにいたことがわかる口調だったのでエヴァンは驚いた。

「北ウェールズ警察です。こちらの所有者の方と話がしたいのですが」エヴァンは言った。「間違った場所にいらしたんじゃないですか。ぼくたちは、あなた方の言うところの〝事例〟は報告していませんし、いまこの施設には、は、犯罪者はいないと思いますよ」冗談めかして言っているが、背後の不安をエヴァンは感じ取った。本当は内気な若者が、権力者と対峙するときに上流階級の人間が見せる傲慢さを真似しているのだろうとエヴァンは思った。

「行方不明になっている人物のことなんです」

「ここではだれも行方不明にはなっていません」彼はにっこり笑った。「全員がそ、揃っていますし、朝食にやってきますよ」

彼ははぐらかすために来たのかもしれないとエヴァンは感じた。「その人物は、数か月前にここに滞在していた可能性があります。とにかく、所有者に会わせてください」

「わかりました。こちらです。アナベルは書斎だと思います」

「あなたは？」エヴァンは尋ねた。

「マイケルです。雑用係です」

彼はきびきびした足取りで歩き始めた。エヴァンは狭い石畳の小道が、ピンクと白のスタッコ壁のコテージや柱廊のあるタイル貼りの玄関の前を通り、古いアーチや銃眼つきの胸壁へと続いていることを知って驚いた。まるで、イタリアのリビエラと中世のドイツとディズニーランドが混じり合った世界に瞬間移動したかのようだ。

「なんてこった」石畳の小道の先に、反射池と芝生が眼下に広がる一帯が現われてエヴァンは思わず声をあげた。通路沿いにはギリシャ風の柱。彫像が縁に立ち並ぶ芝生。水を噴き出す神話上の生き物が飾られた反射池。

「そうなんですよ、初めてここを見ると圧倒されますよね？」マイケルが言った。「ここを作った老人は、かなりの変わり者だったんですよ。ですが愛すべき変わり者でしたね。彼はここに空想の世界を作った。急死したときにはまだ取り組んでいる最中でした」

「いまは彼の娘さんが所有しているんですよね？」エヴァンは尋ねた。「それがレディ・アナベルですか？」

「彼女と彼女の夫です」マイケルがにこりともせずに言った。「共同所有者です」

エヴァンは彼の口調に気づいた。「彼女の夫？」

「三人めの夫です。大成功を収めたアメリカ人ですよ。ランディ・ワンダーリッッヒ」

「ワンダーリッッヒ？」エヴァンは笑いを含んだ目を彼に向けた。からかっているのかと思った。

マイケルは笑みを返してきた。「本当にワンダーリッッヒという名前なんです。都合がいいでしょう？　元々は昔ながらの地味なスミスとかいう名前だったんだと思いますけれどね。ランディ・ワンダーリッッヒ。世界的に有名な超能力者で、彼女の息子でもおかしくないくらいの年ですよ。去年結婚したんです」

マイケルは階段をあがり、中世の教会の前を通り過ぎ、もうひとつアーチをくぐった。そこには、これまでとはまったく異なる建物があった。ジョージ王朝時代のシンプルな上品さがある建物で、実際にその時代に建てられたものだろうと思えた。これが元からある邸宅で、おとぎの国はそのまわりに作られたのに違いない。マイケルは優雅な両開きドアから建物のなかへとエヴァンをいざなった。「これがここの本館です。事務所なんです。客は、コテージに滞在してもらいます。いるときは、ですけれど」

エヴァンはちらりと彼を見た。「予約でいっぱいなんだと思っていましたよ」

「まだなんです。寒くて暗い天気のあいだは、朝露に濡れながら瞑想したり踊ったりはあまりしたくないものですからね。夏になれば増えると思っています」

そこはタイル敷きの玄関ホールで、曲線を描く黒っぽい木の階段の上には立派なシャンデリアが吊るされていた。「ここで待っていてください」マイケルが言った。「アナベルの都合を訊いてきます。名前はなんておっしゃいましたっけ？」

「まだ名乗っていませんよ。エヴァンズ巡査です」

「わかりました。す、すぐに戻ります」マイケルは廊下を遠ざかっていったかと思うと、すぐに戻ってきた。「いま会うそうです」

それはまるで王家の人間に拝謁するかのようだった。レディ・アナベルは大きな机の向こうに座っていた。なにかを読んでいたが、エヴァンが入っていくとすぐに眼鏡をはずした。「ありがとう」彼女はマイケルに向かって言った。「あのばか者たちが一八番のトイレの詰まりを直したかどうか、確かめてきてちょうだい」

「あなたはいつも楽しい仕事をぼくにさせますね」マイケルは額にかかった髪を払いながら、部屋を出ていった。

「さて、巡査。いったいどういったご用件かしら？」いかにも上流階級らしい低い声だった。若い頃はさぞ美しかっただろうが、当時のなだらかな曲線は脂肪に変わってしまっている。二重にも三重にもなった顎と大きな顔を囲むように、豊かな褐色の髪は完璧なスタイルに整えられ、ふくよかな手にはいくつもの指輪をはめ、首にはふんわりした花柄のシルクのスカーフを巻いている。甘やかされた金持ちの娘が盛りを過ぎるとこうなるといった見本のようだった。

「お邪魔してすみません、マダム」こういうときは〝奥さま〟と言うべきなんだろうか？ずいぶんと封建的に聞こえる。「少女が行方不明になったという報告があったので、このあたりで手がかりのありそうな場所を調べています。アメリカ人の大学生で、この春にここに来た可能性があるものですから」

レディ・アナベルの目が面白そうに輝いた。「大学生？ ここに滞在していたとは考えにくいわね。ここは高級なところとして知られているの。つまり高額だということ。お客さまのほとんどは有名人か、年配の方か、もしくはその両方。若い人はほとんどいないわね」

「来客名簿を見せてもらってもいいでしょうか？」エヴァンは言った。「念のために」

「もちろんよ。登録を調べましょう」彼女は建物の反対側にエヴァンを案内した。フロントデスクがあってホテルのロビーのようだ。「こちらの紳士に今年の来客リストを見せてあげてちょうだい、エアリス」コンピューターの前に座っている若い女性に向かって言う。「去年にまでさかのぼる必要はないのよね？」

エヴァンはうなずいた。女性は回転式の名刺ホルダーを差し出した。「名前はなんて言うんですか？　アルファベット順になっています」

「リーゼンです。レベッカ・リーゼン」エヴァンは答えた。「来ていたとしたら、二月以降のはずです」

「二月にはお客さまはあまりいませんでした」女性が言うと、アナベルが顔をしかめた。エヴァンと一緒に名刺を調べていく。「リーゼンはありませんね。残念ですが」

「彼女が違う名前で泊まったとは考えにくい」エヴァンは言った。「もちろん、だれかほかの人と――男性と――来たのなら、彼の名前でチェックインしたのかもしれません」

「若いカップルが来たことは……」アナベルが言いかけた。

「でも男性の名前はわからないんですよね？」女性はエヴァンに訊いた。はにかみながらも、彼に笑いかける。

「あなたはいつもフロントデスクにいるんですか？」エヴァンの問いに彼女はうなずいた。

「チェックインをするのはあなたなんですね？」

「普段はそうです」

エヴァンはチラシを取り出した。「ぼくたちが探しているのはこの子です」

女性はチラシを眺めた。「彼女のチェックインの手続きはしていません。していたら、覚えています」

「お手数をおかけしました」エヴァンは言った。「あまり見込みはないだろうとは思っていたんです。彼女がウェールズのどのあたりに向かったのかさえ、わかっていないんですよ。ただ両親に宛てて書いた最後の絵葉書にドルイドのことが書いてあったものですから」

「ドルイド？」アナベルの口調が険しくなった。

「ここはケルトの宗教と関わりがあるとあったものですから、ひょっとしたらと思って……」エヴァンは期待をこめてエアリスを見た。

「ここで暮らしている女性祭司がいるわ」エアリスが答える前にアナベルが言った。「瞑想を指導したり、お客さまの心的イメージのガイドをしたりしている」

「ドルイドの儀式はしていますか？」

「年に何度か、祭事を執り行っているわね」

「その――祭事に部外者が参加することはできるんですか？」

「いくつかは。ミッドサマー・ナイトやメイデーには大勢の人に集まってほしいと、彼女は思っているみたい。それに、このコミュニティ以外でも彼女は儀式を行っているの」

「彼女と話をさせてもらえますか？」

「ええ、もちろんよ。わたしが案内しましょう」

「とんでもない。あなたがなさっていたことを邪魔したくありません。行き方さえ教えてもらえれば、自分で行けると思います」

「そっちのほうに行こうと思っていたのよ。夫を捜しに行くつもりだった。超能力の波動の邪魔になるからと言って、彼はポケベルを持たないの。そんな力がないわたしたちにとっては、便利なものなんだけれど」

アナベルはエヴァンがついてくることを露も疑わず、回転ドアから外へと出ていった。ふたりは舗装された通路を進み、ガラス張りの超近代的な建物の前にやってきた。「スパよ」アナベルが言った。「ここではフルサービスのスパをやっているの。マッサージ・セラピストは二四時間勤務だし、手技によるあらゆる種類のヒーリングの専門家がいるわ。魂だけじゃなく、体も癒すことがわたしたちの目的だから」

ここの運営には莫大な金がかかっているだろうと、エヴァンは考えた。大勢の専門家を雇い、いくつもの建物を維持しなくてはならないのだから。「それでは、大勢の人がここで体と魂を癒しているんですね?」エヴァンは尋ねた。

彼女の顔を再びいらだたしげな表情がよぎった。「ここは昨年開業したばかりなの。評判を確立するには時間がかかるし、わたしたちが相手にしているのはごく一部の裕福な人たちだけだから。でも、明るい兆しは見えているわ。いまいましい雨もやんだことだしね」ふたりは彫刻を施した石の手すりがついた、曲線を描く優美な階段をおりていった。ここも昔の屋敷の一部なのだろうとエヴァンは思った。やがて、きらめく入り江が遮るものもなく目の前に広がった。対岸は緑の丘だ。階段をおり切ったところには黄色い砂の小さなビーチがあってそのまわりを異国風の建物が囲んでいた。ビーチの一部には大きなスイミングプールが作られている。

「確かに美しいところですね」エヴァンは言った。

アナベルは満足そうにうなずいた。「わたしの誇りよ。ここを守るためならなんでもするつもり」

「これだけの階段をのぼりおりしていたら、健康を保てますね」エヴァンはそう言ったあとでレディ・アナベルの豊満な体形を思い出し、無神経な発言だったかもしれないと後悔したが、彼女は気にしていないようだった。

「わたしはあまりここには来ないのよ。ここは魂のヒーリングと瞑想のエリアなの。魂のヒーラーは邪魔されることをとても嫌がるから」

立ち並ぶ建物のなかに、まばゆいほど日光を反射する奇妙な物体があることに気づいて、エヴァンは目をしばたたいた。

「あれはなんです？」

「あれはわたしたちのピラミッド。ヒーリング・エネルギーの中心なの」

よく見てみると、それは確かに打ち延ばした銅で作られた小さな部屋ほどの大きさのピラミッドで、ケルト文様があった。

「銅は素晴らしい導体なのよ」アナベルが言った。

「あのなかで、なにかの儀式をするんですか？」礼拝堂だとしても、かなり小さい。

「いいえ。ピラミッドで儀式をする必要はないのよ。ただ、ピラミッドのなかにいるだけでいいの」

エヴァンがけげんそうな顔をするのを見て、彼女はさらに言った。「そこに座っていれば、クリスタルのエネルギーが癒してくれる」

エヴァンは笑いたくなるのをこらえた。何人くらいの金持ちの変人が大金を払って銅製のピラミッドのなかで座っているのかと訊こうと思ったが、考え直した。レディ・アナベルは明らかに信じている。だれにわかるだろう？　ひょっとしたら効くのかもしれない。

「瞑想センターはこのなかよ」彼女はそう言うと、床から天井まである窓から海を見渡せる円形の部屋のドアを開けた。窓の一部は開いていて、カモメの鳴き声や、静かに打ち寄せる波の音が聞こえてくる。床は磨きあげられた木材で、ペルシャ絨毯が敷かれ、大きなシルクのクッションがあちらこちらに置かれていた。

「いい部屋ですね」エヴァンは言った。

「ここは内省の部屋なの。グループでの瞑想に使っている。前世回帰やイメージ療法や超能力占いには、もっと小さくてくつろげる部屋があるわ。リアンノンに会えるかどうか、訊いてみましょう」

「わたしに会いたい人がいるの？」低くて、耳に心地よい声だった。暗い廊下から現われた女性をエヴァンはまじまじと見つめた。ひどく意外だった。長いローブに大きなお守りをつけた姿を予想していたのに、リアンノンはジーンズに黒のポロシャツという格好だったからだ。正確な年齢は判断がつかないが、灰色の髪は手入れしやすいショートカットで、戸外で長い時間を過ごした人間のような顔をしている。体つきはティーンエイジャーのようにほっそりしていて、レディ・アナベルの豊満さとは対照的だった。

「あら、リアンノン、ここにいたのね。よかった。あなたに会いたいという人がいるの」

リアンノンはエヴァンを見つめた。そのまなざしの鋭さにエヴァンは落ち着かない気持ちになった。「わたしたちの一員になりにきたんですか？　わたしたちが呼んでいるのを感じたんですか？」

「えーと――いえ、実は警察の仕事で来たんです」エヴァンは顔が赤らむのを感じながら、ぼそぼそと答えた。

「巡査は行方不明の女の子を探しているのよ」アナベルが言った。「アメリカの大学生ですって。ドルイドに興味を持っているみたいよ」

「本当に？」リアンノンは面白そうな顔になった。「多くのアメリカ人がわたしたちに惹きつけられるみたいなんです――ケルト人の祖先がいるアメリカ人は大勢いますから、無理もありませんが。その多くが魂の目的を探しているようですね」

エヴァンはチラシを取り出した。「この少女がここに来たことはないとレディ・アナベルは言われるんですが、あなたはここ以外の場所でも儀式を行っていると聞きました。どこかで彼女を見かけたことはないでしょうか？」

リアンノンはじっくりとチラシを眺めてから、エヴァンに返した。「いいえ、わたしたちの儀式にこの少女が来たことはないと言っていいと思います」

「お邪魔をしてすみませんでした」エヴァンは礼を言った。

「とんでもない。あなたはここに呼ばれたんです」

「ぼくが？」エヴァンはぽかんとして訊き返した。

「あなたはわたしたちの仲間です。わたしたちの一員なんです。たとえそれを否定しようとしたとしても」

エヴァンはきまり悪そうに笑った。「いや、違うと思います。ぼくはキリスト教徒として育てられましたから」

「わたしは見るだけで、本当のケルト人がわかるんです」リアンノンが言った。「ケルトの宗教があなたの血のなかに流れている。キリスト教が存在すらしない頃から、あなたの祖先はここでケルトの宗教を崇拝していたんです。一度でいいので、儀式に出てみてください。メイデーはそれほど先ではありません。いらしてください。自分がなにを感じるか、きっと驚くと思いますよ」

「ありがとうございます。でも……ぼくはそういうのは好みではないと思います」エヴァンは彼女の熱心さにたじろいだ。

「好みとかそういうことではないんですよ」彼女が言った。「好みを選ぶのなら、教会に行ってください。宇宙のエネルギーを感じたかったら、ここに来てください」

あまり失礼にならずにどうすればこの場を逃れられるだろうと考えながら、エヴァンは足をもぞもぞさせた。「ぼくは——もう行かないと……」

「一分だけ」リアンノンは片手をあげた。「ドルイドのことはなにか知っていますか?」

「アイステズボドは見たことがあります」エヴァンは答えた。「ローブを着ていました」

リアンノンは鼻を鳴らした。「舞台のドルイドね。一七世紀に作られたものです。わたしたちやわたしたちの宗教とはまったくの無関係。ひとつ約束してください」彼女は暗い廊下に駆けこんでいったかと思うと、薄い本を手にして戻ってきた。「わたしたちが何者なのか、なにをしているのかが書かれています。わたしが書いたんです。これを読んで、わたしに返しに来ると約束してください」

その本を手渡された瞬間、エヴァンはなにかがふたりのあいだに流れたことを感じた。厚い絨毯に溜まっていた静電気なのか、それとも本に触れたときに本当に電気が流れたのか、エヴァンにはわからなかった。

「わかりました。読んでおきます」この場を逃れられるなら、なんでもよかった。

「またすぐにお会いできるでしょう」リアンノンが言った。「ごく近いうちに」

建物を出たときも、エヴァンは自分を見つめる彼女の視線を感じていた。

8

「熱心な方ですね」エヴァンはアナベルに言った。

「彼女のために言うとすれば、少し熱心すぎるかもしれないわね。さあ、わたしは夫を見つけて、それから——ああ、あそこにいるわ」

ひとりの男性が、ビーチからの階段を駆けあがってきた。日に焼けていて、はだしで、白いズボンに前をウェストまではだけた白いシャツという格好だ。長い金色の髪を後光のようにたなびかせていた。

「やあ、ハニー。どうかしたのか？」彼はアナベルの頬に軽くキスをした。「ジョギングに出たんだが、なにか起きたような気がしてね」不審そうなまなざしをエヴァンに向ける。

「こちらの巡査は行方不明の女の子を捜しているの」アナベルが説明した。

「それならあなたは、ふさわしい場所に来ましたよ」男性は笑みを浮かべ、手を差し出した。「ランディ・ワンダーリッヒです。これまで行方不明の人たちを大勢見つけてきました。彼女のことを教えてもらえますか？」

「彼女がここにいたかもしれないと、巡査は考えているの」エヴァンが答える前に、アナベルが口をはさんだ。「でも、来ていないことがわかったと思うわ」

ランディはこめかみを指で押さえた。「ちょっと待ってください。話をしているあいだにも、なにか……水に関係ありますか？　海？　海の向こう？」

「彼女はアメリカから来ています」エヴァンが答えた。

「ああ、なるほど。まずはそこからですね。ほかになにかありますか？　彼女のものをなにか持っていますか？　わたしがトランス状態になったときに、触れられるものは？」

ブラッドハウンドに古い靴下のにおいを嗅がせるみたいだとエヴァンは思った。ランディがくんくんとにおいをたどっている、ばかげたイメージが脳裏に浮かんだ。「チラシがあります」エヴァンはチラシを見せた。「写真はあまり鮮明ではありませんし、残念ながらお話しできることはあまりないんです。オックスフォードで勉強していて、ウェールズに行くと書いた絵葉書を両親に送ったということくらいですね。もう二か月以上も連絡がないんです」

ランディはチラシをちらりと見ただけで、再び指でこめかみを押さえた。「いまはなにも感じませんね」

「彼女がここに来たことはないと巡査には言ったわ」アナベルが言った。「あなたがなにも感じないのは、彼女がもうアメリカに帰ったからかもしれない。〝海〟ってさっき言ったわよね？　彼女は海を渡ったのよ」

「そうだね。そうかもしれない」ランディが言った。「はっきりしたことが言えなくて、すみません、巡査。続けてみますよ。なにか感じたら、必ず連絡します」彼はアナベルに顔を向けた。「わたしに用だったのかい、ハニー？」

「ええ。ベンと会うことになっているのよ——」彼女は腕時計を見た。「——一五分後に。そんな格好で彼と会うわけにはいかないでしょう」

「彼が堅物だからといって、わたしも同じようにしなくてはいけない理由にはならないよ。彼は会計士だ。それらしい格好をしなきゃいけない。わたしは超能力者で有名人だ。そのままのわたしを受け入れるか、背を向けるかのどちらかだ」彼はアナベルの腰に手をまわした。「さあ、急いで家に帰ろうじゃないか」

彼に背中を押されながら、アナベルがつぶやいた。「あなたが大人になってくれたらと思うわ、ランディ」

「だがきみは、わたしの若くてハンサムな見た目がよくて結婚したんじゃないか」彼が笑いながら応じた。「そして、きみの考え方を正すためにね」

エヴァンは階段をあがっていくふたりのあとを追った。スパの建物の前を通り過ぎたとき、甲高い声が聞こえた。

「エヴァン・エヴァンズ——ここでなにをしているの？」

ベッツィともうひとりの娘がバケツとモップを手にそこから出てくるところだった。どちらも胸ポケットにセイクリッド・グローヴのオークのロゴが入った、短い丈の緑色の制服姿だ。

「やあ、ベッツィ」エヴァンは言った。

ランディが振り返った。「おや――きみたちは知り合いなのか？　それはいいね」

「彼はわたしの村の巡査なんです」ベッツィは恥ずかしさに顔を真っ赤にしている。

「それは素晴らしい。それでは、きみたちのなかに新進の超能力者がいるかもしれないという話は聞いているんですね、巡査」

「ええ、聞きました」エヴァンは答えた。

「彼女を見つけた大学生は、予備検査の結果にとても興奮していましよ。もっと詳細な検査をしてほしいと頼まれているんです」彼はベッツィに微笑みかけた。「きみは今日の午後のセッションの準備はできているんだね、ベッツィ？」彼はベッツィの腕を殴るふりをしたが、なぜかとても親密な仕草に見えた。

「はい、もちろんです、サー」ベッツィが答えた。「必ず行きます。それから、ここで働かせてくれてありがとうございます。素晴らしいです」

「わたしたちの一員になってくれてうれしいよ。プラスの波動が増えるのはいいことなんだ。わたしたちはここを世界の精神活動の中心地にするつもりだからね」

「ほら、ランディ。ベンが待っているわ」アナベルが彼の腕を引っ張った。ランディはのんびりと手を振った。「それじゃあ四時に会おう。遅れないように」

「来てくれてありがとう、巡査」アナベルはエヴァンに向き直った。「お役に立てなくてごめんなさいね。それから、お見送りができないけれど、ここで失礼させてもらうわ。会計士と約束があるのよ。メインゲートは右側のアーチの先にあるから。あなたが帰ることをブレインに伝えておくわ」

彼女はそう言い残すと、ランディと共に足早に通路を遠ざかっていった。ベッツィは腰に手を当てて、エヴァンをにらみつけている。

「それで、ここでなにをしているのか、教えてもらえる？」

「行方不明者を捜している」エヴァンはチラシをひらひらさせた。「ここは確認しておくべきだろうと思ってね」

「ええ、そうでしょうとも。あたしを見張りに来たんでしょう？　またあたしを監視するつもりなんだわ」

「そうじゃないよ、ベッツィ。ぼくは……」

「あたしはちゃんと自分の面倒は見られるって、いつになったらわかるの？　あたしは大人なの。あなたが恋人なら、あたしの人生に口を出すのもわかるけれど、そうじゃないでしょう？」

「ベッツィ、ぼくは警察官の仕事でここにきたんだ。でもきみが出世しているようでよかったよ。ハリーのところで運んでいたグラスが、バケツとモップに代わったわけだ」

ベッツィはカールした髪を挑むように揺すった。「あなたはわかっていないのよ。あたしは最高に楽な仕事を手に入れたの。ランチとディナーのときに食堂の手伝いをして、あとはスパを確認するだけ――きれいなタオルが用意されているかとかそういうこと。ほかにすることもないから、ベサンを手伝って掃除をしようと思っただけよ。だから、あたしは新しい仕事にすごくすごく満足しているって、ハリーに伝えておいて。お給料もいいし、死ぬまで働かされることもないんだから」

「うまくやっているようでよかったよ」エヴァンは言った。

「わたしはサウナの掃除に戻らないと」もうひとりの娘がウェールズ語でベッツィに言った。「あとでね、ベッツィ」

「いま行くから、ベサン」ベッツィはきまり悪そうにエヴァンに笑いかけた。「怒鳴ったりしてごめんなさい。あたしを連れ戻しにきたのかと思ったのよ。あたしはここで本当に満足しているの。本当よ。ここより素晴らしい場所で働くことなんて想像できないし、ここにはありとあらゆる有名人が来るんですって。あたしもだれかに会えるかもしれない！」ベッツィは目を輝かせた。「それじゃあ、もう行かなくちゃ。じゃあね、エヴァン」

ベッツィはスパ棟に駆け戻っていった。エヴァンはそのまま通路を進み、アーチを通って出口にやってきた。ここはなにかおかしいとエヴァンは思った。ほとんど人気《ひとけ》もなくてたいしてすることもないのに、ベッツィを雇った。客がいないのなら、いったいどうやって従業員に給料を払っているのだろう？

ブレインはさっきと同じむすっとした表情のままエヴァンに向かってうなずき、電子式ゲートの開閉ボタンを押した。

ベッツィが追いついたとき、ベサンはすでにサウナにいて、壁を拭き始めていた。

「ハンサムな人ね」バケツを置いてスポンジを手にしたベッツィに、ベサンが言った。

「お友だち？」

「そうよ」

「付き合っているの？」

「あたしはそうしたかったんだけれどね」ベッツィは壁を乱暴にこすりながら答えた。

「彼は地元の女教師のほうがいいみたいなの。なんでだか、わからないわ。彼女は自分をよく見せようとしないのよ――おしゃれな服を着ることもないし、お化粧だってしない。髪は三つ編みなのよ。本当につまらない人なんだから。いったい彼女のどこがいいのかしら？」

「それなのよね」ベサンが言った。「ハンサムな人って、必ず地味な人を選ぶみたい。わたしも同じ目に遭っているのよ」

ベッツィはベサンの雌牛のような大きな顔と悲しそうな茶色の目を見ただけで、なにも言わなかった。

「ちょっとおかしなことがあるの」ベサンは最後の壁を大仰にこすりながら言った。「前にあの女の子を見たことがあると思う。ほら——彼が持っていたチラシの子」

「そうなの？　どこで？」

「今年の初めにここで働いていた子とよく似ているの。ほんの一週間ほどしかいなかったから、彼女のことをよく知っているわけじゃないけれど、でもすごく似ている」

9

リアンノン著『ドルイドについて』からの抜粋

ドルイドが信じるもの

古代ケルト人は、世界のあらゆるところに存在する超自然の力を認識していた。空、太陽、地下の暗い場所、すべての山、川、泉、沼地、木といったものには、神性が与えられていた。

彼らはアーウェンという概念を信じていた——生けるものすべてのなかに流れる、生命力であり、霊的存在であり、インスピレーションのことだ。

彼らはまた、上弦の月・満月・下弦の月の三女神と、森の有角神と動物の力を信仰していた。わたしたちドルイド教の継承者は、今日でもそれを信じている。女神は肥沃な母なる大地であり、有角神は生命を吹きこむ父なる太陽である。

わたしたちドルイドは、自然に親しみ以上のものを感じる。わたしたちは自然の一部であり、自然はわたしたちの一部である。

わたしたちは過去と現在をつなぐ輪である。

わたしたちはあらゆるものが平等であること、また男性と女性の調和を信じている。

わたしたちはすべての生命が聖なるもので、保護に値すると信じている。

わたしたちに信条があるとすればそれは〝汝の欲することをなせ、だがだれも傷つけるな〟である。


エヴァンが車庫からオートバイを出したのは、春うららかな日曜日の朝一〇時のことだった。礼拝に向かう人たちが大通りには大勢いた。帽子をかぶり、黒の編み上げ靴を履いた老婦人や黒っぽいスーツとごわごわする襟の一張羅のシャツ姿の男性たちが、二軒ある礼拝堂のどちらかを目指している。やがて一行は、通りの反対側にある〝間違った〟礼拝堂へと向かう人たちに非難めいたまなざしを送ってから、左手にあるベテル礼拝堂か右手にあるベウラ礼拝堂へと吸いこまれていった。彼らは、賛美歌を歌っていなければならないときにバイクで出かけていくエヴァンにも同じようなまなざしを向けた。

最初の賛美歌が始まった。ベテル礼拝堂からは古い賛美歌の『ハヴレドドル』が、ベウラ礼拝堂からはそれと競うように『クム・ロンザ』が流れてくる。エヴァンはつかの間足を止め、山腹を見あげた。黄色や白の早春の花々が、緑のなかの斑点模様のように見える。セイクリッド・グローヴに行くのではなく、ぜひとも山にのぼりたいような日だ。ベッツィがゆうべ、ベサンから聞いた話を伝えてきたので、エヴァンはそれを本部に報告した。今日はこれからカナーボンのグリニス・デイヴィスをセイクリッド・グローヴに連れていき、彼が昨日話をした人たちに会わせることになっている。侮辱だと思わずにはいられなかった。謎が深まってきたというのに、ＣＩＤの人間がいなくては証拠も集められないとエヴァンは思われているらしい。これは通常の手順なのだとエヴァンは自分に言い聞かせた。グリニスは自分の仕事をしているだけで、特権を振りかざしているわけではない。

賛美歌が終わり、ベテル礼拝堂からパリー・デイヴィス牧師の力強い声が聞こえてきた。

「信者のみなさん、大いなる悪がやってきました。わたしたちキリスト教徒は、悪と異教徒を根絶するために、二〇世紀のあいだ戦ってきました。ですがいまそれは、わたしたちのただなかに再び現われたのです。ヒーリングと精神性のセンターと名乗っているようですが、本当はそれがなんであるかを知っていますか？　悪を崇拝する場所にほかなりません！　ドルイドと呼ばれる者たちが、悪の魂を呼び寄せているのです。そんな不健全な悪がここに必要でしょうか？　わたしたちは、どうするべきでしょう？」

エヴァンはにやにやしながらバイクにまたがった。牧師のひとりは、セイクリッド・グローヴについての噂を耳にしたらしい。もうひとりの、より急進的な牧師が噂を聞きつけたらいったいどうなるだろうと考えた。そして彼の妻——ミセス・パウエル＝ジョーンズにレディ・アナベルはどう対抗するだろう？　ふたりの対決をぜひ見たいものだとエヴァンは思った。

彼はエンジンをかけ、慎重に坂道をくだっていった。

「なんだか怪しいわね」グリニス・デイヴィスは、エヴァンが運転するパトカーの助手席に座っていた。「隠すことがないのなら、どうしてその子がいたことを否定したりするの？」

「それなんだ」エヴァンが言った。「もちろん、ベッツィに話をした娘が間違っていたのかもしれない。あまり頭のいい子ではないとベッツィは言っていたからね。それに、チラシの写真は鮮明とは言えない」

「その場所に興味が湧いてきたわ」

「自分の目を疑うよ」エヴァンはくすくす笑った。「世の中には、金はあるが常識のない人間がいることがよくわかると思う。あそこはまったくもって——まあ、自分の目で見ることだね。きみは好きになるかもしれない」

「あなたは好きじゃないの？」

「ぼくはなんであれ偽物は好きじゃない」エヴァンは言った。「イタリアにあるイタリアの村はなにも問題ない。ウェールズには美しいウェールズの建物がいくつもあるしね。いや、あそこはそれなりにきれいなんだが、本物という感じがしないんだ。それにでたらめなんだよ――ピラミッドにヒーリング・クリスタルにドルイド。正しくないんだ」

グリニスは声をあげて笑った。「いかにも本物のウェールズの礼拝堂で育った人の台詞ね。クリスタルやヒーリングの儀式は近頃の流行なのよ」

「なにかを探している人にはいいんだろうね」

グリニスはうなずいた。「そうなんでしょうね。あなたは自己分析のようなことはしないの？」

エヴァンは首を振った。「ぼくは欲しいものはだいたい手に入れてきたからね。ただ、父が死んだあとは……」そこで口ごもり、きっぱりと首を振った。「そのときでさえ、ぼくがあの妙なピラミッドのなかに座ることはなかっただろうね」

車は保安ゲートに到着し、エヴァンはブザーを押した。

「北ウェールズ警察ですが、もう一度ここの所有者に会わせてください」エヴァンは言った。

「今日は忙しいんです。会えないと思います」インターコムから聞こえるブレインの声はざらついていた。

「でしたら、時間を作ってもらいます」グリニスは身を乗り出し、インターコムに向かって言った。「デイヴィス刑事です。重要な用件で来ています」

ゲートがさっと開き、またすぐに閉じた。「支払いをしていない客が逃げられないように、ゲートは閉めておかなくてはいけないのね」グリニスは冗談を言ったが、エヴァンが真剣な顔をしていることに気づいた。「なに？　ここになにか問題があると思っているの？」

「わからない。どうも釈然としないんだが、まだそれがなにかがわからない」

「面白いわ。わたしも気を配っておくわね」

エヴァンは、昨日バイクを止めたところに車を止めた。ここで待つようにというブレインの指示を聞き流し、石畳の道を歩いていく。

「あなたが言っていたことがわかったわ」グリニスは面白そうに笑いながら言った。「すごくディズニーランドっぽいわね？　一風変わっていてかわいらしいけれど、妙に非現実的だわ」

アーチをくぐったところで、マイケルが階段を駆けおりてきた。「ちょっと待ってください。ああ、あなたでしたか、巡査」

「こちらはグリニス・デイヴィス刑事です」エヴァンは濃い灰色のスーツを着た若い女性を紹介した。

マイケルは驚いたように彼女を見た。「刑事？　なにか問題でもあるんですか、じ、巡査？」

「かもしれません」エヴァンは答えた。「なので、レディ・アナベルかミスター・ワンダーリッツヒのところに、すぐに案内してください」

「レディ・アナベルはスパでマッサージを受けています」マイケルが言った。「こちらです」

一行はスパ棟のガラスのドアを通って、タイル敷きの吹き抜け空間《アトリウム》に入った。館内には穏やかな音楽が流れていて、壁のひとつには噴水が作られている。そのほかの壁には、漂う海藻や魚の群れなど海のなかをモチーフにしたタイルが張られていた。とてもよくできていて、まるで水族館のなかを歩いているようだ。

「ここで待っていてください。終わっているかどうか見てきます」マイケルは申し訳なさそうな笑みを浮かべた。「レディ・アナベルは、マッサージを邪魔されるのをすごく嫌がるんです」

エヴァンとグリニスが顔を見合わせているあいだに、マイケルは建物の裏側へと姿を消した。

「いったいなにごと？」険しい声が聞こえてきた。「そう、わかった。すぐに行くと伝えてちょうだい」

気まずさに顔を赤く染めたマイケルが戻ってきた。「レディ・アナベルはすぐに来ますから、座っていてください」

まもなく、ふわふわした白い大振りのローブ姿のアナベルが現われた。髪は頭の上に高く結いあげられているが、化粧は相変わらず完璧だ。「ありがとう、セルジオ。あなたは本当に素晴らしいわ。生まれ変わったみたいよ」だれかに声をかけている。

「巡査」アナベルはエヴァンに笑顔を向けた。「こんなに早く戻ってくるなんて、どうしたの？　リアンノン一派に宗旨変えしたの？」

「レディ・アナベル、こちらはデイヴィス刑事です」エヴァンが切り出した。「行方不明のアメリカ人女性を探しているのが彼女です」

「その子がここにいたことはないって、昨日説明したはずだけれど」完璧な化粧を施した顔にいらだちの表情が浮かんだ。

「はい、彼女が客として来なかったことはわかっています」グリニスが言った。「ですがあなたはエヴァンズ巡査にすべて正直に話しませんでしたね？」

「どういう意味かしら？」

「こちらの従業員のひとりが、彼女に見覚えがあると証言しています。ここで働いていたようです」

「従業員？」アナベルは本当に驚いたようだ。「大学生を雇ったなんて聞いていないわ。従業員は全員が地元の人間のはずよ。実を言うと、わたしはあまり関わっていないの。雇用と解雇は、家政婦のミセス・ロバーツに任せているから。着替えてくるから待っていてちょうだい。彼女に会わせるわ。マイケル、ミセス・ロバーツを捜してきてくれる？　どうにも気に入らないわね」

エヴァンとグリニスは再び待った。「あの奇跡の男にそれほどの超能力があるのなら、どうして彼女がここで働いていたことがわからなかったんだろう？」エヴァンがつぶやくと、グリニスは笑った。

「その奇跡の男にぜひとも会いたいわね」彼女は言った。「ベッツィの言葉の半分でも素敵なら……」

「きみの恋人は気に入らないと思うよ。レディ・アナベルもね」

「実を言うと、その恋人にはうんざりしてきているところなの」グリニスが言った。彼女はどうしてそんなことをぼくに話すんだろうと、エヴァンはいぶかった。ちょうどそのとき、紫色のベロアのトラックスーツを着たアナベルが戻ってきた。

「お待たせ。ミセス・ロバーツを捜しに行きましょう。二度手間にさせてしまって本当にごめんなさいね。でも、あなたはお客さまのことしか訊かなかったでしょう？　従業員が関わっているかもしれないなんて、考えてもみなかった……」アナベルは話しながら勢いよく階段をのぼっていき、本館へと入っていく。体重過多の人間にしてはかなり身軽だし、エネルギーに満ちあふれている。ひょっとしたら、ここのばかげたあれこれにはなにか意味があるのかもしれないとエヴァンは考えた。

ミセス・ロバーツは、キッチンの奥にある狭くて質素な事務室にいた。いかにもウェールズ人女性らしい顔立ち――典型的な魔女とされる顔だった。細長くてとがった顎に、突き出た額。一同が入っていくと彼女は立ちあがり、エヴァンとグリニスを見定めるようにじろじろと眺めた。

「ミセス・ロバーツはとても有能な家政婦なのよ」アナベルが言った。「大昔から、わたしの家で働いてくれているの。訊きたいことは全部彼女が答えてくれるわ。彼女の鷲のような目から逃れられるものはほとんどないんだから。そうでしょう、ミセス・ロバーツ?」

ミセス・ロバーツはにこりともせずにうなずいた。「なにをお訊きになりたいんですか?」まっすぐにエヴァンを見つめて尋ねる。

「それじゃあ、あとは任せるわね」アナベルが言った。「三〇分後にお客さまが到着するのよ。こんな汗まみれのみっともない格好でお迎えするわけにはいかない」彼女はそう言うと、エヴァンをじっと見つめているミセス・ロバーツを残してその場を去っていった。

「ミセス・ロバーツ。わたしはグリニス・デイヴィス刑事です」捜査を指揮しているのが自分であることを知らしめようとして、グリニスが一歩前に出た。「行方不明の女性について調べています。アメリカ人の大学生です。レベッカ・リーゼンといって、こちらの従業員のひとりから聞いた話によると、この春にここで働いていたようなんですが」

「レベッカ？」ミセス・ロバーツは顔をしかめた。「ええ、アメリカ人の女の子なら覚えています。ぜひ雇ってほしいと言っておきながら、一週間もしないうちに出ていったんですよ。でもアメリカ人というのは気まぐれだと聞いています――レディ・アナベルのいまのご主人のように。夕食にはこれが食べたいと言っておきながら気が変わったり、半分残したりするんです。気まぐれなんです」彼女はちらりとまわりを見まわし、声を潜めた。「ウェールズ語は話せますか？」

「エヴァンズ巡査は話せます」グリニスが答えた。「残念ながら、わたしは下手です」

「それは残念ですね」

「それで、レベッカについてなにか知っていることはありますか？」

「たいしてありません。彼女が現われたのは、たしか二月です。仕事を探していて、ちょうどその頃、女性の働き手が足りなかったんです。近頃は出入りが激しいんですよ。レディ・アナベルが子供の頃は、四人の使用人と庭師ひとりでなにも問題なくここを運営していたんですけれどね。それがいまでは、だれがだれなのかすらわからない――マッサージ師に女性祭司にわけのわからない人たち。いいほうに変わるということはないものなんですね。それにレディ・アナベルは正しい判断ができたためしがない。最初の夫と別れてからというもの、ろくでなしとばかり結婚していますからね」彼女は黒っぽいスカートを撫でおろした。「その女の子の話に戻りますが、彼女にはキッチンと洗濯を手伝ってもらうことにしました。雑用ですね。それから一週間もしないうちに、彼女が突然出て行ったと従業員のひとりが言いにきました。彼女がいなくなって喜んでいたみたいです――熱心なキリスト教信者だったみたいですね。彼女はここで行われている、反キリスト教のあれこれが気に入らなくて、改宗させなくてはいけないと思っていたようです」

「彼女がどこに行ったのか、心当たりはないんですね？」

「まったく。うんざりしたから出ていくと従業員のひとりに言って、出ていったようです。一週間分の給料の小切手を受け取ることもなかったんです。でもアメリカ人はお金持ちなんですよね？」

「ミスター・ワンダーリッヒは金持ちですか？」エヴァンが尋ねた。

「アメリカでは有名なテレビスターだと聞いています。でも、雇い主のことをあれこれ話すのは正しいことじゃありませんよね？　わたしがお話しできるのはこれで全部だと思います」

「ありがとうございます《ディオフ・ン・ヴァワー》」エヴァンはウェールズ語に切り替えた。「彼女が一緒に働いていた従業員に話を聞けますか？　ベサンという女性が彼女の写真に見覚えがあったようなんですが」

「ああ、ベサン。彼女はベサンを手伝っていたかもしれません。ベサンをここに来させましょう」

「キッチンも手伝っていたと言いましたよね？　キッチンに行って、そこにいる人たちにいくつか質問をしてもいいですか？　ここを出ていくとき、行き先についてなにかほのめかしたかもしれない」

「いいでしょう」ミセス・ロバーツは先に立って暗い廊下を歩いていき、キッチンへと向かった。そこは明らかに古い屋敷の一部だったが、古いものはなにひとつなかった——ステンレスのカウンタートップ、ずらりと並んだ最大で最高級のコンロと冷蔵庫。出費を惜しまなかったことがよくわかる。エヴァンは、料理人と助手たちにあれこれと質問しているグリニスを眺めていた。ほとんどがスペイン人かイタリア人で片言の英語しか話せず、レベッカのことを覚えてすらいなかった。

ミセス・ロバーツの事務室に戻ると、ベサンが息を切らしながらやってきた。

「瞑想室にいたんです。走ってきました」

グリニスはエヴァンを促した。「ベサン」エヴァンが切り出した。「ぼくが見せた写真の女の子を知っているときみは言ったね。レベッカ・リーゼンだ」ウェールズ語で言う。

ベサンはうなずいた。

「彼女はどんな子だった？」

「とても静かで、内気でした」ベサンは学校で教師に答えているみたいに、うなだれている。「あまり話はしませんでしたけど、感じのいい子でした。一緒にリネンを畳んだ日があって、そのときに少しだけ話したんです。カリフォルニアから来たっていう話になって、いいところだろうねって言ったら、そうだって言ってました。それくらいです」

「ドルイドのことはなにか言っていなかった？」エヴァンが尋ねた。「ドルイドに興味があるとかなんとか？」

「ドルイド？　それはないです。彼女はとても信心深かった。ここで行われていることが気に入らなかったみたいです。〝異教徒だらけ〟って言っていました」

「だれかを改宗させようとしていた？」

「改宗？　どういう意味ですか？」ベサンは眉間にしわを寄せてエヴァンを見た。

「だれかに説教したりとか？」

「それはありません。さっきも言いましたけど、彼女はとても静かで内気でした。わたしと話をしたのは、リネン用クローゼットに一緒にいたからです。それ以外はたいてい黙っていました」

「それじゃあ、どうして彼女が出ていったのかは知らないんだね？　ここにいる人たちが異教徒だったからだと思うかい？」

「そうかもしれません。だれかに聞くまで、彼女が出ていったことは知らなかったんです。〝アメリカ人の子はどこ？〟ってわたしが訊いたら、〝突然出ていったよ。書き置きだけ残してね〟って言われたんです」

「とりあえず、はっきりしたことがいくつかあるわね」施設から出る車のなかでグリニスが言った。「彼女がここを出ていった日にちがわかった。次はポルスマドグを出て行くバスと列車を調べないと。しまった。彼女が車を持っていたかどうかを訊かなかったわ。大学生だし、まずそれはないと思うけれど。どう思う？」

エヴァンは肩をすくめた。「レンタカー会社に確認すればわかるだろうが、車を借りるにはお金がかかる。両親は金持ちなのか？」

「ごく普通よ。娘を捜すためにここに来る費用を工面するのは大変だったみたい。甘やかされた金持ち娘というわけじゃないわ。あなたが訊きたいのがそういうことなら」エヴァンは幹線道路に入ると、入り江を渡るための列に並んだ。「そう言えば、彼女の両親に会うことを承諾してくれてありがとう。こういうときになにを言えばいいのかをあなたはわかっているのよね。わたしは全然だめなの。学ばなくてはいけないことのひとつよ」

「簡単ではないよ」エヴァンは言った。「これまで何度か悪い知らせを伝えたことがあるが、何度やっても辛いね」

「ワトキンス巡査部長もそう言っている」グリニスはエヴァンの顔を見た。「どこかでビールでも飲んでいかない？　あなたに借りがあるって言ったでしょう？」

「それはいつか返してもらうよ。でも今夜はまっすぐ帰らなくてはならない。恋人のために夕食を作ることになっているんだ」

「まあ」明らかな間があった。やがてグリニスは軽い口調で言った。「ほかにもたくさん才能があるのに、あなたはお料理も上手なの？」

「上手にはほど遠いよ。ひとり暮らしを始めたばかりで、いろいろやってみてはいるんだが、どれも散々だ。今夜はスパゲッティを作るんだ。さすがのぼくでもたいした失敗はしないと思うよ。スパゲッティ・ボロネーゼとサラダを作るつもりなんだが、それでいいだろうか？」

「素敵」グリニスが言った。「彼女は幸せね」

10

　その日の夕方、エヴァンは刻んだ玉ねぎやニンニクやミンチ肉やトマトの入った皿やボウルに囲まれて、キッチンに立っていた。傍らの棚には『ひとり暮らしのためのサバイバル・クッキング』が立てかけてある。コンロでは大きな鍋のなかでお湯が沸騰していて、フライパンで油を温め始めたちょうどそのとき、玄関の呼び鈴が鳴った。

「くそ」エヴァンはつぶやいた。ブロンウェンではないはずだ。手伝いはいらないから、早く来ないようにと言ってある。タオルで玉ねぎ臭い手を拭いて、玄関に向かった。

「こんにちは、エヴァン」そこにいたのは、いつになく若くて愛らしいベッツィだった。いつもの彼女は、想像の余地がほとんどないようなセクシーな服装をしていることが多い。けれど今日はジーンズに、彼女には数サイズ大きい手編みのセーターという格好だった。

「やあ、ベッツィ。なにかあったのかい？」

「いいえ、なにも。あなたがどうしているかを確かめたくて、ちょっと寄っただけ。ミセス・ウィリアムスのところで、エミーと一緒にごちそうになってきたの。ミセス・ウィリアムスは本当にお料理が上手ね。ペストリーはさくさくで、ナインのものよりもおいしかったわ。あなたのことが話題にのぼって、ミセス・ウィリアムスがとても気にしていたから、帰りに寄ってみるって言ったの」

「ぼくは大丈夫だよ。ありがとう」エヴァンは言った。「実を言うと、いま料理の最中なんだ——フライパンを温めているところなんだよ」エヴァンはキッチンに駆け戻り、煙をあげているフライパンをきわどいところで火からおろした。

「まあ、エヴァン！」ベッツィが感嘆の声をあげた。「なにを作っているの？　すごく手がかかっているみたいだけれど」

「三〇分後にブロンウェンがディナーに来るんだ。いま、スパゲッティのソースを作っているところだ」

「缶詰を買えばよかったのに」

「でも、それじゃあだめなんだ。ぼくにもできることをブロンウェンに見せなきゃいけないからね」

「手伝いましょうか？」ベッツィは袖をまくりあげながら言った。「感謝知らずのハリー・ロイドのためにずっとドラゴンで料理をしていたから、台所仕事は得意なのよ。レタスを洗う？」エヴァンが答えるより先に、ベッツィはレタスの葉を水道水で洗い始めた。

「彼はもう後悔していると思うわ。今夜、ドラゴンをのぞいてみたの。男の人がふたりいるだけだった。チャーリー・ホプキンスと肉屋のエヴァンズ。閑古鳥が鳴いていたわよ。思ったとおりね」

ベッツィがレタスを振ると、水があたりに飛び散った。

「おっと、気をつけて」エヴァンは笑いながら言った。ベッツィはいたずらっぽく笑って、彼の顔にさらに水をかけた。いかにもあだっぽい振る舞いで、彼女の手首をつかもうとしたエヴァンは、寸前で思いとどまった。ベッツィに触れたらどういうことになるか、わかったものじゃない。

「邪魔をしないでほしいな。ソースを作らなきゃいけないんだから。さてと、まずは玉ねぎとにんにくだ」エヴァンはフライパンに玉ねぎとにんにくを入れた。

「それで、行方不明の女性のことはなにかわかったの？」ベッツィが訊いた。「今日またセイクリッド・グローヴに来ていたって、ベサンが言っていたけれど」

「彼女はほんの一週間足らずあそこにいただけで、すぐに出ていったということだけだ。たいしてわかっていないよ」

「もうアメリカに戻ったのかもしれない」

「その可能性はおおいにあるね」

「あたしの超能力の訓練がまだ進んでいないのが残念ね。目をつぶれば、彼女の波動を感じられたかもしれないのに」

「きみの導師のランディが試してくれたが、なにもつかめなかったよ。ところで、きみの今日のセッションはどうだったんだい？」

「今日はなかったの。彼がいなかったのよ。彼のオフィスに行ったのに、現われなかったの。なにかもっと大事な用ができたんでしょうね。今日、新しいお客さんが来たし。また時間ができたら、セッションの予定を立ててくれると思う」ベッツィは水切り台の端にもたれてエヴァンを見た。「あたしの力はたいしたものかもしれないってエミーが言うの。ほかの人の未来が見えるかもしれないし、なにかを現実にすることすらできるかもしれないって。もっとも力のある超能力者は、頭のなかでなにかを思い浮かべるだけで、それを現実にできるんですって。それって、わくわくしない？」

「ぼくなら、そんな話は鵜呑みにしないね」エヴァンはお湯が沸騰している大きな鍋にスパゲッティを入れながら言った。「そういった話を信じる人間もいるだろうが、ぼくは証拠が見たいよ。これまで、本物の超能力者には会ったことがないからね」

「あたしのナインはデリン・コーフを見たのよ」

エヴァンは笑顔で応じた。「きみが有名な超能力者になったら、ぼくもすごくうれしいよ。きみは昔から有名になりたがっていたからね」

ベッツィはにっこり笑って言った。「ランディと一緒にテレビに出ているあたしを想像してみて」

「こんなことを言うのはなんだが、彼は結婚しているんだぞ」

「あら、彼は年を取り過ぎているわよ。とっくに三〇を越えているのよ。あたしはもっと若い人がいいわ」ベッツィはカウンターの一方の端に腰かけると、脚をぶらぶらさせながら言った。「ねえ、エヴァン」言葉を選びながら問いかける。「もしブロンウェンがいなかったら……ブロンウェン・プライスがこの世に存在していなかったら、あたしをそういう目で見ていたと思う？」

「ベッツィ！」エヴァンは落ち着きなく笑った。「きみのことは好きだよ。本当だ。だがぼくはきみにふさわしくないよ。きみにはもっと陽気で楽しい男のほうがいい。ぼくはダンスや、ほかにもきみが好きそうなことは好きじゃないからね」

「あたしもいつかは真面目な人と落ち着きたいと思っているのよ。まあ、いいわ。あたしは戦わずにあきらめたりしないから。あたしの超能力でブロンウェンを消し去ることができると思う？」

「わお——いいにおい」玄関からブロンウェンの声がした。「言ったでしょう？　その気になればあなたは……」キッチンまでやってきて、エヴァンの隣でカウンターに座っているベッツィに気づくと、そこで言葉が途切れた。「あら、いけないことをしていたわけじゃないでしょうね」

「ミセス・ウィリアムスに頼まれて来ただけよ」ベッツィは優雅にカウンターからおりた。

「心配するようなことはないから」

ブロンウェンは笑って言った。「いけないことっていうのは、お料理ができる人に手伝ってもらうっていう意味よ。彼に手を貸したりしていないわよね、ベッツィ？」

「レタスを洗っただけ。でないと、あなたはいも虫をいっぱい食べることになったでしょうからね」ベッツィが言った。「さあ、あたしは帰るわね。ディナーを楽しんでね。エヴァン、あなたはよくやっていると思うわよ」

ベッツィが玄関を出ていくあいだ、エヴァンはブロンウェンに見つめられていることをひしひしと感じていた。「手伝ってほしいって、あなたが彼女に頼んだわけじゃないわよね？」ブロンウェンが非難がましい口調で言った。

「もちろんだよ。ぼくがちゃんと生きているかどうか、ミセス・ウィリアムスが気にしていたらしい。ベッツィは、あの有名なエミーと一緒に彼女のところで食事をごちそうになったんで、帰りにぼくの様子を見に寄っただけだよ」

「言わせてもらうと、ベッツィはそのエミーにずいぶんと影響を受けているわね。まるでひつじみたいに、彼女のあとをついてまわっている」

「有名なランディにもね」エヴァンが言った。

「だれのこと？」

「セイクリッド・グローヴにいる超能力者のスターだよ。きみも一度会っておくべきだよ、ブロン。サムソンみたいに肩まで髪を伸ばしていて、よく日に焼けていて、たくましくて、ハリウッドっぽいんだ」

ブロンウェンはいたずらっぽい笑みを浮かべた。「あら、いいことを聞いたわ。ぜひ一度、会いに行かないと」

エヴァンは彼女のウェストをつかむと、自分のほうに引き寄せた。「そんなことは言わないでほしいな。でないと、ぼくの秘密のスパゲッティ・ソースを食べさせてあげないぞ」

ブロンウェンは笑って彼にキスをした。

「ぼくが料理に集中できなくなるぞ。きみは、テーブルに置いてある赤ワインの栓を抜いておいてくれないか？」

「今夜あなたが口にした初めてのもっともらしい提案ね」ブロンウェンは軽やかな足取りでキッチンをあとにした。エヴァンはそのあとを追った。「まだキャンドルやテーブルクロスやそういったものにまで、手がまわっていないんだ」

「気にしないで。一週間でずいぶんと進んだわよ」

「週末はあのいまいましいセイクリッド・グローヴを何度も訪ねたんだから、なおさらだよ。アメリカから来た大学生が行方不明なんだ」エヴァンは言い添えた。「数か月前、ほんの短いあいだあそこにいたことがわかったんだ。わかったのはそれだけなんだが」

ブロンウェンはふたつのグラスに赤ワインを注いだ。

「きみは座っていて。ぼくが準備するから」エヴァンはそう言うとキッチンへと戻っていったが、ぎょっとして足を止め、大声で叫んだ。「なんてこった！」

ブロンウェンが走ってきた。「どうしたの？　なにがあったの？」

エヴァンは、鍋からむくむくと這い出してコンロの脇へとおりていく、ねっとりした巨大な塊を無言で指さした。

ブロンウェンは笑いだした。「スパゲッティはあんなふうになるものじゃないだろう？」

「ホラー映画に出てくるなにかみたいね――〝ウェールズを呑みこんだ物体〟――どれくらいのスパゲッティをゆでたの？」

「まずひと袋入れたんだが、それじゃあ足りないように思えたんで、もうひと袋足してみた」

ブロンウェンは彼の首に腕をまわした。「かわいいおばかさん、ひと袋は八人分よ。あなたはスランフェアの半分の人間に振る舞えるくらいの量をゆでたの」

「彼らを招待するつもりはないぞ」エヴァンは彼女に笑われて恥ずかしかった。「恋人と特別なディナーを楽しむつもりだったのに、こんなものを食べるのか。向こうで座っていてくれないか。なんとかするから」

ブロンウェンは笑みを浮かべたまま、居間へと戻っていった。

翌朝、とても早い時間にエヴァンは電話の音で起こされた。よろよろと階下におり、受話器を取る。

「エヴァン――あなたは大丈夫？」聞こえてきたのがブロンウェンの声だったので驚いた。

「ぼく？　ああ、元気だと思うよ。たったいま起きたところだ。いま何時だい？」

「わからない。早い時間だわ。起こしてごめんなさい。でも、わたし具合が悪くて。ひょっとしたら食べたものが悪かったんじゃないかと思って……」

「気分が悪いの？」

「ものすごく。ひと晩中、トイレから出られなかったわ」

「すぐに行く」エヴァンは急いで服を着替えると、大通りを走った。霧の濃い朝で、牛乳配達車が亡霊のようにぼんやりと浮かびあがっている。学校は霧のなかにかすかに見えるだけだった。エヴァンは校庭を横切り、ブロンウェンからもらっていた鍵でなかに入った。

「来なくてもよかったのに」寝室に入っていくと、ブロンウェンが言った。

「ひどい顔色じゃないか。医者に電話をするよ」

ブロンウェンはうなずいた。「ものすごく気分が悪いの。でもあなたは元気だし、ゆうべわたしたちは同じものを食べたわけだから、食中毒ではないわね」

「それはよかった」エヴァンは額に落ちていた彼女の髪をかきあげた。「恋人に料理を一度振る舞ったら、悪いものを食べさせられたと非難されるんだな」

「ごめんなさい。そんなつもりじゃ……」

「いいんだよ。インフルエンザかもしれないな。紅茶とトーストなら食べられそう？」

ブロンウェンはうなずいた。「お腹にとどまってくれるかどうかはわからないけれど、食べてみるわ。それから、電話をかけてもらえる？　代わりの先生をよこしてくれるように、教育管理事務所に連絡しておかないと」

「今日はぼくが休みでよかったよ」エヴァンが言った。「週末の休みが二週間おきにしかないことにも、いい点はあるだろう？」

「本当にわたしは運がいいわ」ブロンウェンはかろうじて笑みを作った。「最初の料理でわたしが死ななかったから、彼には二度目のチャンスがあるんだもの」

その朝、セイクリッド・グローヴに到着してすぐ、なにかがおかしいとベッツィは感じた。エミーは入り口で彼女をおろして言った。「見込みのあるほかの人たちから話を聞くことになっているのよ。あなたと会ってますます興味をかきたてられたから、ケルト人が持つ超能力についてもっと証拠を集めることにしたの。ケルト人ひとりじゃ、教授は満足してくれないでしょうからね。今日のランディとのセッションの結果を教えてね？　あとで寄るようにするから」

警備室のブレイン以外はだれに会うこともなく、ベッツィはスパの近くまでやってきた。

タオルの数を確認するのが今日の最初の仕事だ。だれかの叫び声が聞こえて、ベッツィは足を止めた。

「あなた！　そこのあなた！　名前はなんて言ったかしら――ベティ？」

レディ・アナベルが階段を駆けおりてきた。美容院に行ってきたばかりのように見えないのは初めてだったし、化粧もしていないことにベッツィは気づいた。

「あなたと話したいことがあるのよ、ベティ。わたしのオフィスまで来てもらえるかしら？」彼女の声は険しかった。

「あたしの名前はベッツィです。なにか間違ったことをしましたか？　ゆうべ帰る前に食器洗浄機に食器は入れたし、それに……」

「なにも間違ったことはしていないわ。その話じゃないの」レディ・アナベルはすさまじい速さで階段をのぼっていく。「昨日の午後の夫とのセッションのことが聞きたいのよ」

ベッツィはちらりと彼女を見た。嫉妬だろうか？　夫が魅力的な若い娘といちゃついていたと疑っているの？

「昨日わたしは彼とセッションをしていません」ベッツィは答えた。

「でもスケジュール帳にはそう書いてあった。四時頃、彼と会うためにあなたが瞑想室に行ったってベサンが言っていたわよ」

「確かに行きました」ベッツィはうなずいた。「でも彼はいませんでした。しばらく待ったんですけど来なかったので、なにか大切な用ができたんだろうって思ったんです。あたしはそのあとすぐにディナーの手伝いをすることになっていたので、キッチンに向かいました。あたしに用があれば、そこにいることがわかるだろうと思って」

レディ・アナベルは管理棟のドアを押し開け、戻ってきたドアがあとから入ってくるベッツィの顔に当たるかもしれないことなど気にかける様子もなく、そのままずんずんと歩いていく。

「どうしてですか？　彼があたしのことをなにか言っていたんですか？」そう尋ねるベッツィの声は震えていた。

「なにも言ってなんかいないわよ！」レディ・アナベルはベッツィを振り返り、甲高い声で叫ぶように言った。「なにも言っていない。だって彼が見当たらないんだから！」

「いなくなったっていうことですか？」

「もちろんいなくなったのよ！　ディナーに現われなかったから、マイケルに捜しに行かせたの。あなたのことを書いたメモと飲みかけのコーヒーカップがランディの机に置いてあったけれど、彼はどこにもいなかった。昨日の午後の半ば以降、だれも彼を見かけていないの」

ベッツィはなにを言えばいいのかわからずにいた。脳裏をよぎったのは、ランディはかなりいい男でレディ・アナベルは太った年配女性だということだ。ランディには、夜中に家を抜け出す理由があるのかもしれない。

「彼はきっと大丈夫ですよ」ベッツィは彼女をなだめようとして言った。

アナベルは悪意に満ちた目で彼女をにらんだ。「あなたに彼らが言うとおりの超能力があるのなら、どうして彼の居場所がわからないの？」

「ベッツィを怒鳴っても仕方がありませんよ」マイケルがミセス・ロバーツの事務室から出てきた。「ぼくたちと同じで、彼女だってなにも知らないんだ」

「だれもかれも役立たずなんだから」アナベルが辛辣な口調で言った。「あなたはそれ以上だけれどね」

「ぼくになにをしろと言うんです？」マイケルは眼鏡の奥で不安そうにまばたきをしながら辛抱強く尋ねた。

「それじゃあ不十分よ。「できることは全部した。敷地内を捜したし……」

うもの、散々わたしたちをいらつかせてくれたんだから。今度は、彼になにか役に立つことができるかどうか、見せてもらおうじゃないの」

「ほんの数時間姿が見えないからといって、警察に通報することはできないと思います」

マイケルはいらだちを抑えながら言った。

「彼は泳ぎに行って、潮に流されたのよ。きっとそうよ！」アナベルはヒステリックに叫んだ。

「ちょっと考えてみてください」マイケルは落ち着いた低い声で言った。「昨日の五時頃は引き潮だった。暗くなるまで入り江にはほとんど水がなかった。泥のなかを八〇〇メートルも歩いたりしないと思いませんか？」

「それなら、彼はどこなのよ？」

「そんなふうに取り乱してもなんの役にも立ちませんよ。まだお客さまはいるんでしょう？　彼らを怖がらせないほうがいい」

「うるさいわよ、マイケル。わたしに指示したりしないでちょうだい。よりによってあんたなんかが！」アナベルは向きを変え、主階段のほうへと歩きだした。「ひどい頭痛がするの。紅茶を持ってきて。なにかいい知らせがあるまでは、だれも来させないでちょうだい！」

アナベルの姿が見えなくなるまで、ベッツィは気まずい思いでその場に立ち尽くしていた。マイケルが恥ずかしそうに彼女に微笑みかけた。「悪かったね。彼女はちょっとしたことですぐにかっとなるんだ」

彼はキッチンへと歩きだした。ベッツィは彼を気の毒に思いながら、並んで歩いた。

「どうしてあんなことを言われて黙っているんです？」通路でふたりきりになったところで、ベッツィは小声で尋ねた。「彼女がそんなに難しい人なら、どうしてここで働いているんですか？　あなたはちゃんとした教育を受けているんですよね？　話し方でわかります。もっといい仕事がすぐに見つかるはずなのに。お給料だってもっともらえるはず」

「難しくはないだろうね」マイケルが言った。「ぼくは、寝るところと食べるものをもらっているだけだから」

「寝るところと食べるもの？　なのにどうしてここにいるんですか？」

マイケルは面白そうな顔になった。「だれからも聞いていないの？　彼女はぼくの母親だ」

「お母さん？」

「あまり似ていないだろう？　ぼくは、彼女と最初の夫ジェームズ・ホリスター大佐とのあいだにできた子供だ。彼女は一八歳で結婚した——大々的に式をあげたそうだ。やがてぼくが生まれると、彼女はぼくたちを捨ててレーシングカーのドライバーの元へと走った」

「まるで映画みたいですね。ロマンチックだわ」

「それが自分の身に起きたのではないならね。ぼくは隙間風の入る古い城にひとりで置いていかれ、何人もの子守と死ぬまでにふたことくらいしか話さなかった父親に育てられた。父はぼくが一四歳のときに死んだ。ぼくは学校を卒業するとすぐに、母親を探し出した。ドライバーはすでに死んでいて、彼女は何人もの若くてハンサムな男たちと付き合っていたよ。一番新しい男がランディで、彼女はあいにくそいつと結婚するくらい愚かだったというわけだ」

「いったいどうして――」ベッツィは言いかけて口をつぐんだ。

「どうして彼が結婚したのかって？」

「ええ、だって彼女は――」

「若くない？　たいしていい結婚相手ではない？　彼女には称号とこの施設があるが、それだけだ。金持ちだと思っていたなら、彼もさぞがっかりしているだろうな」

「それならどうして逃げ出さないのかしら」

「逃げ出した男は何人もいた」マイケルが言った。「きみも見たとおり、一緒に暮らすのには難しい人だ。独占欲がすごく強くて、考えが甘い。簡単にだまされる。この超能力の話だってそうだ。彼女の最新のブームだよ。これまでも鍼や仏教やその他いろいろなものにはまってきた。ランディは彼女の未来を見ることができて、現在の問題を取り除く手助けもしてくれると考えているんだ」

「あなたはそう思わないの？」

「正直に言うと――」マイケルはベッツィに顔を近づけた。「――彼はペテン師だと思っているよ。そうじゃなければ、どうしてぼくがここにいると思う？　彼女に目を光らせておくことができるように、ぼくは大学を休学した。ランディと彼女のあの会計士がいるからね、いつかぼくがちゃんとここを相続できるようにしておきたいんだ」彼はベッツィに笑いかけた。「でもきみが心配することはないよ。きみには関係ないことだからね。それじゃあ、またあとで。ぼくは彼女に紅茶を持っていかないと。それから精神安定剤かな——ここ最近は、自然治癒力にしか頼らないと本人は言っているけれどね」マイケルはあきらめたように肩をすくめると、暗い廊下にベッツィを残してキッチンに入っていった。

11

暗闇のなかにゴロゴロという音が響いた。エヴァンは眠りから覚め、ベッドに横たわったまま耳を澄ました。雷？　窓の外には星空が広がっている。雷ではなさそうだ。もう一度同じ音がして、彼はようやくそれがなんであるかを悟った——だれかが玄関のドアを叩いている。

エヴァンはガウンをつかみ、手探りで廊下の明かりのスイッチを入れた。心臓が激しく打っている。ブロンウェン。ブロンウェンになにかあったんだ。ゆうべ帰ってくるとき、彼女は少しもよくなっているように見えなかったし、軽い胃腸炎だろうと医者が言ったにもかかわらず——いま流行しているらしい——心配でたまらなかった。

エヴァンはドアを開けた。白いフランネルのガウンらしきものの上にアノラックを着て、ふわふわしたピンクのスリッパを履いた路上生活者のような小柄な人間が立っていた。

「ベッツィ？　いったいどうしたっていうんだ？」エヴァンは訊いた。

彼女の目はお皿のように大きく見開かれていた。「彼を見たの、エヴァン。彼を見たの」

た。

「ヒーリング施設の？　どこで？」ベッツィのコテージから走ってくる人間がいるのではないかと思いながら、エヴァンはドアの外に身を乗り出したが、通りにはだれもいなかった。

「ランディよ。ランディを見たの」

「だれを見たんだ？」

「夢のなかで」

「ベッツィ、いったいなんの話をしているんだ？」彼の家に入りこもうとする新たな口実なのだろうかとエヴァンはつかの間考えたが、彼女の顔に浮かんだ恐怖の表情は本物だったし、がたがたと体まで震わせている。

「落ち着いて。なかに入るんだ。紅茶をいれるから」

ベッツィは彼の袖をつかんだ。「だめよ、あなたはわかっていない。あたしはあそこに行って、話さなきゃいけないの」

「ベッツィ、落ち着くんだ。きみは悪い夢を見たんだよ。ただの夢だし、家にはお父さんもいるんだろう？　ぼくにどうしてほしいんだ？」

「一緒に来てほしいの。セイクリッド・グローヴまで」

「こんな時間に？　朝まで待てないのかい？」

「待てない。いますぐに行かなきゃいけないのよ。だって彼はいなくなっていて、あたしは彼を見つけたんだもの」ベッツィはろくに話もできないくらい、激しく歯を鳴らしていた。「念のため、あなたも一緒に連れていくべきだってエミーが言うの」

「ランディがいなくなった？」

「そうなの。レディ・アナベルはあなたに連絡したがった――彼が行方不明だって通報したがったんだけれど、ほんの数時間行方がわからなくなったくらいで警察に連絡するわけにはいかないってマイケルが言ったの。それであたしは眠ったら、突然彼が出てきて、全部見えたのよ――彼があそこに倒れていたの。急いでエミーのところに行って話したら、彼女は信じてくれた。超能力者は夢で意思の疎通をすることがよくあるから、あなたを連れていくべきだって言われたの」

ドアの外に目を向けたエヴァンは路肩に車が止まっていて、なかに人がいることに気づいた。つかつかと車に近づいていく。フードのついた黒っぽいジャケットを着たエミーが窓を開けた。

「なんだって、ばかげた話を彼女に吹きこんだんだ？　かわいそうに、怯え切っているじゃないか」

「あなたは、彼女が強い力の持ち主だっていう事実に向き合うべきよ。検査の結果を見せたかったわ。一〇の図形のうち、八つも当てたのよ。ああいった検査をごまかすことはできないんだから。もしも彼女がミスター・ワンダーリッヒの夢を見たというのなら、真剣に受け止めるべきだと思う。わたしはそうする。いまから彼女をあそこに連れていくわ。万一に備えて、あなたも一緒に来るべきだと思ったの」

「いいだろう。着替えてくるよ」エヴァンは言った。「ベッツィも着替えさせないとだめだ。あんなふうに震えていたら、風邪をひいてしまう」

「超能力を使うと、体に深刻な副作用が出ることがしばしばあるのよ。でもそのとおりね。彼女も着替えさせないといけないわ。山にのぼることになるかもしれない」

数分後、三人はエミーのレンタカーで峠を海岸へとくだっていた。

「それで、ランディの姿が見えないというのはどういうことなんだ？」エヴァンは尋ねた。

「説明してくれないか」

「レディ・アナベルがくわしいことを話してくれると思うけれど」エミーが言った。「昨日の夕方、わたしがベッツィを迎えに行ったとき、あそこは大騒ぎだった。前の日の午後以降、だれも彼の姿を見ていなかったの。彼らは敷地内を捜していて、アナベルはヒステリー状態だった」

「ふと思い立って、だれにも言わずに出かけたという可能性はないのか？」

「駐車場に彼の車があったし、警備員は彼が出ていくのを見ていない」

車は、闇のなかで眠りについているベズゲレルトを通り過ぎた。ポルスマドグの人気《ひとけ》のない通りを一匹の猫が音もたてずに歩き去っていった。

「まず先に電話をするべきだった」エヴァンはようやく、すべきだったことに気づいた。紅茶をいれたり、本部に連絡したりすることもできたのに、強引なアメリカ人女性に急き立てられて行動してしまった自分に腹が立った。

エミーは興奮した様子で、前方の道路をじっと見つめながらハンドルを握っている。「これが初めてなの」彼女は言った。「たくさん調査はしてきたし、あらゆる本を読んできたけれど、超能力を実際に目の当たりにするのは。なんていうか――すごく刺激的じゃない？」

助手席のベッツィはコートにくるまっているものの、まだ震えている。エヴァンは狭い後部座席に窮屈そうに座っていた。入り江を渡っているあいだ、沈みかけている月の明かりが車の両側の水面に反射していた。

ようやくヘッドライトの明かりのなかに、セイクリッド・グローヴの防犯ゲートの金網が浮かびあがった。エヴァンは夜のこんな時間に応答はないだろうと思いながらブザーを押したが、ほぼすぐに返事があり、「北ウェールズ警察です」という彼の言葉に応じてゲートは音もなく開いた。

紫色のサテンのローブをまとったレディ・アナベルが現われたが、茫然とした様子で顔色が悪かった。実用的な灰色のウールのガウンを着たミセス・ロバーツが、忠実な犬のように彼女の背後に立っている。「もう一度説明してちょうだい」階段をおりながらアナベルが言った。「その子がランディを見つけたっていうの？」

「彼女は夢を見たんです」エミーがそう言ったのと、ベッツィが口を開いたのが同時だった。「夢で彼を見たんです」

「彼女には強い超能力があるという結果が予備検査で出ています」エミーが言った。「彼女の言葉は真剣に受け止めるべきだと思います」

「いまはなんだって真剣に受け止めるわ」アナベルが応じた。「夫を見つけることができるなら、藁にだってすがるつもりよ」彼女はベッツィの腕をつかんだ。「あなたが見た夢を話して」エミーに尋ねる。「リアンノンを起こしたほうがいい？　彼女の夢は解釈する必要がある？」

「とてもわかりやすい夢です。話してあげて、ベッツィ」エミーが答えた。

「洞窟に入っていったんです」ベッツィが言った。「そうしたら、地面にだれかが横たわっているのが見えました。暗くて、海藻のにおいがしました。近づいてみたら、ランディ――ミスター・ワンダーリッヒだったんです。彼はそこに横になっていて、近づいて触ろうとしたところで目が覚めました」

「洞窟！　どうして思いつかなかったのかしら？　そうよ、なんてばかだったの。マイケルを起こしてきて。懐中電灯がいるわ。わたしの携帯電話はどこ？　その夢のなかでランディはどんな感じだった？　なにか事故に遭ったんだと思う？　医者が必要かもしれない

――いま電話したほうがいいかしら。具合が悪くなったとか？　それとも転んだ？　ああいった洞窟のなかには、潮の加減で出られなくなるものがあるから……」

アナベルは羽ばたきのように両手をひらひらさせながら、あたりを歩き回った。

ミセス・ロバーツが彼女を押さえた。「落ち着いてください、ミス・アナベル。寝間着のまま、どこかに行くわけにはいきません。まずは暖かい服に着替えてきてください。そのあいだに、わたしが紅茶をいれておきますから」

アナベルは放心状態であたりを見まわした。「そうね、あなたの言うとおりだわ。まずは着替えないと。それに紅茶を飲めば落ち着くでしょうね。ありがとう、ミセス・ロバーツ。あなたは本当にわたしによくしてくれる」

「だれかがそうしなくてはなりませんから」ミセス・ロバーツはつぶやきながらその場を離れていった。

「それから、ベンとマイケルを起こしてちょうだい」アナベルは彼女の背中に向かって叫んだ。「ふたりが必要よ」彼女はシルクのローブをはためかせ、スリッパをぱたぱた言わせながら階段を駆けあがっていった。

エヴァンはエミーとベッツィに視線を向けた。「敷地内に洞窟があるの？」

エミーは肩をすくめた。「わたしに訊かないで。ふたつの建物を見ただけなんだから。ここと瞑想センターだけ。でも敷地はすごく広いはずよ」

た。

「海岸沿いのはずよ。海藻のにおいを嗅いだんだから。それって重要だわ」エミーが言った。

「ぼくは紅茶が飲みたいよ」エヴァンは言った。「きみも飲んだほうがいい、ベッツィ。まだ震えているじゃないか」

「そうなの。歯が鳴るのを止められない」

「ぼくはミセス・ロバーツを手伝ってくるよ」エヴァンはキッチンのあるほうへと歩きだした。なにか気を紛らせるものが必要だった。ベッツィたちと一緒にいると、気持ちがざわつくばかりだ。今回の件はなにもかもがあまりにも非現実的すぎて、まるで台詞を教えてもらわないまま、なにかの芝居に役者として出演しているみたいだった。ティーカップを載せたトレイを運んでいるミセス・ロバーツを見つけたが、彼女は礼儀正しくエヴァンの手助けを断った。「ひとりで大丈夫です。ありがとうございます、サー」

玄関ホールまでやってくると、紫色のベロアのトラックスーツに着替えたアナベルがすでにおりてきていた。マイケルとエヴァンが初めて見る恰幅のいい男性もそこにいて、男性のほうはかなり機嫌が悪そうだった。

「きみが超能力のたぐいを信じていることは知っているよ、アナベル」男性が言った。

「だが、せめて夜が明けるまで待てないのか？　とりあえずだれかを行かせるわけにはいかなかったのか？　マイケルとそこの若い女性が行ってもよかったんだ」

「わたしは自分で行きたいの」アナベルが言った。「彼はわたしの夫よ。彼を助けないと」

「だがどうして洞窟なんだ？　いったい彼はそこでなにをしているんだ？」

「洞窟で瞑想をしていたのかもしれない。まったくふさわしくない場所で瞑想していることがあるから」アナベルはふと思いついたかのように言った。「洞窟でとてつもない波動を感じたことがあるって、一度言っていたわ。敷地内に洞窟があるなんて、わたしはすっかり忘れていた。ランディはどうやって洞窟のことを知ったのかしら？」アナベルは紅茶を受け取った。「あなたはここの宝物よ、ミセス・ロバーツ」

「わたしはできることをしているだけです、ミス・アナベル」ミセス・ロバーツはぶっきらぼうに応じた。

エヴァンはありがたく自分の紅茶を飲んだ。

「洞窟に行きたいのなら、出発したほうがいい」マイケルが言った。「潮が満ちてきたら、たどり着けないかもしれない」

「それはありません」ミセス・ロバーツが言った。「干潮は六時です。問題なくたどり着けます」

一行は瞑想センターの前を通り、長い階段を無言でおり始めた。銅のピラミッドは内なるエネルギーに震えているようだったし、眼下に見える入り江の底の砂地は沈みかけている月の光を受けて薄気味悪い灰色に光っている。潮は引いていて、砂地に幾本もの銀色の水路ができていた。大きな懐中電灯を手にしたマイケルが先頭を歩き、アナベルとベッツィがそのすぐあとに続く。そのうしろがエミーとベン――彼が何者かはわからないが――で、最後尾がエヴァンだった。一行は階段をおり切って、砂地に立った。細かくて柔らかい砂は足の下で崩れ、歩きにくい。そそり立つ巨大な黒い影のような最後の建物の前を通り過ぎると、入り江の突き当りは岬へと通じているのがわかった。右側は黒っぽい崖が続いていて、砂の海岸にはあちらこちらに大きな岩があり、潮だまりもできていたので、迂回しなくてはならなかった。

「あそこだ」マイケルが崖の表面を懐中電灯で照らした。ふたつの黒い裂け目がある。ひとつはほぼ海岸と同じ高さで、もうひとつは少し高いところにあった。

「密輸業者があそこを使っていたって、父がよく言っていたわ」レディ・アナベルが言った。「建物のどれかに通じる秘密の通路があるに違いないって思っていたんだけれど、わたしは見つけることができなかった」

「あれはあなたが夢で見た洞窟なの、ベッツィ？」エミーが尋ねた。

「わからない」ベッツィが答えた。「洞窟の入り口にいたことしか覚えていないの」

「足元に気をつけて」マイケルが忠告した。「よじのぼらなくてはいけない。大丈夫かい、母さん？」

「どうにかする」アナベルが答えた。「あなたは懐中電灯を持って先に行って。わたしはここで待っているから。あなたがなにか……」彼女は身震いした。「ああ、彼があそこにいるといいんだけれど。無事だといいんだけれど。きっと転んで怪我をして、歩けなかったのね。きっとそうよ。そう思わない？　避難場所を探して洞窟に……」

マイケルは洞窟の入り口に向かって、すでに岩をのぼり始めていた。エヴァンもそのあとを追った。「ほら、ぼくが持とう」彼が両手を使ってのぼれるように、エヴァンは懐中電灯を受け取った。「ずいぶん上まで潮が満ちるようだ」エヴァンが言った。「こんな高さの岩までつるつる滑る」

「かなり上まで来ますよ。下のほうの洞窟は、満潮のときは水にほぼ沈むでしょうね」

「だとすると、あそこから動けなくなるわけだ」

「上の洞窟でもそうです。崖を上までのぼることはできないし、満潮のときは海岸に戻る道がなくなってしまう。どこか、避難する場所を見つける必要がありますね。もちろん、上の洞窟のほうが濡れずにすむでしょうが」

エヴァンは、ランディの姿が見えなくなって以降、安全な場所に戻ることのできる干潮が少なくとも二度あったことには触れなかった。

ベッツィとエミーが岩をのぼって、エヴァンとマイケルのいるところまでやってきた。

「さあ、ベッツィ」エミーが手を差し出した。「あなたが怖くないように、わたしが一緒に行くわ」彼女はベッツィを上の洞窟に連れていこうとした。

ベッツィは体を硬くした。「ちがう、これじゃない。もうひとつのほうよ」

「そんなはずない」エミーは不安そうな笑い声をあげた。「どうしてあっちの洞窟に行こうなんて思うの？　もし彼が捻挫して避難しているのなら、水の来ないほうに行っているはずでしょう？　ほら、入り口まで行って、どんな波動を感じるか試してみて」

「こっちよ」ベッツィは低いほうの洞窟の入り口に立った。そこは、岩にうがたれた細い斜めの裂け目で、人の身長ほどの高さもなく、入り口には海藻に覆われた岩が積み重なっていた。ベッツィはその岩をよじのぼり、滑るようにしてなかへと入っていく。

「そっちのはずがないってば、ベッツィ」エミーがうしろから声をかける。「ちょっと待っていて。明かりが来るまで待って」

「彼はこのなかよ。あたしにはわかる」ベッツィが言った。「ほら、あそこ」ベッツィのあとを追ったエヴァンは洞窟の奥を懐中電灯で照らした。洞窟のなかは入り口よりは広かったが、瓦礫が散乱した地面は奥に向かってのぼっていて、そのまま突き当りの天井につながっていた。懐中電灯の光が岩に当たって奇怪な影を作っている。洞窟の奥には岩が積み重なっていて、その向こうから突き出た青白い手と金色の髪が見えた。

ベッツィが再び身震いした。「彼でしょう？　動けなくなっているの？　無事なの？」

エヴァンは彼女を押しのけて、ランディが倒れている場所へと歩み寄った。脈を確かめるまでもなく、死んでいることがわかった。エヴァンは恐怖に満ちたいくつもの顔を見あげた。懐中電灯の明かりのなかに浮かびあがったその顔は、どれも白いデスマスクのようだ。

「残念だが、手遅れだ……」

アナベルが泣き叫び、エミーは数歩前に出た。「いいえ、そんなのありえない。彼は死んでいない。死んでいるはずがない！」

12

救急隊員のチームとワトキンス巡査部長とグリニス・デイヴィス刑事から成る応援部隊がやってきたときには、ひんやりしたその日最初の太陽の光が入り江に山の影を作っていた。エヴァンはすでに、ほかの面々をセンターへと帰らせていた。ベンとマイケルは半狂乱のアナベルをなだめながら、ベッツィとエミーは抱き合ってすすり泣きながら戻っていき、エヴァンは応援が到着するまで遺体のそばに残った。

「ようやくゆっくり眠れると思ったところだったのに」岩をよじのぼって出迎えたエヴァンにワトキンスが言った。「講習を受けるために、わたしは毎朝コルウィン・ベイに八時に行かなければいけないって知っていたか？　今日は九時でいいということだったのに、それがどうだ。朝の四時半に呼び出されたんだぞ」

「それでも、ぼくより一時間は余分に寝ていますよ」エヴァンはグリニスに向かって親しげに微笑みかけた。

「あなたも、まさかこんなに早くここに戻ってくることになるとは思っていなかったでしょう？　それもまったく違う案件でなんて」グリニスは差し出されたエヴァンの手を借りて、海藻がからまる大きな岩にのぼった。「本当に奇妙な話だわ。あなたが彼を見つけたの？」

「彼を見つけたグループの一員だった」エヴァンは答えた。「ぼくの村に住む若い娘のベッツィが、彼がこの洞窟にいる夢を見たというので、みんなでここに来たんだ」

「わお。それじゃあ、本当だったのね」グリニスは感心したように言った。

「そうみたいだ」エヴァンは持っていた懐中電灯のスイッチを入れた。「遺体はこの洞窟のなかです、巡査部長」

ワトキンスは身をかがめ、エヴァンのあとについて洞窟へと入った。「死んでからだいぶたっていると思うか？」

「なんとも言えません。少なくとも二度は水につかっているはずです」

「外から流されてきた可能性はあるだろうか？」

「それはないと思います。入り口が狭いですし、波がそれほど強いようには見えませんから」

「だとしたら、いったいこんなところで彼はなにをしていたんだ？　くつろぐために来るような場所じゃないだろう？」ワトキンスは体を震わせた。

「このあたりの洞窟で瞑想をしていたのかもしれないと彼の妻が言っていますが、少し上には大きくて乾いている洞窟があるんですよ。わざわざこっちで瞑想しようとする人間がいるとは思えません」

懐中電灯の光がランディ・ワンダーリッヒの死体を照らした。金色の髪は顔に貼りつき、砂にまみれている。エヴァンは身震いした。いまだに人の死を軽く受け止めることができない。それはワトキンスも同じらしかった。

「気の毒に」彼が言った。「こんなつまらない死に方をするなんて。ここは――ちょっと待て――」死体に近づこうとした救急隊員に向けた言葉だった。「検視官とカメラマンが来るまで、触らないでほしい。どちらにしろ、きみたちにできることはないよ。もうとっくに息がない」彼は携帯電話を取り出した。「外に出て、本部に報告する。きみたちも一緒に来て、電話をかけるといい」

「すごく妙だわ。そうじゃない？」エヴァンとふたりきりで洞窟に残されたグリニスが訊いた。三人のなかでは彼女が一番動揺が少ないようで、向こう側にまわって背後から死体を眺めている。「妙な死に方だっていう意味よ」

「気をつけるんだ、グリニス」ワトキンスが再び現われた。「証拠になるかもしれないものを踏みつぶさないように」

「犯罪が行われたと思っているわけじゃないですよね？」グリニスは驚いて訊き返した。

「そうでないと断定されるまでは、常に犯罪を疑うんだ。そうすれば、上司とトラブルにならずにすむ」ワトキンスはそう言うと、意味ありげにエヴァンに向かってにやりと笑った。「まあ、ここではあまり意味のないことだがね。少なくとも、一度は海水が押しよせたわけだから」

「溺死したのは間違いないですよね」グリニスが遺体を見おろしながら言った。「問題は、なぜかっていうことです」

「瞑想しているあいだに、潮が満ちてきたとか？」ワトキンスが言った。

「相当深いトランス状態じゃないと、冷たい水が迫ってきたことに気づかないなんてことはありませんよね？　それにもしそうだったとしても、波から逃げようとしたはずです。最近は荒天の日もありませんでしたから、波が高くて逃げられなかったとは思えません」

エヴァンは死体をじっくりと眺めた。「これを見てください、巡査部長。足首に間に合わせの包帯がある」片方の足ははだしで、ソックスとハンカチを使ってだれかが足首を固定しようとした形跡があった。「こういうことでしょうか。彼は足を滑らせて、足首を捻挫した。しっかり立っていられなかったなら、波を越えるのは難しかったかもしれない」

ワトキンスはうなずいた。「痛みのあまり、間の悪いときに気を失ったのかもしれない——水嵩が増してきたときに」

「そして溺れたと言うんですか？」エヴァンは首を振った。「そうは思いませんね。ぼくは一度、ラグビーをしているときに肩を脱臼して、痛みのあまり気を失ったことがあります。だれかに冷たい水をかけられて、即座に目が覚めましたよ」

グリニスは四つん這いになっていた。「ここにはぐらぐらしている石がたくさんあります。片足をその下に挟まれたんでしょうか？」

「石の下敷きになっていたなら、どうやって足首に包帯を巻いたんだ？」ワトキンスはエヴァンを見てにやりとした。

「わかりません。岩が足の上に転がってきて、そしてまた波がそれをさらっていったとか？」

「彼が意識を失っているあいだに？　そして彼は目を覚まして足首に包帯を巻き、そしてまた気を失って溺れたというのか？」ワトキンスがあとを引き取って言った。

「確かに、筋が通りませんね」グリニスはそう言うと、エヴァンたちと一緒になって笑った。「聡明なエヴァンズ巡査はどう思うのかしら？」彼女はエヴァンに向き直った。「あなたは難しい事件をいくつも解決したわよね」

「運がよかっただけだよ」エヴァンが応じた。「ぼくもきみたち同様、困惑している。たとえ足首を捻挫していたとしても、ぼくならここに残って溺れるよりはどうにかして洞窟を逃げ出していたと思うね」

「彼は泳げなかったのかも」グリニスが思いついたように言った。「水が怖かったとか」

「まだ検討していない可能性がひとつある」ワトキンスが言った。「彼は出ていきたくなかったのかもしれない」

「自殺ということですか？」エヴァンはそう訊き返してから、首を振った。「それはないと思います。自信に満ちた人間がいるとしたら、それはランディ・ワンダーリッヒだ。彼は自分のことを神からの贈り物だと思っていましたよ」

「ともあれ、オーウェンズ医師がじきに来る。ドーソンに写真を撮ってもらったら、死体を移動させて、わたしたちはたっぷりした朝食をとろうじゃないか」ワトキンスはエヴァンを見て顔をしかめた。「すっかり凍えているみたいだな」

「そうなんです。変ですよね。普段はあまり寒さを感じないのに。この場所には、なにかぼくをぞっとさせるものがあるみたいです」

グリニスがうなずいた。「確かにここはきみが悪いわ。彼は、妖術や黒魔術のようなことをしていたのかしら？」

「憶測はやめたほうがいい、デイヴィス巡査」洞窟を出ようとする彼女に手を貸しながら、ワトキンスがきっぱりと言った。「法医学者の報告を待とう。そうすれば答えがわかる。まあ、いたって単純なことなんだろうと思うね。心臓発作を起こして急死したのかもしれない」

「だとしたら、肺に水は残っていませんよね。それくらいは知っています」グリニスはエヴァンに笑いかけた。「ほら、太陽がのぼったわ。今日もまた気持ちのいい日になりそう」

エヴァンとふたりの刑事が入っていったとき、落ち着いたパステルカラーの座り心地のいい肘掛け椅子とソファで設えたラウンジは、陰鬱な一枚の絵のようだった。実用的なガウン姿のままのミセス・ロバーツは背もたれのまっすぐな椅子に座り、紅茶を載せたトレイの脇で険しい顔をしている。目を赤くして髪を振り乱したアナベルは、彼女がベンと呼んだ太鼓腹の男と並んでソファに座っていて、その隣ではマイケルが彼女を守るようにソファの肘掛けに腰かけていた。ベッツィは床の上で膝を抱え、エミーは背筋を伸ばして天井を見つめている。近づいてくる足音を聞いて、全員が顔をあげた。

「内務省の法医学者であるオーウェンズ医師と警察本部の事故処理チームが、いま洞窟で作業中です、ミセス・ワンダーリッヒ」ワトキンスが言った。

その呼び方を聞いて、エヴァンはぎょっとした。もちろん、ワトキンスは正しい。彼女はランディ・ワンダーリッヒと結婚しているのだから。けれど彼女をレディ・アナベル以外の名で呼んだ人間は、これまでだれもいなかった。

「ご主人の遺体は解剖にまわされます」ワトキンスが告げた。

「解剖なんてしてほしくありません」アナベルはまたしくしくと泣き始めた。「あのきれいな体に傷をつけてほしくないんです」

「申し訳ありませんが、死因がはっきりしないときには必ず解剖を行うことになっています」彼は一同を見まわした。「みなさんにいくつかお訊きしたいことがあります。彼が最後に目撃された時間をはっきりさせておかなくてはなりません」

メモ帳とペンを取り出したグリニスは、いかにも有能そうに見えた。エヴァンは邪魔者になった気分でドア口に立った。

「さて、ミセス・ワンダーリッヒ」ワトキンスの言葉に、今度はミセス・ロバーツがひゅっと息を吸った。「ご主人がいなくなったことに最初に気づいたのはいつですか？」

「一昨日です。お客さまがふたりありました。でも夫が来ませんでした。いつもディナーの前にカクテルパーティーでお客さまをもてなすんです。でも夫が来ませんでした。わたしは彼を捜して連れてくるようにとマイケルに言いました。彼はうっかりすることが時々あるんです。とりわけ——彼が言うところの超能力の受容体が開いているときは」

「で、でもぼくは彼を見つけられなかったんです」マイケルが言った。

「なので今度は、駐車場の彼の車がなくなっているかどうかをマイケルに確かめさせました」アナベルがさらに言った。

「車はそこにありました」マイケルが引き取って言った。

「つまり、彼はこの施設の外に出たわけではないということですか？」ワトキンスが訊いた。

「散歩に行った可能性はあります」アナベルが答えた。「時々、散歩していましたから」

「それからどうしました？」

「夜になってても帰ってこなかったので、わたしは腹を立ててると同時に怖くなりました。警察に連絡しようかと思ったんですが、早すぎると言われたんです。きっと彼が連絡してくると思っていましたし。なにか必ず理由があると信じていたので――」アナベルは言葉に詰まり、ハンカチで口を押さえた。やがて気持ちを取り直して、言葉を継いだ。「朝になって、マイケルとここで働いている若い子たちに敷地内を捜させました。彼の身になにか起きたかもしれないと思ったので。でも、なにも見つかりませんでした」

「あの洞窟を捜そうとは考えなかったんですね？」ワトキンスはマイケルに確認した。

「はい。思いつきませんでした。と言うより、洞窟のことはすっかり忘れていました。だ、だれもあの近くには行かないんです。潮が満ちてくると簡単に孤立してしまうし、あの洞窟は一日の半分は水に沈んでいるので、スイミングプールのすぐ前にある海岸だけを使うようにみんなには言っています。洞窟の存在をランディが知っていたことが意外です。海岸からは見えませんから」

「洞窟で瞑想していた可能性があるとレディ・アナベルが言っていたと思いますが」エヴァンが口をはさんだ。

アナベルはうなずいた。「驚くほどの波動を感じると言っていました」

「話を戻しましょう」ワトキンスが言った。「カクテルパーティーに彼が姿を見せなかった日ですが、最後に彼を見たのはいつですか？」

「一緒にランチをしました」アナベルが答えた。「ランチのあとは、わたしはいつも体を休めるんです。なので、そのあとランディがどこに行ったのかは知りません。従業員に聞いてください」

「ここにはどれくらいの従業員がいるんですか？」

レディ・アナベルはまた両手をひらひらさせた。「フルタイム勤務のマッサージ師と、待機している様々なヒーリング療法の専門家たちがいるので、日によって数は違います。レイキ（ヒーリングテクニックのひとつ）のセラピストのときもあれば、鍼師のときもあるし、バイオエネルギーを整える人のときも……」

客がほぼいないのに、それだけ大勢の人間に給料を払っているわけか、とエヴァンは考えた。

「それに家事を担当する人間もいます。いま何人くらいいるのか、わたしはよく知らないんです。ミセス・ロバーツに聞いてください。家政婦なんです」

「そうですね」ミセス・ロバーツが口を開いた。「いまは、料理人がひとりとキッチンの助手がふたりいます。掃除はベサンがわたしを手伝ってくれています。あとは保守の人間がひとりと庭師がふたり、それから警備員。それくらいですね。ああ、新しい女の子がいます。ここにいるベッツィです」

ワトキンスは興味深そうにベッツィを見た。「ミスター・ワンダーリッヒの居場所を夢で見たというのはあなたですか？」

ベッツィはうなずいた。

「ここで働くようになって長いんですか？」

「いいえ、数日前に働き始めたばかりです。ランディ――ミスター・ワンダーリッヒ――がいなくなる前の日から」

「数日前？」

エヴァンは、ワトキンスとグリニスが目と目を見かわしたことに気づいた。この一連の流れは怪しく見えるに違いないと、彼は初めて気づいた。

「ええ、そうです」ベッツィは顔を真っ赤に染めた。「ミスター・ワンダーリッヒに超能力の検査をしてもらうために、ミス・コート――ここにいるアメリカ人女性です――があたしをセイクリッド・グローヴに連れてきてくれたんです。でもパブのボスだったハリーが本当に意地悪な嫌なやつで、休みをくれなかったから、あたしがここで働けるように彼女が頼んでくれたんです。そうすれば、ミスター・ワンダーリッヒがあたしの検査をしたいときに、いつでもそこにいられるからって」

「なるほど」ワトキンスは長々とベッツィを見つめていたが、やがてレディ・アナベルに視線を戻した。

「その日のランチのあとミスター・ワンダーリッヒがどこにいたのかを調べたいので、従業員を集めてもらえますか？」

「従業員はここで暮らしているわけではありません」ミセス・ロバーツが答えた。「一番早い者は八時に来ます。ここに来させるように、警備員に伝えておきます」

「それで、ミスター・ワンダーリッヒが最後に目撃された時間はわかっているんですか？」ワトキンスが訊いた。「その日の午後、なにか予定はありませんでしたか？」

「あたしと四時に会うことになっていました」ベッツィが答えた。「でも彼は来なかったんです。彼のオフィスで待っていましたけれど、結局来ませんでした」

「ランチのあと、彼と会った人はいますか？」ワトキンスは部屋を見まわした。その視線が黙ってひっそりと座っているエミーに止まった。

「わたし？　わたしはここにはいませんでした」エミーが言った。「わたしはここの人間じゃないんです。大学生で、研究をしています。ベッツィをここに連れてきたのは、ランディ・ワンダーリッヒが開発した超能力の高度な検査方法のことを聞いていたからです」

「ぼくもいませんでした」マイケルが言った。「ランチのあとは母の用事で町に行っていました」

「あたしはランチのあと、ミスター・ワンダーリッヒと会っています」ベッツィが言った。「コーヒーを持ってくるように頼まれたんです――二時半頃だったと思います。彼は電話をしているところで、〝ありがとう、そこに置いておいて〟と言いました」

「あなたがコーヒーを持っていったんですね？」

ベッツィはうなずいた。「四時に彼のオフィスに行ったとき、空のコーヒーカップが机に置いたままになっていました。持っていって洗おうと思ったんですが、忘れていました」

「リアンノンがなにか知っているかもしれない」レディ・アナベルが口を開いた。「彼女を呼んでこないと」

「リアンノン？」ワトキンスが訊き返した。

「ここに住んでいるドルイドの女性祭司です」レディ・アナベルが説明した。「瞑想センターの運営とケルト系宗教のクラスの指導をしています。その日の午後、彼女もランディを見ているかもしれない――彼のオフィスが同じ建物にありますから」

「彼女はいまどこに？」

「彼女は、瞑想センターのすぐ裏にあるコテージのひとつで暮らしています。マイケルを呼びに行かせましょう」

「いや、こちらから行って話を聞きましょう」ワトキンスが言った。「どなたか、行き方を教えてくれませんか？」

「マイケルが案内します。行ってくれるわね？」

「わかりましたよ」マイケルが立ちあがった。「こちらです」

ワトキンスは彼のあとについて、エッチングガラスのドアから外に出た。グリニスはエヴァンを振り返り、うなずいて一緒に来るよう促した。

「ここで暮らすドルイドの女性祭司」グリニスがつぶやいた。「本当に盛りだくさんなのね。ここの人たちは本当にそういったもの全部を信じていると思う？」

「その女性祭司と会うまで待つんだね。彼女は自分をとても重要な存在だと考えているんだ」

「それじゃあ、洞窟で黒魔術が行われていたとわたしが言ったのは、それほど的外れじゃなかったっていうこと？」グリニスは階段をおりながら訊いた。

エヴァンはあの洞窟で感じた骨まで凍えそうな恐怖を思い出した。早朝の太陽の光が芝生から水蒸気をたちのぼらせているいまとなっては、ばかばかしいとしか思えない。あれはただ服が薄くて、お腹がすいていたせいだ。

階段の途中までおりたところで、下からあがってくる人間がいた。その人物は、フードのついた足首までの長さがある白いマントをまとっていた。

「リアンノン」マイケルが呼びかけた。「きみを呼びに行くところだった」

「わたしはあなたたちのところに行こうとしていた」リアンノンがフードをはずすと、人目をひく銀色の髪が露わになった。「ランディが見つかったのね？　わたしはまだ外が暗いうちから起きていた。宇宙のエネルギーがひどく乱れたのを感じた」

マイケルはうなずいた。「そうなんだ。彼が見つかった。残念ながら死んでいたよ。溺死だ」

「わかっていた」リアンノンが言った。「ずっと感じていた。彼の波動を拾ったわけじゃなくて、宇宙が教えてくれたの」

「どうして彼の波動を感じないんです？」グリニスがワトキンスの隣に立った。「波長が違うんですか？」

心の内まで見通すようなまなざしでリアンノンに見つめられ、グリニスは顔を赤くしてぎこちなく笑った。

「ここで行われていることを軽んじてはいけません」リアンノンが言った。「ランディ・ワンダーリッヒは軽んじていて、その結果がこうなったのです。宇宙をばかにしてはいけません」

「それで――えーと――ミスター・ワンダーリッヒに最後に会ったのがいつだったのか、覚えていますか」ワトキンスが訊いた。「これまでのところ、彼が最後に目撃されたのは一昨日の午後二時半だということですが」

「残念ですが、それについてはお力になれません、警部補。わたしは、その日の午後ずっと出かけていましたから」

「わたしは警部補ではなくて、巡査部長です」ワトキンスが言った。

「あら、まだ警部補ではないのですね。すみません。少し早まったようです」リアンノンはじっとワトキンスを見つめている。「わたしはランディ・ワンダーリッヒを心から締め出すようにしていました。彼の存在はひどく心を乱すからです。ですので、彼が隣の部屋にいても気づかなかったでしょう」彼女は素っ気なく会釈をした。「それではごきげんよう。本館でわたしに用があるようです」

彼女はまた階段をあがっていった。

「変わった人ですね」グリニスが言った。

ワトキンスは彼女を振り返った。「わたしが昇進することをどうして知っていたんだろう?」

「リアンノンは他人の意見に耳を貸さないんです」マイケルは、白いマントをたなびかせながら階段をあがっていく彼女を見つめながら言った。「宇宙の力と――それがなにかは知りませんが――常につながっていると思われたいんですよ。そのうち、彼女の儀式に出てみるといいでしょう。か、かなり印象的ですから。彼女は面白いショーのやり方を知っていますよ――それは確かですね」

「あなたはここで行われていることに賛同していないということですか?」エヴァンはマイケルに訊いた。

マイケルは笑って答えた。「正直言って、どれもたわごとですよ。でも、オーラを整えてもらい、かつてはクレオパトラだったことを知るために喜んで金を払おうという人間が大勢いるのなら、ぼくが波風を立てる必要はないでしょう？」

「それでもあなたはここで働いている。さぞ、お給料がいいんでしょうね」エヴァンは言った。

マイケルは驚いた顔になった。「ぼくがアナベルの息子だということを聞いていないんですか？　ブランド・タイの正当な継承者が、自分の相続財産の権利を主張するために戻ってきたんですよ」

「それは知りませんでした」エヴァンは口ごもった。「あなたはそんなふうには……」

「屋敷の主のようには見えない？　そうでしょうね、そんなふうに扱ってもらってもいませんしね。ですが、ここにいるのはぼくが望んだことじゃないんですよ。本当なら大学に戻って学位を取るべきなんですが、だれかが母に目を光らせておかなくてはいけませんからね」

「どうしてです？」

「訊かれたから答えますが、ぼくはランディ・ワンダーリッヒを信用していなかったんです。彼には、母の魅力と容姿以外に結婚する理由があったはずだ。母の資産を手に入れるためだったんじゃないかとぼくは思っています」

「だとしたら、彼が死んであなたはほっとしているでしょうね」

マイケルは不安そうに笑った。「そういう言い方をするなら、そのとおりですね、巡査」

13

リアンノン著『ドルイドについて』からの抜粋

ドルイドの聖地

ドルイドはストーンサークルやモノリスやストーンヘンジを作ることはないが、土着の宗教的慣習を自分たちの儀式に取り入れ、その土地の聖地を礼拝や予言のために使うことはしばしばあった。ドルイドたちがそういったものを、元来の用途である暦として使っていたことはおおいに考えられる。彼らの主な儀式がその日に行われていたため、夏至や冬至の正確な日付を判別することは、かつてのドルイドたちにとって最重要事項だった。この世界ともうひとつの世界をつなぐ通路がより通りやすくなるので、夏至と冬至は非常に大きな意味を持っていた。たとえば、ドルイドの時代の窓のある墓では、そこから射しこむ太陽の光が冬至の朝にだけ遺体に当たることがわかっている。

何世紀ものあいだ祈りが捧げられてきた聖地には、力と畏怖の念が染みついている。今日でもそういった聖地には力が感じられるので、わたしたちは儀式にそれを取り入れている。

しかしながら、今日の本当の聖地は立石や険しい山のなかにあるわけではない。わたしたちはどこであれ自然のある場所ならば、その場で祈りを捧げる。ドルイドは常にオークの木を崇めている。従って、もっとも神聖な儀式はオークの林のなかで行われることが望ましい。

ドルイドはヤドリギに神秘的な力が宿ると信じている。根がなくてもほかの植物に宿って生きることができ、冬の霜や雪のなかでも緑を保っているからだろう。わたしたちは儀式に必ず〝ヤドリギ〟を取り入れている。

わたしたちの予言にハシバミは重要な役割を果たす。

イチイはわたしたちに特別な力を与えてくれる。

わたしたちはすべての自然と一体である——石や水や木や花。

わたしたちは森に住む動物や、空を飛ぶ鳥や、海を泳ぐ魚と一体である。

昼前には、エヴァンはベッツィとエミーを車に乗せてスランフェアに向かっていた。残って仕事をしなければいけないとベッツィは言い張ったが、彼女が働けるような状態でないことはアナベルにすらわかっていた。

「あなたがいなくても大丈夫よ」アナベルはベッツィの手を軽く叩きながら言った。「家に帰って、ゆっくりお休みなさい。わたしたちみんな、ひどいショックを受けた——超能力のあるあなたのショックはもっと大きいわね。ランディはセッションのあとは、いつもすごく疲れていて——」アナベルはそれ以上言うことができず、手で口を押さえて自分のオフィスへと姿を消した。

ベッツィはエミーとエヴァンに促されて、おとなしく車へと向かった。運転してほしいとエミーはエヴァンに頼んだ。「運転なんてできそうもないの」というわけで、エヴァンがハンドルを握った。エミーは無言のまま助手席に座り、ベッツィは後部座席で小さくなっている。こういうときいつも感じるように、世の中の暮らしがなにごともなかったかのように続いていることにエヴァンは驚いていた。女性たちはポルスマドグの大通りで買い物をし、乳母車を押し、買い物かごを手に車のあいだをすり抜けていく。観光客はベズゲレルトの橋の写真を撮っている。ベズゲレルトの村の学校の校庭を叫びながら走りまわっている子供たちを見て、エヴァンはブロンウェンを思い出した。今朝は具合がよくなっていることを願った。医者の言うとおり軽い胃腸炎なら、今頃は動けるようになっているはずだ。

「ミセス・ウィリアムスのところを出ていくのは残念だわ」車がスランフェアに入ったと

ころでエミーが言った。「本当にいい人だもの。とても仲良くなれたのに」

「どこにも行かないわよね？」ベッツィが訊いた。

エミーは落ち着かない様子で髪をかきあげた。「もうここにはいられない。あんなことがあったあとでは。悪い波動が多すぎるの。ここで調査をするのが正しいとは思えない。それに――ランディがいなくなった以上、ここにいる意味はないでしょう？」

「それじゃあ、アメリカに帰るの？」ベッツィが訊いた。

「これからどこに行くのか、なにをするのか、いまはわからない。動揺がひどすぎて、なにも考えられないの。スコットランドかアイルランドに行くかもしれない。ここから離れられるならどこでもいいわ」

「それじゃあ、これ以上あたしの超能力の検査はできないっていうことね？」

エミーは振り返り、ベッツィの手を握った。「よく聞いて。あなたは素晴らしい力があることを証明したわ。あの夢――あなたは正しかった。あきらめないでね、いい？　センターであなたの検査を続けてもらえるかどうか、確かめるのよ。超能力者のほかのコミュニティとつながりがあるはずだわ。あなたは自分の力を使いこなすことを学ばなくてはいけない」

「でも、あなたにいなくなってほしくない」ベッツィが言った。「ここに残って、あたしを助けてくれない？」

「そんなことを言わないで。無理なんだから」エミーはきっぱりと首を振った。「それに、わたしは研究者なの。わたしにできるのは検査をして、超能力を測定することだけ。あなたは、ほかの超能力者から学ばなくてはいけない」

「でも、まだ行かないで」ベッツィが懇願した。「怖いの」

「なにが?」

「まだなにか悪いことが起きる」

「それを感じるの、ベッツィ?」

「ええ」

「それなら、あそこで働くのはやめることだ、ベッツィ」エヴァンは言った。「前の仕事に戻ればいい」

「前の仕事になんて、もちろん戻るべきじゃない」エミーが声を荒らげた。「ミケランジェロに、家の塗装をしていろとは言わないでしょう?」彼女は再びベッツィに顔を向けた。「あと二、三日はいるから。教授と話をして、これからどうするかを決めなきゃいけないもの。ここでの調査が続けられないことはわかってもらえると思う。いま一番いいのは、アメリカに帰ることだと思うの——自分を取り戻すために」

エヴァンはミセス・ウィリアムスのコテージの外に車を止めた。三人が車を降りたときには、ミセス・ウィリアムスはすでに玄関のドアを開けて待っていた。

「いったいなにがあったんです？」ミセス・ウィリアムスが訊いた。「あんなふうに真夜中にあわてて出かけていくなんて！　死ぬほど心配したんですよ。さあ、入って。あなたたちみんなですよ。ひどい有様じゃないの、ベッツィ。紙みたいに真っ白よ。あなたもですよ、ミス・コート。お湯を沸かしてあるし、オーブンにはベーコンを入れてありますから……」

ミセス・ウィリアムスは、ひつじを集めるシープドッグのように彼らを家のなかへと追い立てた。エヴァンは、警察署に届いているメッセージを確認しなくてはならないし、ブロンウェンの様子も見に行かなくてはいけないと言って、渋々朝食の誘いを断った。ひとりになってみると、ほっとしている自分に気づいた。彼には対処できないことばかりだ。警察署に行ってみたがメッセージはなかったので、学校に向かった。校庭を横切っていると、九九の一二の段を暗唱している子供たちの声が聞こえてきた。これはいい兆候だろうか？　ブロンウェンは授業をしているということだろうか？　すると、ブロンウェンの居住部分――校舎の端に作られた灰色の石造りのコテージ――のドアが開いて、牧師の妻のミセス・パウエル＝ジョーンズが現われたのでエヴァンはぎょっとした。

「ああ、エヴァンズ巡査。いまは入らないほうがいいですよ」彼女は手をあげて、彼を行かせまいとした。

「どうしてです？　なにがあったんです？」

「彼女はとても具合が悪いんですよ。病気だと聞いたもので、彼女の看病をするのがわたしの務めだと思ったんです。ですが彼女はとても弱っていて、頭すらあげられなくて、わたしが作った栄養満点の子牛の足のゼリー寄せを食べることもできなかったんですよ。スープを作ろうと言っても断られてしまうし。いまは眠りたいだけだと言われたんで、そのとおりにしてあげるのがいいことだと思いますよ。違いますか？」ミセス・パウエル＝ジョーンズはエヴァンの腕に手を乗せ、強引に向きを変えさせようとした。

だがエヴァンも今回ばかりは、彼女の言うがままになるつもりはなかった。「朝になったら様子を見に来ると、彼女に約束したんです。でも事件が起きて、早朝に呼び出されてしまったから、ぼくになにかあったのかと彼女は心配していると思います。大丈夫です。すぐに帰りますから」エヴァンは魅力的に見えることを願いながら笑顔を作り、ミセス・パウエル＝ジョーンズの脇をすり抜けた。

「子牛の足のゼリー寄せを食べさせてくださいよ」エヴァンのうしろで声がした。「体力をつけなくてはいけませんからね」

エヴァンはドアを軽くノックしてから、なかに入った。家のなかは寒くてがらんとしている。静かにブロンウェンの寝室へと向かい、ドアを開けた。ブロンウェンは目を閉じて、じっと横たわっている。顔は血の気も表情もなかった。

「ブロン？」エヴァンは彼女に触れて、確かめずにはいられなかった。

ブロンウェンの目が開き、顔に笑みが広がった。「ああ、あなただったのね、エヴァン。あのとんでもない人が戻ってきたのかと思ったの。それでなくても気分が悪いのに、ミセス・パウエル＝ジョーンズに看病されるなんて、苦痛以外のなにものでもないわ。彼女のひどくまずい子牛の足のゼリー寄せから逃げるには、眠るしかないと思ったのよ。あの人、わたしのベッドに座って、顔の前でスプーンを振りまわしていたんだから。そのあと、わたしがまたトイレに行きたくなると、それは気持ちの問題だから、病気になんて負けてはいけないって言われたわ」

エヴァンはベッドの端に腰かけ、彼女の手を取った。「きみを彼女から守れなくてごめんよ。それで、具合はどうだい？」

「少しはよくなったと思う。でもすごく弱っている」

「もう一度、医者に診てもらったほうがいいんじゃないか？　もう二四時間以上、たっているよ」

「もう一日様子を見るわ。夜になってもよくなっていなかったら、また来てもらうように頼む」

「なにか欲しいものはある？　子牛の足のゼリー寄せ以外に？」

ブロンウェンは首を振った。「いまはなにも食べたいとは思えないわ。ルコゼイド（英国の清涼飲料水）くらいよ」

エヴァンはグラスにルコゼイドを注いだ。ブロンウェンは体を起こし、ため息をつきながらうしろにもたれた。「体がパテになったみたい。ミセス・パウエル＝ジョーンズのアドバイスどおり、気持ちをしっかりさせないといけないわね。いつまでも病気に負けて、寝ているわけにはいかないいんだから！」

エヴァンは体をかがめて彼女にキスをした。「ゆっくり眠ることだ。いいね？　またあとで来るから」

外に出たエヴァンは、ミセス・パウエル＝ジョーンズがベウラ礼拝堂の外で庭仕事をしているふりをしながら、こちらをちらちらと見ていることに気づいた。彼が校庭の外までやってくると、彼女が駆け寄ってきた。

「大丈夫ですよ。彼女はいま眠っています」エヴァンは言った。「しばらく眠るでしょうから、邪魔はしないほうがいいです」

「あなたに話したいのはそのことじゃありませんよ」ミセス・パウエル＝ジョーンズが言った。「苦情を申し立てたいんです。あなたはここ数日留守にして、仕事をしていませんでしたよね」

「事件があって呼ばれていたんです。ご存じでしょうが、ぼくは機動隊になったんですよ。受け持ち区域がスランフェアだけではなくなったんです」

「機動隊だろうがなんだろうが、あなたの一番の務めは、ここの住人を守ることだと思いますけれどね」

「なにかあったんですか？」

「人を殺しそうな人間が野放しになっているというだけですよ」

「なんですって？」

「あの頭のおかしい郵便配達員です」ミセス・パウエル＝ジョーンズはよく響く声で告げた。「どこかの間抜けが彼にオートバイを与えたんです。昨日はもう少しで轢かれるところでしたよ。わたしが道路を渡っていたら、彼が丘を猛スピードでくだってきたんです。制限速度を完全に超えていましたね。わたしは必死に飛んで逃げたんですよ、エヴァンズ巡査。なのに彼は止まって謝ることもしなかった」

必死に飛んで逃げているミセス・パウエル＝ジョーンズを想像して、エヴァンは笑いたくなるのをこらえた。「それはお気の毒に。彼はまだうまく乗りこなせないんですよ」

「それなら、乗らせてはいけないでしょう？　無謀運転で彼を逮捕してもらいたいですね。彼がだれかを殺すか、自分が死んでしまう前に、あのいまいましい乗り物を没収してください」

「彼と話しておきます」エヴァンは言った。「よく言い聞かせておきますから」

「話すだけじゃ足りませんよ。あなたはもう少し強引な態度に出ることを覚えるべきです、巡査。いま行動しなければ、だれかが怪我をしますよ」

彼女はそう言い残し、礼拝堂へと入っていった。エヴァンはため息をつくと、警察署に向かって丘をくだり始めた。セイクリッド・グローヴでは心乱れる時間を過ごしたが、すべては普段どおりに戻ったと考えたところで、すぐに訂正した。普段どおりではない。ブロンウェンが病気だ。

罪悪感を払拭できればいいのにとエヴァンは思った。彼も同じものを食べているのだから、論理的に考えれば、彼の料理がブロンウェンの病気の原因になったはずがない。けれどそれでも、心の奥に潜む疑念は消えなかった。傷んだ肉のひと切れ、しっかり火が通っていなかった肉のひと切れがあって、ブロンウェンがそれを食べたのかもしれない。これほどタイミングが悪くさえなければ……ブロンウェンは――エヴァンの思考はそこで中断し、通りの真ん中で立ち尽くした――ベッツィが訪ねてきた直後に体調を崩した。

気がかりな会話の断片が蘇ってきた。ベッツィの声が聞こえる――「もしブロンウェンがいなかったら……ブロンウェン・プライスがこの世に存在していなかったら、あたしをそういう目で見ていたと思う？」ほかに彼女はなにを言っていた？　自分の力を利用できたらとか、本当の超能力者はなにかを思い浮かべるだけでそれを現実にできるとか言っていなかったか？　アフリカの呪術医がだれかの死を念じると、その人間は死ぬという話を聞いたことがあった。心臓が激しく打ち、口のなかがからからになった。意識してなのかそうでないのかはともかく、ベッツィが同じような呪いをブロンウェンにかけたんだろうか？

ベッツィに問いただすつもりで丘を半分ほどおりたところで、エヴァンは理性を取り戻した。なんてばかなことを考えたんだろう——ベッツィがそう望んだから、ブロンウェンが病気になったって？　だれだって一度や二度は胃腸炎にかかる。毎日子供たちと接しているブロンウェンは、ほかの人間よりもその可能性が大きい。それに、いくらかましになっていると彼女は言っていた。エヴァンは首を振り、警察署のほうへと歩きだした。セイクリッド・グローヴで起きている奇妙な事柄に彼も影響を受け始めているようだ。ランディ・ワンダーリッヒの死体が発見されて、もうあそこに行く必要がなくなったのでエヴァンはほっとしていた。

14

スランフェアの日々はなにごともなく過ぎていた——時折、悲鳴をあげながらゴミ箱の列に猛スピードで突っ込んでいくオートバイに乗った郵便配達員をのぞけばの話だが。エヴァンは郵便屋のエヴァンズに厳しく警告したのだが、あまり効果はないようだった。ミセス・パウエル＝ジョーンズからは苦情を訴える電話が定期的に警察署にかかってくる。彼女はスランベリスの郵便局長か、あるいはロンドンの郵政大臣に直々に電話をすると脅したが、郵便屋のエヴァンズは今朝も恐怖のバイクに乗ることをやめようとはしなかった。

火曜日も水曜日も、ワトキンス巡査部長やグリニス・デイヴィスからの電話はなかった。捜査が行われているのだとしても、エヴァンに関わりはないということなのだろう。エヴァンは警察本部に電話をかけて、解剖の結果、ランディ・ワンダーリッヒに心臓発作を起こした形跡はなく、包帯が巻かれていた足首もほぼ無傷だったということを探り出した。歩いて洞窟を出るのは可能だったということだ。不可解ではあるものの、彼の死は事故だと判定された。

ベッツィは水曜日の朝、セイクリッド・グローヴでの仕事に戻っていった。エヴァンは彼女を翻意させようとしたが、だれからも感謝されず、自分の能力を使うチャンスもないレッド・ドラゴンより、セイクリッド・グローヴで働くほうがいいと、彼女は言い張った。

水曜日の午後、金曜日の夜にスランフェア対ベズゲレルトの雑学コンテストを行うという掲示が、レッド・ドラゴンの外に張り出された。

「ずいぶんと切羽詰まっているみたいだな」パブに向かっていたチャーリー・ホプキンスが、エヴァンとすれ違いざまに言った。

「店がうまくいっていないのか？」エヴァンが訊いた。

「そういうことだ。ゆうべはおれと肉屋のエヴァンズしかいなかった。墓場みたいに静かだったよ」

「雑学コンテストで客が呼べるとハリーは本当に思っているんだろうか？」

「できることはなんでもやろうっていうことなんじゃないか？」チャーリーは残った歯の隙間から息を吸った。「来週は美人コンテストで、その次はシープドッグの品評会、それからストリップショー……」彼は老いた体を笑いで震わせながら、歩き去っていった。

金曜日の夕方にエヴァンが訪れたとき、パブは以前のようだった。煙草の煙が充満し、見慣れた顔がたくさんあって、ざわざわとにぎやかだ。エヴァンはうれしくなった。大変な一週間だったのだ。空いている時間はすべてブロンウェンの看病にあてつつ、ふたりの牧師夫人たちを彼女に近づけないようにしなくてはならなかった。ミセス・パウエル＝ジョーンズがブロンウェンの看病に訪れたことを聞きつけるやいなや、ミセス・パリー・デイヴィスも手作りのネギのスープとふさわしい読み物——ほとんどが、なぜだれもが地獄に落ちるのかについて書かれた宗教関連の小冊子だった——を手にブロンウェンの家を訪ねてきたのだ。

ブロンウェンが体調を崩してからというもの、エヴァンは料理に対する熱情をほぼ失ってしまっていた。それが原因であった万一の可能性を考えてスパゲッティの塊は捨て、この一週間というもの缶詰のスープと焼きチーズサンドで生き延びてきた。金曜日にパブへと向かいながら、ソーセージを二本とそれからミートパイも食べようとエヴァンは心を躍らせていた。

「やあ、噂の男が来たぞ」肉屋のエヴァンズがエヴァンを出迎えた。「おれたちのチームにはあんたが必要なんだ」

「チーム？」

「雑学コンテストさ。ベズゲレルトのやつらに、おれたちのほうが頭がいいってところを見せつけてやらなきゃいけないからな」

「ぼくはそれほど雑学はないよ」エヴァンは抵抗したが、肉屋のエヴァンズは手を振ってそれをいなした。「スウォンジーのお高いグラマースクールに行っていたんだろう？　答えなんて全部知っているに決まっているじゃないか」

エヴァンはカウンターに近づいた。笑顔で自分のためにギネスをついでくれるベッツィを見るのはいいものだったと、改めて思った。カウンターの右側に置かれた黒板には、こんな文字が記されていた。〝主人には手が二本しかないので、食べ物は出しません〟

エヴァンはギネスを注文した。

「こっちだ」肉屋のエヴァンズがエヴァンを呼んだ。「戦略を立てないとな」

エヴァンが輪に加わったところで、ガソリン屋のロバーツが顔を寄せて言った。「最近はここには来ていなかったんだ。ハリーの機嫌が悪くてね。ベッツィに戻ってきてほしいのに、意地っぱりなもんで言い出せないんだよ」

「ハリーが頼んでも戻ってこないと思うよ」エヴァンは言った。「ベッツィはセイクリッド・グローヴで楽しく働いているから」

「あんな頭のいかれたやつらのなかで？」

「ほとんど仕事もしない彼女に給料を払うくらい、彼らは頭がいかれているらしい」

「噂をすればなんとやらだ」肉屋のエヴァンズがエヴァンの脇をつついた。ドアが開いて、黒っぽいロングコートとハイヒールといういつになく優雅な装いのベッツィが入ってきた。

「ここでなにをしているんだ、ベッツィ？」肉屋のエヴァンズが尋ねた。「ハリーを手伝いに来たのか？」

「まさか。どんな具合なのかを見に来ただけ。これからエミーとコンウィにディナーに行くのよ。彼女の最後の夜なの――明日帰ってしまうから、あたしとミセス・ウィリアムスにごちそうしてくれるんですって」

「そのレストランが、ミセス・ウィリアムスの期待に応えられるといいが」エヴァンは言った。

「ミセス・ウィリアムスは気づかないと思うわ。すごく落ちこんでいて、一日中、泣いていたのよ。息子を失い、今度は娘を失うんだって言っている。気の毒よね」

「さっさと決めてくれないか。おれは暇を持て余しているわけじゃないんだ」ハリーがカウンターの向こうからつっけんどんな口調で言った。「ヘイグ・ディンプル？　おれがスツールに立たないと届かないからって、そんなものを頼むつもりじゃないだろうな！」

「ハリーって、楽しい時間を過ごさせてはくれない人よね？　でも、全部自分のせいなんだわ」

「それじゃあ、あんたはあそこが気に入っているんだな？」ひつじのオーウェンズが言った。

「素敵なところよ。もちろんいまはランディが死んだから悲しいけれど、でもみんなあたしによくしてくれるの。レディ・アナベルはあたしを頼りにしているって言ってくれるし、リアンノンでさえ優しくしてくれる」

「リアンノン？　リアンノンってだれだ？」肉屋のエヴァンズが訊いた。

「ドルイドの女性祭司よ」ベッツィはくすくす笑う男たちを無視して言った。「笑えばいいわ。そのうち驚くから。あたしは本物のケルト人で、本物のケルト人は血のなかに古い宗教が流れているんだってリアンノンが言うの。気に入ろうと気に入るまいと、あたしたちは宇宙の力と結びついているんですって」

「そんなばかげた話は聞いたことも……」肉屋のエヴァンズが言いかけた。

「あたしの力が大きくなるまで待っているといいわ、ミスター・エヴァンズ。きっとほえ面をかくから。リアンノンは女神の話もしてくれたの」

「女神？　ベッツィ、牧師たちにそんな話を聞かせないでくれ！」いつもの隅にミスター・パリー・デイヴィスがいはしないかと、チャーリー・ホプキンスは店のなかを見まわした。

「ここは自由の国でしょう？　生まれてからずっと白い寝間着姿の老人に祈ってこなきゃならなかったんだもの。女神のほうがずっといいと思うわ」ベッツィは挑むようにエヴァンに微笑みかけた。「一度儀式に来てほしいって彼女に言われているの。面白いと思うわ」

「とにかく気をつけるんだ、ベッツィ」エヴァンは言った。「ぼくは、あそこは気に入らない。最初からそうだった」

「それは、あなたに力がないからよ、エヴァン」

「力！」おんぼろ車のバリーが近づいてきた。「きみはまだ例の力の話をしているの？」

「参考までに教えておくけれど、あたしは今週すでに予知夢を一度見ているから」ベッツィが言った。「あたしの力が次にどんなふうに現われるのかは、だれにもわからない。いいわよ、試してみてよ」

「ロビンソンのジョッキをカウンターから浮かせて、おれの手に持たせてくれ」

「そういうのじゃないの。あたしはマジシャンじゃないんだから。未来を見るとかそういうことよ」

「そうか。なら、明日起きることをなにか予知してみてくれ」バリーはにやにやしながら言った。

「あんたとデートはしない。それは間違いないわね」ベッツィが答えた。「明日ね。ちょっと待って」ベッツィの表情が不意に真剣なものになった。「いいお天気になるわ。暑《ホット》いと感じているあたしが見えるから」

「きみの近くにいると、おれはムラムラ《ホット》して、落ち着かない気分になるぞ、ベッツィ」バリーが言ったが、ベッツィは笑いながら彼を押しのけた。「あんたって、本当にあきらめが悪いのね」

「おれよりいい男がほかにいるか？　エヴァンズ巡査なんて言うんじゃないぞ。その前にブロンウェン・プライスをどうにかしなきゃならないってことだからな」

ベッツィは金色の髪をうしろに払った。「実を言うと、いま気になっている人がいるのよ。セイクリッド・グローヴで一緒に働いている人。少し照れ屋なんだけれど、親しくなるとても素敵な人ってわかるのよ」店の外からクラクションの音がした。「エミーだわ。もう行かなくちゃ」ベッツィは人混みをかき分けて出て行き、入れ替わりに見慣れない男たちのグループが入ってきた。

「ああ、来たぞ――雑学コンテストの対戦相手のベズゲレルトのチームだ」ハリーが声をあげた。

「こてんぱんにやられるために来たってわけか」スランフェアの何者かの声がしたが、ハリーはそれを無視してさらに言った。「ようこそ。スランフェアのチームはカウンターのこっちの端に、みなさんは隅のテーブルにどうぞ」

「なんだっておれたちが暖炉のそばなんだ?」ベズゲレルトの男が言った。「ここは暑すぎる。まともに頭が働かないじゃないか」

「山の天辺に立っていたって、あんたたちの頭はまともに働かないだろうが」肉屋のエヴァンズが言った。

「ほらほら、落ち着いて。これは喧嘩じゃなくて、友好的なコンテストなんだから」ハリーが割って入った。

退散するにはいい潮時だとエヴァンは考えた。雑学コンテストに参加する気分ではなかったし、ふたつの村の争いを仲裁するのもごめんだ。店の外には、さわやかな夜が広がっていた。コテージのひとつから玉ねぎを揚げるにおいが漂っていて、結局なにも食べられなかったし、いまからではなにも食べられそうにないことをエヴァンは思い出した。ミセス・ウィリアムスとエミーと共にどこかのおいしいレストランに向かっているはずのベッツィと一緒に行けばよかったと思いながら、物欲しそうに道路の先に目を向けた。

エヴァンは歩きだした。とりあえずエミーは朝になればいなくなる。それはいい知らせだ。そもそも彼女がこの村に現われたりせず、ベッツィにばかげた検査などしなければよかったのだ。超能力だの女神だのというばかばかしい話——だが、本当にばかげているのだろうか？　ベッツィは実際に、ランディ・ワンダーリッヒの遺体がある場所を夢に見た。あの夜、エヴァンの家のドアをノックしたときの恐怖に見開いたベッツィの目を思い出した。

冷たい風が枝を揺らしながら坂道を吹き抜け、エヴァンは身震いした。超能力などというくだらないものを信じてはいないが、あの夜、驚くべきものを目撃したのは事実だ。ベッツィが新たに目覚めた力を無意識のうちに使って、ブロンウェンを病気にしたというのはありうることだろうか？　そうでないのなら、どうしてブロンウェンはよくならないんだ？

15

　土曜日の朝は風は強いものの、気持ちよく晴れあがっていた。タンポポの綿毛のような雲が西の海から勢いよく流れてきて、風はうなりながら峠を駆けあがっていく。エヴァンはハイキングに行くことを考えたが、ブロンウェンがいないと思うと、それほど心が躍らない。海岸までドライブして、カナーボンのフリーマーケットで生活必需品を探そうかとも思ったが、ひとりではそれも魅力を感じなかった。結局、ブロンウェンが借りていた本を返し、新しいものを借りるために図書館に行くことにした。

「あまり重たいものはやめてね」ブロンウェンは読み終えた本をエヴァンに渡しながら言った。「ごく軽い本以外は読むだけの体力がないのよ——集中もできないし、持ってもいられないの」ブロンウェンが浮かべたかわいらしい笑みに、エヴァンの心は痛んだ。まるで青白い影が横たわっているみたいだ。どうして彼女はよくならないんだろう？

「できるだけ早く帰ってくるよ。あとでスクラブルをしよう。いつものようにきみに勝たせてあげるよ」

ブロンウェンはうなずいた。「いいわね。でも今日はあなたが勝つかもしれないわ」

おんぼろ車の助手席にエヴァンが本を置いたちょうどそのとき、ポケベルが鳴った。エヴァンは悪態をつきながら家に戻り、警察本部に電話をかけた。

「エヴァンズ巡査ですか？」ウィットに富んだ通信指令係のメガンだった。「ヒューズ警部が話があるそうです。ちょっと待っていてください」受話器越しに彼女の声が聞こえた。

「エヴァンズから電話です」

やがてヒューズの甲高く歯切れのいい声が聞こえてきた。「やあ、エヴァンズ。きみとあそこ――セイクリッド・グローヴ――で会いたいんだ。三〇分後に」

エヴァンは昇進したばかりの警部に、今日が休日であることをとても言い出せなかった。なにより、捜査になにか進展があったのなら、エヴァンに声がかかるのは奇跡と言っていい。

「なにかあったんですか、サー？」エヴァンは興奮した口調にならないようにしながら尋ねた。

「興味深い進展があった。死体の発見につながる夢を見たという若い女性がいるそうだな。彼女はセイクリッド・グローヴで働いていると聞いている。あそこに行けば、彼女に会えるんだな？」

「彼女は週末は休みだと思います、サー」エヴァンは〝ぼくもです〟と言い添えたくなるのをこらえて答えた。

「それなら彼女を見つけて、あそこまで連れてきてもらえないだろうか。いくつか訊きたいことがある。そうだな、一〇時に」

電話が切れた。エヴァンはしばらく見つめてから受話器を置き、ベッツィを捜しに出かけた。

「いったいどういうこと？」ベッツィが訊いた。「あたしの夢の話が聞きたいの？ ぞくぞくするわね。彼はいずれ、あたしを警察の超能力者として使うつもりかしら？ 警察って超能力者を使っているでしょう？」

ベッツィはコートをつかむと、家から走り出た。「あなたの新しいバイクで行ける？一度バイクに乗ってみたかったのよ」

「それはまずいと思う」エヴァンは答えた。

「いいじゃないの、つまらないこと言わないでよ」ベッツィが懇願した。「これって、ちゃんとした警察の仕事なんでしょう？ あなたは証人としてあたしを連れていくんだし、あのバイクはあなたが使える正式な警察車両なんだから」

「確かにそうだ。いいだろう、乗って」

ナントグウィナント・パスのヘアピンカーブを曲がるたびに、ベッツィはうれしそうな叫び声をあげた。ベッツィの興奮が次第にエヴァンにも伝染してきた。ランディ・ワンダーリッヒの死はまだ解決していないのかもしれない。これから自分が真相を突き止めるのかもしれない。

防犯ゲートが開き、エヴァンがバイクを駐車場に進めると、ヒューズ警部が警備室から現われた。いつものように、仕立てのいいスーツにロイヤルブルーの蝶ネクタイ、胸ポケットからのぞく白いハンカチという非の打ちどころのない装いだ。鉄灰色の髪はひと筋も乱れておらず、唇の上の口ひげは細くきれいに整えられている。警察署ではなく、上流階級の紳士御用達の服飾店で働いている人間のようだ。

「エヴァンズ！」彼はつかつかとオートバイに近づいてきた。「いったいどういうつもりだ？　警察のオートバイでドライブだと？」

「申し訳ありません、サー。ですが、彼女をここに連れてくるようにとあなたに言われましたし、わたしが使える警察車両はこれだけですから」エヴァンはヒューズの目をまっすぐに見つめて答えた。

「ふむ、なるほど、まあ、そうだな」ヒューズは喉の奥で気まずそうに咳をした。「とにかく、すぐに来てくれてよかった。本館で尋問がしたいと、ここの人間には伝えてある。さあ、行こうか。こっちだ」ヒューズは大きなゼンマイ仕掛けの玩具のような、ちょこちょこした足取りで歩き始めた。エヴァンは彼を眺めながら、自分はいまだに梯子の一番下からあがることすらできないのに、どうしてこんな人間が警部という地位に易々とつくことができたのだろうと、改めて考えていた。

「風変わりなところだな？」ヒューズは足取りを緩め、エヴァンが追いつくのを待った。

「現実感がない。わたしの言うことがわかるだろうか？」エヴァンはうなずいた。

「まあ近頃は、ニューエイジとやらを利用してひと旗あげようという人間がずいぶんといるようだからな」

　エヴァンはなにも言わなかった。

「きみにはメモを取ってもらいたいのだ、エヴァンズ。ワトキンスたちに手伝ってもらうつもりだったのだが、今朝、カナーボン郊外でたちの悪いひき逃げ事故があったもので、彼らはそっちに行かせたのだよ」

「そうでしたか」エヴァンは頬が緩みそうになるのをこらえた。今日ばかりは、事態が面白くなってきたところで追い払われることはないわけだ。

「それから、こちらのお嬢さん」ヒューズは初めてベッツィに声をかけた。「まず、あなたから話を聞こうと思います。実際、非常に面白い事件だ。興味深い」

「ランディ・ワンダーリッヒの死について新たになにかわかったことがあるんですか？」

エヴァンは尋ねた。「だからぼくたちはここに？」

「きみはなにを聞いている？」

「心臓発作ではなかったこと、外傷がなかったこと、溺死であることくらいです」エヴァンは答えた。「ですが、もっとなにかあるはずだとずっと思っていました」

「それはなぜかね？」

「若くて健康な男性は、洞窟で溺れるのを待っていたりしません」

「なるほど」ヒューズは満足そうに小さくうなずいた。「きみはなかなか鋭いね、巡査。実を言うと――」ベッツィに訊かれないように、エヴァンに顔を寄せた。「――鑑識が毒物についての検査を迅速に行ってくれて、今朝、その報告書が届いたのだ。ミスター・ワンダーリッヒは洞窟に留まり、溺れるのを待っていた。なぜならそのとき、ぐっすり眠っていたからだ」

「ぐっすり眠っていたというのは、トランス状態だったということですか？」

「違う。フルラゼパムがたっぷりと検出された」

「それはなんですか？」

「睡眠薬だ。〝デラナイン〟という名で売られている。自殺するつもりで意図的に飲んだのか、あるいは潮が満ちてきたときに彼が目覚めないように、何者かが飲ませたかのどちらかということだ」

「ぼくは後者ではないかと思います」エヴァンは言った。

「それはなぜかね？」

「ぼくはミスター・ワンダーリッヒと会っています。とても自信家でした。有名な超能力者のふりをしていた。遺体が発見されないかもしれない洞窟のようなところで死ぬタイプの男ではありません。もしも自殺するつもりなら、もっと華々しい舞台を用意するでしょう」

ヒューズはうなずいた。「面白い。覚えておこう。自殺ではないのなら、意識を失わせるくらいの薬を何者かが彼に飲ませたということだ」

「そして洞窟に運んだ？」エヴァンが言った。「彼を海岸まで運んで、あの岩をのぼったとすると、とてもたくましい人間ということになりますね。だれかに見られる危険もあったわけですし」

「それをこれから探りだすんだ」ヒューズはまた鳥のようにうなずいた。「興味深い事件だ、エヴァンズ。さあ、始めようじゃないか」ふたりは、現在は管理棟兼受付として使われている邸宅までやってきた。ヒューズは玄関前の階段をあがり、スイングドアを開け、あたかも自分の家であるかのようにつかつかとなかへと入っていく。エヴァンとベッツィはそのあとを追った。「わたしはレディ・アナベルの事務室を使っている」当然のことのように彼は言った。「彼女には三〇分後に来てもらうように伝えよう。まずはきみからだ、お嬢さん。驚くような話を聞かせてもらえると期待していますよ」

「精一杯やります、サー」ベッツィはうれしそうに顔を赤くした。

「よろしい。では、始めるとしましょうか」ヒューズはレディ・アナベルの机の前に座り、ベッツィには背もたれのまっすぐな木の椅子を勧めた。エヴァンに座るようにとは言わなかった。「お名前は？」

「ベッツィ・エドワーズです、サー。えーと、正確にはエリザベス・エドワーズですけど、だれからもベッツィと呼ばれています」

「スランフェア村の出身ですね？」

「はい、そうです。生まれも育ちもスランフェアです」

「仕事はなにをしていますか、ベッツィ？」

「先週までは、〈レッド・ドラゴン〉で働いていました――スランフェアにあるパブです。ご存じかもしれませんけど」ヒューズはうなずいた。「でもいまは、ここセイクリッド・グローヴで働いています」

「どうして変わったんです？　車を持っていない人が、毎日ここまでくるのは大変だ。あなたは車を持っていませんよね？」

「ええ、まあそうなんですけど、昨日まではエミーが毎日、あたしを連れてきてくれたんです」

「エミー？」

「アメリカ人女性です。あたしの力を見つけたのが彼女なんです、サー」

「エミー？」ヒューズはリストに目を通した。「その女性はどう関わっているんです？

ここで働いている人間のリストには載っていないが」

「彼女はここで働いているわけじゃありません、サー。大学生で、超能力を持っている人間について研究しているんです。彼女もスランフェアに滞在していました――今朝までは」

ヒューズはエヴァンに目を向けた。「その女性が行ってしまう前に、話を聞かなくてはならないだろう。どこに滞在しているか、知っているかね、巡査？ 電話をかけて、わたしが話を聞くまでこの付近を離れないように伝えてくれ。いますぐここに来てほしいと言うんだ」

「わかりました、サー」エヴァンは受話器を持ちあげてミセス・ウィリアムスの番号にかけた。彼が番号を暗記していたことに、ヒューズ警部は感心したような表情を浮かべた。以前、その家に住んでいたことは黙っていた。

「いいタイミングだこと」ミセス・ウィリアムスが言った。「運がよかったですよ、彼女はまだいますから。朝食を終えたらすぐに出発するつもりでいたようなんですけれどね、でも洗濯物がまだ外に干したまま乾いていなかったんですよ。村には乾燥機なんていうものがないことを彼女は知らなかったんです。〝このあたりではだれも乾燥機なんて持っていませんよ〟ってわたしは言ったんです。〝わたしたちはそういうものは好まないんです。昔どおりに、外に干せばそれでいいじゃないですか？〟ってね。〝乾燥機みたいなしゃれたものは、バンガーのコインランドリーまで行かなきゃありませんよ〟って言ったら、彼女は……」

「ミセス・ウィリアムス」エヴァンが遮って言った。「彼女が車で走り去る前に、電話口まで呼んできてもらえませんか？」

「まあ――わかりました《オァ・ゴレイ》よ、ミスター・エヴァンズ。大切なことなんですね？」エヴァンに素っ気なく遮られて、ミセス・ウィリアムスは驚いたようだ。

「とても大切なんです。警部が彼女と話をしたがっています」

「もう出るところだったのよ」電話口に出たエミーが言った。「なにごと？　午後の飛行機に乗ることになっているから、あまり時間がないの」

「警部が話をしたいそうです」エヴァンはそう言うと、ヒューズに受話器を渡した。その飛行機には乗れないと彼女に告げるのは、彼に任せることにした。エミーは文句も言わずに予定の変更を受け入れるようなタイプだとは思えなかったからだ。案の定、電話越しに彼女が声を荒らげるのが聞こえ、ヒューズは顔をしかめて耳から受話器を離した。

「落ち着いてください、お嬢さん。あなたの予定を変更させてしまうのは、申し訳ないと思っています」ようやく口を挟める隙をつかんでヒューズが言った。「ですが、ランディ・ワンダーリッヒの死に関して進展があったので、あなたには供述する義務があるんです」

「ようやく納得したよ」ヒューズは受話器を置いて言った。「アメリカ人女性には、いつだってとどめのひとことが必要なんだ」彼はベッツィに向き直った。「さてと、彼女とどうやって知り合ったのかを話してもらえますか、ベッツィ？」

「はい、サー。こういうことなんです」ベッツィは言った。「彼女がパブに来て、いろいろ質問を始めたんです。あたしのナインに予知能力があって、キャンウィル・コーフを見たことを知った彼女は――わお、たったいま思い出したわ！」ベッツィは手を口に当てた。「ミスター・ワンダーリッヒの事務室に初めて入ったとき、なにを見たと思います？　テーブルの上に火のついた蠟燭があったんです。わかっているべきだったわ。そうじゃないですか？」

「ニューエイジの施設では、蠟燭はしばしば使われるものだと思いますね」ヒューズは冷ややかに応じた。「その――エミーという女性について、話を続けてください」

「あたしがひとり娘のひとり娘だっていうことを聞いたエミーは、あたしにも予知能力がある可能性が高いから、検査をしたいって言ったんです。それで、彼女はあたしをセイクリッド・グローヴに連れてきて、カードで検査をしました。形が描いてあるカードを彼女が選んで、それがなにかをあたしが当てるんです。ほとんど全部が正解でした。そうしたら彼女はミスター・ワンダーリッヒにあたしを会わせたいって言いました。彼はとても有名な超能力者なんです。それで彼のところに連れていってくれて、そこでまた彼の検査を受けました。そうしたら彼はあたしと一緒に働きたいって言ったんです――あたしの力を開発できるようにって。でも……」

「でも、どうしたんです？」

「ふたりでする最初のセッションに行ったら、彼がいなかったんです。四時って言ったのに、彼はいなかった。楽しみにしていたので、少なからずがっかりしました。そのまま家に帰って、それっきり忘れていました。でも翌朝ここに来てみたら、大騒ぎになっていました。前の日のランチのあと、あたしがコーヒーを持っていったのを最後に、だれもミスター・ワンダーリッヒを見かけていなかったんです」

「それでは、あなたがコーヒーを持っていったんですね？」ヒューズはメモを取った。

「ミスター・ワンダーリッヒのことをどう思っていましたか、ベッツィ？」

「こんな言い方をするのはなんですけど、すごくセクシーだって思いました。映画スターみたいだって」

「あなたとミスター・ワンダーリッヒのあいだには、なにか特別なことがあったんですか？　彼があなたに言い寄ったとか？」

「まさか。彼は結婚しているんですよ。それに部屋にはエミーがいて、検査を手伝ってくれていました」

「でも、あなたは彼が好きだったんでしょう？」

「好きだと言えるほど彼のことは知りませんでした、サー。会ったときは優しくしてくれましたし、必要なときにその場にいられるようにセンターでの仕事をくれました。親切な人でした」

「夢の話をしましょうか」ヒューズが言った。「あなたが見たという夢のことを話してください」

「夢ですか？　こんなふうでした――あの夜ベッドに入ったら、いきなり、あの洞窟の外に立っている夢を見たんです。なかに入りました。真っ暗で、じっとりしていて、海藻っぽいにおいがしました。洞窟の奥になにか白いものが横たわっているのが見えたんです。近づいてみたら、ランディだということがわかりました。眠っているのかと思って触ってみたんですけど、彼は起きなかった。急いでエミーのところに行ったら、〝それは予知夢よ、ベッツィ。エヴァンズ巡査を起こして、いますぐにセイクリッド・グローヴに行かなきゃいけない〟って言われました」ベッツィは確かめるようにエヴァンを見た。「朝の四時ごろでした。そうよね、エヴァン？」

エヴァンはうなずいた。

「センターに行ったら、敷地のなかに洞窟があるところを知っているとレディ・アナベルが言ったんです。それでマイケルが海岸まで案内してくれて、夢で見たとおり、洞窟にランディの死体があったんです。本当に恐ろしかった」

「そうでしょうとも。その手の夢はよく見るんですか？」

「とんでもない。これが初めてです。少なくとも、わたしがそう意識したのは初めてです。いままでにも、現実になったことを夢に見ていたのかもしれませんけれど、エミーにあたしの力のことを言われるまでは気づきませんでした。よくはっきりした夢を見るんです。でもただの夢だと思っていて……」

「紅茶でも飲んで、ホールでわたしたちを待っていてくれませんか？」ヒューズが言った。「ほかにも大勢の人から話を聞かなくてはならないし、それが終わったらエヴァンズ巡査があなたを家まで送っていきますから」

「ありがとうございます。お役に立ててよかったです」

「さてと、どう思う？」ヒューズがエヴァンに視線を向けた。

「なにがです？」エヴァンが訊いた。

「彼女の仕業だろうか？」

16

エヴァンはまじまじとヒューズ警部を見つめた。「ランディ・ワンダーリッヒを殺したという意味ですか？」

「これまでも、死体のある場所を夢に見たと殺人者が訴えたことはある――それに彼女はコーヒーを運んだことを認めている。そこに睡眠薬が入っていたのかもしれない」ヒューズは至極満足そうだとエヴァンは思った。

「お言葉を返すようですが、サー、まったくばかばかしい話だと思います」エヴァンは言った。「ぼくは何年も前から彼女を知っています。それほど頭のいい子ではありませんし、だまされやすくて、影響されやすいところはありますが、でも……」

「何者かと協力していたことも考えられる。〝影響されやすい〟のだろう？　だれかに唆されたのかもしれない」

「思い当たる人間はいません」エヴァンは言った。「ベッツィが彼らと会ったのはほんの数日前です。それに、それほど頭のいい子ではないと言いましたが、ばかだというわけでもありません。だれかに薬を飲ませたり、夢を見たと嘘をついたりするような常識のない子じゃない。あの夜、ぼくは彼女と会っています——怯えて震えていました。あれは演技じゃなかった」

「わたしは超能力などというものは信じていないのだよ、巡査。ランディ・ワンダーリッヒが自殺でないというのなら、彼の死を望む理由のある人間がいるはずだ。それがだれなのかを突き止めようじゃないか」ヒューズはリストに目を向けた。「レディ・アナベルから始めるべきだろう。殺人事件の場合は、もっとも手近なところから始める——それがわたしの第一のルールだ。十中八九、配偶者か近親者が犯人なのだよ。さて、レディ・アナベルを呼んでくれたまえ」彼は横柄そうに手をあげたが、レディ・アナベルの椅子に座っているとなぜかそれがふさわしく見えた。

エヴァンはお辞儀がしたくなった。「呼んできます、サー」

レディ・アナベルはしっかりと身づくろいをしていた。今日はトラックスーツではなく、高価そうな紺色のワンピースをまとい、エルメスのスカーフを首に巻いて、指には大きなダイヤモンドをつけている。髪は完璧なスタイルに整えられ、顔は化粧という仮面をかぶったようだった。彼女が部屋に入ってくると、ヒューズですらあっけにとられたように立ちあがった。「どうぞ、この椅子にお座りください、レディ・アナベル」

「ありがとう」彼女は当然のように座った。ヒューズは背もたれのまっすぐな木の椅子に腰をおろした。

「よろしければ、ご主人の死についてお話をうかがいたいのですが」

「話さなければいけませんか？　おわかりでしょうけれど、それでなくても辛くてたまらないんです、警部。わたしはただお葬式ができるように彼を返してもらって、あとはそっとしておいてほしいだけなんです」

「ご遺体はお返しできるように、できるだけのことはします、レディ・アナベル。ですが残念ながら、ご主人の死は事故として片付けることはできなくなりました」

レディ・アナベルは小さく息を呑み、芝居がかった仕草で片手を喉に当てた。「彼は殺されたと言っているんですか？」

「もしくは自殺したか」

「それはありません。ランディに限って。彼は人生を愛していました。生きる目的がたくさんあったんです。絶対に自殺なんてしません」

「でしたら、真相を突き止めるのは早ければ早いほどいい」ヒューズが言った。「協力していただけますか、レディ・アナベル？」

「もちろんです。なにが知りたいんですか？」

「あなたの名前はレディ・アナベル・ブランド・タイで間違いありませんか？」

「本当の名はミセス・ランダル・ワンダーリッヒです。このあたりの人たちには昔からレディ・アナベルと呼ばれていましたから、そのまま使うことにしたんです。この施設にはそのほうがふさわしいとランディは考えていました」

「結婚してどれくらいになりますか？」

彼女の顔が苦痛に歪んだ。「一年にもなりません。去年の夏、ラスベガスで結婚したんです」

「こんなことを言うのは失礼かもしれませんが――」ヒューズは咳払いをした。「――あなたたちご夫妻は、意外な組み合わせに見えます。どうやって知り合ったんですか？」

「ランディはわたしの命を救ってくれたんです」レディ・アナベルはさらりと答えた。

「彼が？　どうやって？」

「わたしはひどく落ち込んでいました。父が死んで、どうやって相続税を払えばいいのかわからなかったんです。愛してやまないこの地所を手放したくなかった。ただぼんやりと過ごすだけで、次になにをすればいいのかすら、わかりませんでした。東海岸にいる友人たちに会いに行ったら、そのうちのひとりドディがニューエイジの熱心な信者になっていたんです。彼女が、超能力者のホットラインを教えてくれました。そこに電話をかけてみたら、ランディがそれはそれは素晴らしくて。わたし自身についてたくさんのことを教えてくれて、わたしが困っていると――地所を手放したくないことを――打ち明けたら、すごく前向きに支えてくれたんです。わたしは何度も彼に電話をかけて、その後あれこれあって、彼がカリフォルニアからわたしに会いに来てくれました。それがまた驚きだったんです。彼は、作りたいと思っているセンター——ヒーリングやスピリチュアルなものや超能力を網羅する場所——について話してくれたんですけれど、彼が語る光景は——信じられないと思います——まさにわたしの地所そのものだったんです！」

彼女の顔は喜びに輝いていた。「写真を見せると、彼はわたしと同じくらい驚いていました。まるで、わたしたちは一緒になることが運命だったようじゃないですか？　そこでわたしたちはラスベガスに行って結婚し、ランディの構想を実現するためにここに来たというわけです」

「それはいつだとおっしゃいました？　去年の夏ですか？」ヒューズが尋ねた。

レディ・アナベルはうなずいた。「あいにく、タイミングはよくありませんでした。夏休みまでには完成させて始動させたかったんですが、準備がすべて終わったのは九月半ばでした——大勢のお客さまを呼ぶには遅すぎました。このあたりの冬はかなり厳しいですし、これだけの規模の施設を運営するのは安くはありません。でも、今年の夏にはとても期待していたんです。予約も入っていましたし、宣伝も始めていました。なにもかもが素晴らしかったんです」彼女はぎゅっと唇を結び、気持ちを立て直した。「いまはどう考えていいのかわかりません」

「お気の毒です」ヒューズが言った。「施設を閉鎖しなければならないと思いますか？」

「できることならそうしたくはありません。これはランディの夢だったんです。彼の夢まで死なせるわけにはいかない。そうでしょう？　なんとか頑張りたいと思います。わたしの先祖は代々戦士でしたから」

彼女は雄々しく笑みを浮かべた。

「ミスター・ワンダーリッヒの死についていくつか訊かせてください、レディ・アナベル」

彼女はうなずいた。

「事業はあまりうまくいっていなかったとおっしゃいましたね。資金繰りに困っていたということだ。それでもご主人は自殺したのかもしれないとは、一瞬たりとも考えなかったんですか？」

アナベルはきっぱりとうなずいた。「もちろんです、警部。ランディは根っからの楽観主義者でした。それどころか、先週はとても興奮していました。素晴らしいことが起きようとしているって言っていたんです。セイクリッド・グローヴが注目の的になって、予約が殺到する光景を見たんだそうです。ほら、彼は有名な超能力者でしたから」

エヴァンは、海岸からあがってきたランディを見たときのことを思い出した。確かに自信に満ちて、くつろいだ様子だった――うぬぼれていたと言ってもいい。

警部は咳払いをした。「それでは次の質問ですが、レディ・アナベル、ご主人の死を望んでいた人間に心当たりはありませんか？」

「ありません――みんな彼のことが好きでした。好感の持てる人だったんです」

「それでは、だれが彼を薬で眠らせて洞窟で溺れさせたのかは、わからないということですね？」

アナベルはぞっとしたような顔になった。「そういうことなんですか？　なんてひどい。なんて恐ろしい。必ずその男を捕まえてください、警部」

「犯人が男だと確信しているような言い方ですね」

「ええ、まあ。女性かもしれないなんて思ったことはありませんけれど、でも……」

エヴァンはじっと彼女を観察していた。なにかがレディ・アナベルの脳裏をよぎったのだとわかった。「だって、女性がランディをあの洞窟に連れていくのは不可能ですよね？あんな岩場をのぼるんですよ？」

ドアをノックする音がして、ベンという名前だとエヴァンが聞いている中年男性が入ってきた。「こんな微妙な精神状態のときに、アナベルにひとりきりで尋問を受けさせるのは正しいこととは思えない」彼は言った。「彼女はいま普通の状態ではないんですよ、警部補」

「警部です、サー」ヒューズが言った。「それで、あなたは？」

「ベネディクト・クレスウェルと言います。アナベルの友人であり、財務顧問でもあります」

「あなたもここに住んでいるんですか？」

「いいえ、財政面について話をするために、数日前に来ただけです。それがこんなことになったので、そのまま滞在しています。アナベルがわたしを必要としていましたから」

「それでは、この——悲劇が起きたとき、あなたもここにいたんですね？」

「ええ、いましたよ。かわいそうなアナベル。あれほど悲嘆に暮れている人間を見たことはありませんでしたよ」

ヒューズは立ちあがった。「いまのところ、お訊きしたいのはこれだけです、レディ・アナベル。ありがとうございました。午前中に話を訊きたいと従業員全員に伝えてもらえますか？　そうですね、一一時半に集まってもらってください」

「わかりました」アナベルが言った。「でも、わたしはとても従業員のだれかがそんなことをするとは……」彼女はそのあとの言葉を呑みこみ、部屋を出ていった。ベン・クレスウェルもあとを追おうとしたが、ヒューズが手をあげてそれを止めた。

「いくつかお訊きしたいことがあります。悲劇の起きた夜、あなたもここにいらしたということですから」ヒューズは背もたれのまっすぐな椅子を示し、自分は再びレディ・アナベルの机の向こう側にまわった。「さてと、あなたはレディ・アナベルのご友人なんですね？」

「古くからの親しい友人です。子供の頃、一緒に遊びました。母親同士が花嫁学校時代に親しかったんです」

エヴァンは初めて、彼をじっくり観察することができた。かつてはハンサムだったのだろうが、レディ・アナベル同様、すっかり盛りを過ぎている。目の下はたるみ、顎は何重にもなっていて、頻繁にキツネ狩りをしてきたか、あるいはウィスキーを飲み過ぎたことを示すように鼻は赤くなっていた。着ているアランセーターは、彼には一サイズ小さすぎる。エヴァンのような男を〝若いの〟と呼ぶようなタイプだ。おそらく、元軍人だろう。

「いまは彼女の財政顧問なんですね？」

「そうです。除隊後すぐに、シティで働き始めました。先代のご老人が——どう言えばいいですかな——ちょっと変になったので、わたしがこの施設の実務を引き受けたんです。もちろん彼は以前から奇妙なところがありましたが、奇妙でない人間がいた旧家なんてものがありましたか？　だれもがまともで分別があったら、世界はひどく退屈なものになっていたでしょうね」

常にまともで分別のあるヒューズは返事の代わりに咳をした。

「その後、ブランド・タイ卿が亡くなったわけですね？」彼が訊いた。

「彼はサー・アンブローズです。ナイトだったんです。貴族ではありません。いささか異なります」

見下したような言い方に、ヒューズが鼻白んだのがわかった。

「いいでしょう、サー・アンブローズですね。彼が亡くなって、レディ・アナベルが地所を相続したのですね？」

「そうです。彼女がただひとりのブランド・タイの相続人でした。二年前のことです。この地所は広大ですから、おわかりでしょうが相続税は莫大だった。ですが、ここを手放さずにいられる方法を考えてほしいとアナベルはわたしに懇願しました。ニューエイジ・センターにしてしまうなどというばかげたことを考えつくとは、予想外でしたよ」

彼は座ったまま身を乗り出した。「ここだけの話ですが、警部、アナベルは昔からとてもだまされやすいんです。女優になると言っていたかと思ったら、次の日にはカルカッタに行ってマザー・テレサの手伝いをするなどと言い出す。どれも単なる思いつきなんです。このニューエイジ・センターにしても、あのいまいましい男さえいなければ一時の気の迷いですんでいたでしょうね」

「ミスター・ワンダーリッヒのことですか？」

「決まっているじゃないですか。あの不愉快な超能力ホットラインとやらでアナベルから話を聞いた彼は、いい金づるを見つけたと考えたんですよ」

「彼は財産目当てで結婚したと思っているんですか？」

「当然ですよ。ほかになにがあります？　若くてたくましい男性は、中年の太った女性と結婚したりしませんよ。そうでしょう？　逆ならあるかもしれませんが……」

「あなたは賛成していなかったんですね」

「最悪でした。あの男にあるのは壮大な夢だけで、それを裏付ける資金はまったくなかった。まず事業を立ちあげて、その利益で設備を整えるようにしろと助言したんですが、彼は耳を貸さなかった。スパと瞑想センターと素晴らしいキッチンを一度に欲しがったんです。アナベルの相続財産をすっかり使い果たしてしまいましたよ」

「レディ・アナベルは彼を止めようとしなかったんですか？」

「彼女もわたしの言うことを聞こうとはしなかった。まだのぼせあがっている時期だったんです。ランディがすることはすべて素晴らしいと思っていた。そんな時期はせいぜい一、二か月しか続かないので、そうなれば彼には飽きていたのでしょうけれどね」

「つまり、ランディ・ワンダーリッヒが死んだのは幸いだったということですか？」

「彼女の財政顧問として言わせてもらえば、手遅れですがね。彼女は地所を競売にかけなくてはならないでしょう。ですが友人としては、遅いけれどもあのままよりはましだと思いますね」

「あなたは睡眠薬を飲んでいますか、ミスター・クレスウェル？」ヒューズが尋ねた。

「睡眠薬？　とんでもない。わたしは近衛師団にいたんだ。自分を甘やかしたりしませんよ」

ヒューズは立ちあがった。「ありがとうございます、ミスター・クレスウェル。大変助かりました。この件が解決するまで、あと数日ここにとどまっていてもらえますか？」

「解決？　なにを解決するんです？　あの愚かな男は自分で洞窟に行って、溺れたんでしょう？」

「そういうわけではありません、サー。何者かが、潮が満ちてきたときに彼が眠っているように仕向けたんです」

ベン・クレスウェルがその言葉の意味を理解するまで、一拍の間があった。「何者かが——なんということだ！　だからあなたは睡眠薬のことを訊いたのか……だとすると、すべての意味が変わってくる」彼の赤い顔がさらに赤みを増した。「いいかね、よく聞きたまえ。彼のことが好きではないとか、アナベルにとっては彼がいないほうがいいとかわたしが言ったのは——妙なことを考えてもらっては……」

ベン・クレスウェルはうろたえながら部屋を出ていった。

17

「興味深いね」ヒューズ警部はエヴァンに視線を向けた。「ランディ・ワンダーリッツヒのことが好きではない人間を、すでにひとり見つけたわけだ」

「ぼくが見るかぎり、彼だけではないと思います、サー」エヴァンは応じた。

「そうなのか？　ふむ、次の出場者を呼ぼうじゃないか」ヒューズは自分のジョークにくすくす笑った。


ミセス・ロバーツは背もたれのまっすぐな椅子に背筋をぴんと伸ばして座り、冷ややかなまなざしを警部に向けた。

「あれほどの思いをしたミス・アナベルにこんなことをさせる権利はあなたにはありません」彼女は言った。「あの男は死んだんです。それでいいじゃないですか。あれこれ質問を繰り返して、なにがわかるというんです？」

「真実ですよ」ヒューズが答えた。「たとえば、もし彼が自らの命を絶ったのだとしたら……」

ミセス・ロバーツは冷たい笑い声をあげた。「自らの命を絶つ？　あの男が？　自分をあれほど過大評価している人間は見たことがありませんよ。鏡の前を通りかかると、必ず足を止めて自分の姿を確認していたんですからね。孔雀みたいにうぬぼれが強かったんです。もし彼が自殺するとしたら、どこか特別な場所で、特別に見えるような方法を選んだでしょうね」

エヴァンは心のなかでうなずいた。ミセス・ロバーツの人を見る目は確かなようだ。

「あなたはここに長くいるんですか、ミセス・ロバーツ？」ヒューズが尋ねた。

「レディ・アナベルが生まれたときからです。もちろん当時はただのメイドでしたが、その後家政婦になって、それからずっと彼女のそばにいます――こんな施設を管理することになるなんて、想像もしていませんでしたけれど。あんな人たちが庭ではしゃぎまわっているのを見たら、サー・アンブローズは草葉の陰で嘆くでしょうね。異教徒！　彼らは悪魔を崇拝しているんです」

「それなら、どうしてあなたは出ていかなかったんです？」

「ミス・アナベルをあの男のもとに残して？　ありえません。ミス・アナベルは一見しっかりしているように見えますけれど、実はマシュマロのようにやわなんです。あの男はミス・アナベルを意のままに操っていたんですよ」

「あなたはミスター・ワンダーリッッヒのことが好きではなかったんですね？」

「はい、好きではありませんでした。我慢できませんでした。ミス・アナベルにはまったくふさわしくなかったんです。まあ最初の夫以外、彼女は男性選びに成功していたとは言えませんが。ホリスター大佐は本物の紳士でした。それ以外は社会のくずばかりでしたね。こんな言い方をしてすみません」

「では、彼が死んでほっとした？」

「わたしはだれかの死を望んだりはしません、サー。クリスチャンはそんなことはしないものですから。ですが本心を言えば、彼がいなくなってよかったと思っています。これでなにもかもが元通りになって、ミス・アナベルはだれかふさわしい人と結婚できるかもしれません」

「たとえばミスター・クレスウェルとか？」エヴァンは我慢できなくなって訊いた。

「少なくとも彼は心底ミス・アナベルのためを思ってくれています」ミセス・ロバーツが答えた。「ここを遊園地に変えたりはしません」

「お訊きしたいことは以上です、ミセス・ロバーツ」ヒューズが言った。「マイケル・ホリスターに来るように言ってもらえますか？」

「わかりました、サー。紅茶かコーヒーをお持ちしますか？」

「ありがとう。いただきます」

ミセス・ロバーツは素っ気なく会釈をすると、部屋を出ていった。

ヒューズはエヴァンに向き直った。「どうしてクレスウェルのことを訊いたんだね？」

「すみません、サー。口をはさむべきではありませんでした。ただ、クレスウェルがレディ・アナベルに好意を持っていることを確かめたかったんです」

「なんとまあ。どうしてそう思ったのかね？」

「単なる直感です。それ以外に彼がここに滞在する理由がありますか？　それにランディの死体が見つかったと聞かされたとき、レディ・アナベルは彼を呼んでほしいと言ったんです」

「ふむ。彼女がね。となると、クレスウェルにはワンダーリッツヒの死を望む動機があることになる。それにミセス・ロバーツもだ——彼女はかなり率直だったね。明らかに彼を嫌っていた。ワンダーリッツヒに敵はいないと言ったアナベルは、悲しいことに思い違いをしていたわけだ。明らかに——」ドアをノックする音にヒューズは口をつぐんだ。

マイケル・ホリスターがドアの隙間から顔をのぞかせ、それから眼鏡の奥でフクロウのように目をしばたたかせながら、おずおずと部屋に入ってきた。

「さあ、どうぞ。マイケルですね」ヒューズは椅子を示していった。「座ってください。ランディ・ワンダーリッツヒについて、いろいろとお尋ねしているところなんです」

「な、なにかあったんですね？」マイケルが尋ねた。「なにかをみ、見つけたんでなければ、警部さんはここに戻ってきたりはしない。彼は自殺したのか、それともだれかに殺されたんですか?」

やはり、内気さと傲慢さの入り混じった奇妙な態度だった。普段よりも吃音が目立つけれど、内気な人間がヒューズ警部と対峙すればそうなるだろう。

「まだ捜査を始めたところなんです。いくつかお訊きしているにすぎません。あなたはレディ・アナベルの息子だと聞いています。間違いありませんか?」

「母はしばしば否定しますが、そのとおりです」

「どうして彼女は否定するんです?」

「な、な、なぜなら、年がばれるからです、もちろん。二〇歳の息子がいるのに、三〇歳のわけがないでしょう?」

ヒューズは笑みを浮かべた。「あなたは母親ではなく、父親に育てられたとも聞いています」

「ぼくがまだ小さい頃に、母がぼくたちを捨てて出ていったからです」

「なのにあなたはいま彼女と一緒にいる」

「学校を卒業したときに、再会しました。その頃にはどうして母が父から逃げ出したのかが理解できるようになっていました。母は人生を愛していた――古臭い要塞みたいなところに閉じこめられて、狩りと釣りしか楽しみのないような暮らしはできなかったんです」

「つい最近まで大学に通っていたとお聞きしましたが」

「去年のクリスマス学期までです」

「卒業はしていないんですね？」

「はい。母が心配だったので、休学しました。この地所がどういうことになっているのかを耳にして、だれかが母と——ぼくが受け継ぐことになる財産に目を光らせておかなければいけないと思ったんです」

「ではあなたは、ミスター・ワンダーリッヒが好きではなかった？」

「ひとりの人間としては、嫌いではなかったです。ぼくたちにはあまり共通点はありませんでしたが、いつも気持ちよく接してくれました。ただぼくのことはかわいそうなやつだと思っていたと思います。ぼくはチェロを弾くし、詩が好きだし、スポーツはあまり得意じゃないからです。ランディは肉体の美しさにのめりこんでいましたから——健全な心に健全な肉体。しょっちゅうバーベルをあげたり、走ったりしていましたよ」

「彼の死はあなたにとってとても都合がよかったわけだ。これでお母さんは彼の影響から解き放たれて、あなたは大好きな家を取り戻せますからね」

「ここを大好きな家とは呼べませんね。ほとんど知らないんですよ。学校が休みのときに、祖父と過ごすために何度か来たことがあるだけです。でも家族の財産ですから、家族のものであるべきです」

「これであなたは大学に戻って、勉強を続けることができるわけですね？　またお友だちに会えるのがうれしいんじゃないですか？　同じくらいの年の人間がだれもいないところで過ごすのは、つまらないものでしょうからね」

「ええ、本当に——ただぼくはそれほど社交的なタイプではないんですよ。ランディのようなパーティーの主役ではないんです」

ヒューズはメモ帳に目を向けた。「ワトキンス巡査部長から聞いたところによると、ランディ・ワンダーリッヒが行方不明になった日の午後、あなたは外出していたようですね」

「はい。母にいくつか用事を頼まれたので、ランチのあと車でポルスマドグまで行っていました。ショッピングにふさわしい町ではありませんよね？　でも母の処方薬を受け取ったり、小包を送ったりといった用事があったんです」

「何時頃戻ってきましたか？」

「はっきりとはわかりません。港に寄って、よく一緒に船に乗る友人たちと会っていたんです。ぼくは船に乗るのが好きなんです。午後はずっとそこにいました。戻ってきたときにはディナーの準備をしていましたから、五時頃だったと思います。警備の人間に確認してください。車の出入りを記録していますから」

「マイケル——お母さんは睡眠薬を飲んでいますか？」

マイケルはにやりと笑い、不意にとても幼く見えた。「ランディが代替療法を提唱していますから認めないでしょうけれど、けっこう薬を飲んでいますよ。睡眠薬のモガドンや精神安定剤、痩せ薬」

「その日の午後、あなたが受け取ったという処方薬はなんでしたか？　覚えていますか？」

マイケルは再び笑った。「しわに効くというビタミンA入りのクリームでした」

「なるほど。ありがとう、マイケル。とても助かりました。最後にもうひとつだけ教えてください。セイクリッド・グローヴでランディ・ワンダーリッヒの死を望む人間に心当たりはありませんか？」

「望まなかった人間はいるかと訊くべきかもしれませんね」マイケルは言った。「ミセス・ロバーツは彼に我慢できなかったし、ベンはひどく嫌っていたし、リアンノンは――」

「ああ、有名なドルイドの女性祭司ですね。彼女と会うのを楽しみにしていたんですよ。ここに来るように伝えてもらえませんか？」

マイケルはごくりと唾を飲みこんだので、大きな喉仏が上下に動いた。「瞑想中は邪魔しないようにというメッセージを彼女から受け取っています。ここでの尋問が終わってから、会いに行けばいいんじゃないでしょうか」

「ずいぶんと生意気だな」ヒューズがつぶやいた。「彼女はいつもそんなふうなんですか、マイケル？」

「ここは自分のセンターだと完全に信じていますよ」マイケルが答えた。「もしくは、そうであるべきだと。直接、話をしてみてください。そうすればわかると思います。それじゃあ、ぼくに訊きたいことはもうないんですね？」

「あの日、彼が本当に午後はずっと出かけていたかどうかを警備の人間に確認しておいてくれ、エヴァンズ」マイケルが出ていったところで、ヒューズが言った。「義理の父親がいなくなって、大学に戻れることをだれよりも歓迎しているのは彼だろう」

「そうですね。でも大学に戻るために、人を殺したりはしないと思いますが」エヴァンは笑いながら言った。「あるいはその人間のことが嫌いだからという理由では。わたしの経験からすると、人を殺す人間はかなり切羽詰まっていますよ——ぎりぎりまで追いこまれている」

「そうだな」ヒューズのぶっきらぼうな口調を聞いて、殺人事件を解決した経験について語るのはいささか無神経だったかもしれないとエヴァンは思った。その点に関しては、エヴァンのほうがヒューズ警部よりも成功を収めている。

「それで、リアンノンについてはどうしますか、サー？」エヴァンはあわてて訊いた。

「ぼくが行って、連れてきましょうか？」

ヒューズは薄笑いを浮かべた。「きみがヒキガエルや木の切り株に変えられてしまう危険を冒すわけにはいかないよ、巡査。ここでの尋問を終えてから、彼女に会いに行くことにしよう。山がムハンマドのところに行くんだ」

18

ドルイドの儀式

わたしたちは、環状の概念を信じている。
人生は輪だ。
死、生、復活、転生。
魂は死ぬのではなく、転生する。
死は、永遠の存在における単なる変換点にすぎない。
従って、わたしたちはシンボルとして輪を使う。輪は一体性と永遠の象徴である。
輪の中心は実在と非実在の静止点である。
輪の内側は人間が霊的次元に到達できる神聖な場所である。
輪の中心は力の錐体で、自然と超自然をつなぎ、異世界に通じている。
わたしたちが儀式の初めに輪を作るのはそれが理由である。

わたしたちが輪のなかで捧げものをするのは、神が降りてきてわたしたちが提供したものを受け取ることができるからである。

リアンノンは瞑想室の床に座り、じっと黙想にふけっているのだろうとエヴァンは想像していた。けれどふたりが建物にたどり着くより早く、彼女のほうから姿を現わした。今日も、ジーンズに銀のケルト結び目模様が記された黒のトレーナーという格好だ。これからハイキングか、あるいは買い物にでも行こうとしているどこにでもいる中年女性のように見えた。

「なにかわかったんですね？」男性っぽい、低い声で彼女が訊いた。「そうなると思っていました。時間の問題でしたね。どうぞ入ってください。コーヒーをいれますね——このあたりでみんなが飲んでいる、ばかげたカフェイン抜きなんかじゃなくて、濃いおいしいコーヒーを」

ヒューズはエヴァンに問いかけるようなまなざしを向けた。

「どうしてわたしたちがなにかを見つけると思っていたんです？」先に立って小さなキッチンへと歩いていく彼女にヒューズが尋ねた。テーブルには、手びねりの陶器のマグカップが三つ置かれている。ひとつには砂糖とミルクがすでに入れられていた。リアンノンはなにも答えず、コーヒーを注いだ。

「ランディ・ワンダーリッヒの身になにかが起きることを予知していたんですか？　それとも超能力のメッセージを受けたとか？」ヒューズはさらに尋ねた。

リアンノンは彼にマグカップを手渡した。「あなたはブラックでいいんですね」

「ええ」

「こちらの巡査はミルクと砂糖で偽装したコーヒーしか飲まない」

エヴァンは笑った。「ええ、そうです。ありがとう」

リアンノンはふたりを連れてキッチンを出ると、インド更紗をかけた座り心地のよさそうな肘掛け椅子が置かれた小さな居間へと案内した。

「さっきの質問ですけれど」彼女が口を開いた。「直感や予知などではありません。単なる観察の結果です。彼はとても壮健でした。海岸沿いを走っているところや、海で泳いでいるところをよく見かけました。泳ぎは上手だったんです。洞窟でなすすべもなく溺れるなんてありえません——外部からの介在がないかぎり」

「よろしければ、いくつかお尋ねしたいことがあります」ヒューズは、彼にしてはおとなしい口調で言った。

リアンノンは鷹揚にうなずいた。

「フルネームを教えてください」

「リアンノンです」

「ラストネームは？」

「リアンノンだけです。ラストネームを持つということは、なにかを所有するか、所有されるか、あるいはどこかに属することを意味します。わたしはそういった考えに同意しません。わたしは宇宙にのみ属する、自由なひとりの人間です」

「所得税を申告するときにも、〝リアンノン〟とだけ書くんですか？」

「わたしは所得税の申告はしません。お金を信用していないからです。無用の長物です。お金を所有することから、なにひとつ良きものは生まれていません」

「それでは、あなたはここで報酬をもらっていないんですか？」

「適当だと考えられる合意を交わしています。敷地内にわたし個人のコテージを用意し、食事を供給してもらい、わたしがここに滞在してセンターを宣伝することへの見返りとして、諸費用を出してもらっています」

「あなたがここに来たのはそれが目的だったんですか？」ヒューズが尋ねた。

「初めてこの話――ケルト宗教のセンターでわたし自身がその重要な鍵となる――を聞かされたときは、わたしはもう死んでいて、あなた方クリスチャンが天国と呼ぶところに来たのかと思いました。でもその後、現実はその約束通りではなかったことがわかりました」

「あなたの期待とは違っていたんですね？」

「すべてがまがい物でした。興味があるふりをしていただけだったんです。真剣にニューエイジを信じている人はここにはひとりもいません。観光客を呼ぶための手段にすぎませんでした」

「だがランディ・ワンダーリッヒは世界的に有名な超能力者だ」

「ランディ・ワンダーリッヒはペテン師です。そう言いたければ、エンターテイナーと呼んでもいいわ。彼は毎週、客のためにわたしに庭で儀式をさせようとしました。そのうえ、見た目にもっと印象的な要素を加えてほしいと言ったんです——聖杯、松明、剣、白い雄鶏の生贄といったものを。地元の礼拝堂の牧師にも同じことを提案するのかと訊いたら、彼は驚いた顔をしました——ばかな男」

「それでは、あなたは彼が好きではなかったんですね？」

「はっきり言って、嫌いでした」

「だがあなたはここを出ていかなかった」

「本当に求めている人がここに来たとき、彼らを導くことのできる人間が少なくともひとりはいることを知ってもらいたかったんです。それに、本物の聖なる林で儀式を行える機会を得ましたから。一年でもっとも重要な儀式のひとつが近々あるんです。ウェールズ語でガラン・メイ、英語ではベルテーンと呼ばれています。新しい炎の春の祭りです。ぜひいらしてください。エヴァンズ巡査はもうその気になってくださっていると思います——彼はわたしたちの一員ですから」

ヒューズがエヴァンの顔を見た。

「ケルト人という意味です」エヴァンはあわてて言った。

「ランディ・ワンダーリッヒに話を戻しますが、彼の死を願っていた人間に心当たりはありませんか？　もちろん、あなたを除いてです」

リアンノンはヒューズに笑みを返さなかった。「どうしてわたしが彼の死を願っていたと思うんですか？　否定的な思考はなにも生み出しません。結局本人が自分の否定的な思考に埋まって、窒息してしまうだけです。わたしはだれの死も願ったことはありません。彼が悟ってくれることを願っていただけです——もう少し頭が働けばもっとよかったんですが」

「あなたほど寛大でない人がほかにいたかもしれませんね？」

「わたしは人の意図を知ろうとは思いません」

ヒューズがいらだち始めているのがわかった。

「ランディ・ワンダーリッヒがいなくなった日の午後ですが——あなたの行動を教えてもらえますか？」

「はい。地所内を歩きまわって、五月一日の儀式にふさわしい場所を探していました。ご存じでしょうが、オークの木が必要なんです。それからかがり火を焚いて、大きな輪が描けるだけのスペースも。かなりの人数が集まると思うので」

「だれかを見かけましたか？」

「だれかがわたしを見たかという意味なら、答えはノーです。でも物音なら聞きました」

ヒューズはメモ帳から顔をあげた。

「なにか大きなものが、わたしの視界からはずれるところで林のなかを移動していたんです。もちろん動物だったのかもしれません――大きな犬とか。でも急いでいる人間だった可能性もあります」

「それは何時頃でしたか？」

「わかりません。ランチのあとで、暗くなる前でした。考え事をしていると、時間の概念がなくなるんです」

「ありがとうございました」ヒューズは立ちあがった。「とても助かりました」

「たいしてお役には立てなかったと思いますが、でも知っていることはすべてお話ししました。ランディ・ワンダーリッヒは自ら死を招いたんです。宇宙はからかうべきものではありません。とりわけ女神をからかってはいけません。いい一日を」

ふたりは解放された。

「さてと、これで主な登場人物はひととおり終わったようだな、エヴァンズ」ヒューズは階段をのぼりながら言った。「なんとも変わった女性だ。五〇を過ぎた未婚の女性のなかには、驚くほどの変わり者がいるものだね」

ヒューズには気配りというものが欠けているらしいとエヴァンは思った。出世の階段をあがる際、同じような台詞を口にして重要人物の機嫌を損ねなかったのが不思議なくらいだ。警察署長が女性でなくて幸いだった。

ヒューズは腕時計を見た。「そろそろ従業員が集まっている頃だろう。彼らの前でわたしが少し話をするから、そのあとはきみが供述を取ってくれればいい。わたしは一時間後にランチの約束があるので、あまり時間がないのだよ。ワンダーリッヒがいなくなった日の午後について、なにか覚えていることがないかを彼らから訊き出さねばならん。普段とは違うことがなかったか、二時半以降、彼を見かけなかったか。噂話があれば、それにも耳を傾けておいてくれ。アナベルが本当に自分で言っていたとおり、夫を崇拝していたのかどうかも確かめたい。彼らに話をさせるんだ、エヴァンズ。きみが相手なら、彼らも口が軽くなるかもしれない。ウェールズ語で話をしたがるかもしれないな。それがきみの強み……」

「わかりました、サー」エヴァンは改めて、ほめ言葉ですら侮辱にしてしまうようなヒューズが、どうやっていまの地位につくことができたのだろうと不思議に思った。エヴァンはかなりの速さで階段をあがっていった。上まであがり切ったときには、ヒューズはぜいぜいと息を切らしていた。

「従業員をどこに集めていると思う？」ヒューズがあえぎながらそう言ったちょうどその

とき、玄関のドアが開いて、エミー・コートが荒々しい足取りで出てきた。

「いったいいつまで待っていなきゃいけないんです?」エミーが訊いた。「予約している飛行機があるんです。払い戻しできないチケットなんですよ。もしそれに乗れなかったら、あなたたちが新しいチケットを買ってくれるんですか?」

「わたしたちは、殺人かもしれない事件を捜査しなくてはならないんです」ヒューズが応じた。「あなたが自由に帰っていいということになったら、お知らせします」

「殺人?」彼女から尊大な態度が消え、作りあげようとしていたイメージどおりに若く見えた。

ヒューズはうなずいた。「そういうわけで、いくつかお尋ねしたいことがあります」

「ちょっと待ってください」エミーの視線が不安そうに揺れた。「それがわたしになんの関係があるんですか? その人のことはほとんど知らないんです。ここに来たのはほんの数回だし、そのときもベッツィが一緒でした。彼女に訊いてください。彼女が話してくれます」

「彼女とはもう話しましたよ。ほかの人たちとも。いくつか確認したいことがあるだけなんです」ヒューズは建物のなかへとエミーを促した。

「ここで話してください」エミーが言った。「なかに閉じ込められるのは嫌いです」

「いいでしょう」ヒューズはうなずいた。「あなたの名前はエミー・コートで間違いないですか？」

「ふん」

「それは肯定の返事だと受け取っていいんですね？」ヒューズの口調は冷ややかだった。

「はい」エミーは視線を逸らした。

「あなたは学生ですか？」

「博士論文を書いています――超常能力について。ペンシルベニア大学です。テーマはケルト人の予知能力。ここに来たのはその研究のためです」

「セイクリッド・グローヴとはどういう関係ですか？」

「去年ここがオープンしたときに、その記事を読んだんです。ランディ・ワンダーリッヒは高い評価を得ていましたから、超能力のある人間を見つけたら、彼にその力が本物かどうかを確かめてもらえるのではないかと思いました。ベッツィには高い潜在能力があるようだったので、ミスター・ワンダーリッヒに連絡して彼女の検査をしてくれるように頼んだんです。彼は同意してくれました。それで彼女をセンターに連れてきて、彼に会わせました。彼は感心したようで、ここで彼女と一緒に働きたがった……その後、いなくなったんです。それだけです」

エミーの声にはどこか苦々しい響きがあることにエヴァンは気づいた。論文が予定どおりに進まなくなったことにいらだっているんだろうか？

エヴァンが従業員に話を聞き終えたときには、すでに一時をまわっていた。朝食を終えてから長い時間がたっていると、胃が訴えている。ミセス・ウィリアムスの家の食事が恋しくてたまらなかった。彼女の作る料理は量が多すぎるといつも文句を言っていたが、いまはステーキ・アンド・キドニー・パイをたらふく食べられるならなんでもするのにと思った。

まばゆい陽射しのなかに出て、海からの風が吹きつけるテラスに立った。眼下には、日光に輝く偽のイタリアの村が広がっている。ここがウェールズの一角であることが、とても信じられない。今回の奇妙な事件は、さらに信じられなかった。だれかを殺したいと思うなら、相手に睡眠薬を飲ませて洞窟に置き去りにして溺死させるより、もっと簡単な方法があるはずだろう？　どうして洞窟なんだ？　素晴らしい波動を感じるためにランディが以前にもそこに行っていたことを知っていたのはアナベルだけだ。あの日の午後、彼があそこに行くことをだれかが知っていたのだろうか？　それとも犯人が、意識のない彼をどうにかしてあそこまで連れていき、放置したのだろうか？　いったいどんな人間がそんなことをするだろう？

エヴァンは従業員に話を聞いたときに取ったメモに目を向けた。ひとつ、ふたつ興味深い話があった。ランディとリアンノンが言い争いをしていたと、数人が証言した。ランディの姿が見えなくなる前日、ランディが大声で怒鳴っているのを庭師が聞いていた。「気に入らないのなら、いつだって出ていってくれていいんだ」

　同じ庭師が運命の日の午後に庭の芝を刈っていて、瞑想棟のほうへと階段をおりていき、その後すぐに戻ってきたアナベルを目撃していた。また、ベン・クレスウェルが地所を横切っていたことも覚えていた。ベッツィがランディに運んだコーヒーをいれたという従業員もいなければ、ランディがコーヒーを欲しがっているとベッツィに伝えた者もいなかった。エヴァンは難しい顔になった。ベッツィにとっていい状況とはいえない。彼女はランディにコーヒーを運んだことを認めているが、そこに睡眠薬が入っていたのかもしれない。だが、コーヒーを運ぶように彼女に指示した人間は見つかっておらず、ランチのあと、キッチンで彼女を見かけた者もいない。

　二時頃に瞑想棟にある事務所に向かったのを最後に、だれもランディ・ワンダーリッヒを見かけていなかった。

　なにより興味深いと思われたのは——レディ・アナベルとランディが最近になって何度か口論をしていたとベサンが証言したことだ。本館でベッドを整えていたときに、聞こえてきたのだと言う。

　つまり、セイクリッド・グローヴではいろいろと軋轢があったということだ。だが口論が常に殺人の引き金となるわけではない。そうだろう？　どちらにしろ、自分には関係のないことだとエヴァンは思った。今後の捜査はヒューズ警部と彼のチームが担当するのだし、運がよければ進捗状況が耳に入ってくるだろう。いまはベッツィを家に連れて帰り、尋問の結果をヒューズ警部に報告し、図書館でブロンウェンの本を交換しなければいけない。けれど気がつけばエヴァンは、瞑想棟とその向こうの通路からスイミングプールやさらには海岸へとおりていく階段を見つめていた。例の洞窟をもう一度自分の目で見ておきたかった。

足早に長い階段をおりていく。ピラミッドを通りすぎたところで、ターバンとローブ姿の青白い顔の女性がなかから出てきて、太陽の光に目をしばたたかせた。

「驚きだわ」彼女が言った。「ここには来たばかりなの。もう肌が若返っている。ほらアメジストよ」

エヴァンは礼儀正しくうなずき、そのまま進んだ。階段をおり切って、海岸に立った。この時間はまだ潮が満ちていたので、わずかに残る浜を歩いた。潮が引いているところでも砂はまだ水をたたえていて、ごぼりという音と共に一歩ごとに足が沈む。意識のない男を引きずって、こんなところを進めるものだろうか——ふたり以上で運んだのなら話は別だが。エヴァンは足を止めて考えた。複数の人間が共謀して、ランディ・ワンダーリッヒを亡き者にしようと画策した可能性はあるだろうか？　リアンノンとミセス・ロバーツ、ミセス・ロバーツとベン・クレスウェル、あるいはアナベルとマイケル？　それともその全員？　彼らのことを考えれば、そんな共犯関係はありえないと思えたが、切羽詰まった人間はもっとありえない同盟でも結ぶものだ。

水際を五分ばかり進み、洞窟の前の岩場にたどり着いた。エヴァンはきびきびとそこをのぼっていき、洞窟の入り口に立った。鑑識が徹底的に調べたことも、死体が発見されたあと、海水が何度もこのなかを洗っていることもわかっている。それでも彼は頭をかがめ、腐ったような湿ったにおいに顔をしかめながら、洞窟のなかに入った。そこを見まわしただけで、背筋がぞくりとした。思っていたとおりなにも見つからなかったし、再び日光の下に出たときにはほっとした。瞑想の場所として、ランディ・ワンダーリッヒがここを選んだとはとても思えなかった。

上にある乾いた洞窟のほうがはるかに魅力的だ——満潮の水位よりも上にある大きな空間は、少年たちが密輸業者ごっこをしたがるような洞窟だった。エヴァンは両手足を使って不安定な岩をのぼり、暗い洞窟のなかをのぞきこんだ。満潮時の海水が入り口まで達していることは見て取れた。入り口から八〇センチくらいのところに、海藻や漂流物の線ができている。けれどその先は乾いた砂地だった。砂にいくつか足跡が残っていたが、不明瞭だったし、いつ残されたものかはわからない。砂地に立って入り口を振り返ると、そこには素晴らしい景色が広がっていた。青い海がきらめく入り江と、その向こうにそびえるスノードン山に次いで高いカデール・イドリス山の緑の斜面。

日常のわずらわしさから逃れて考えごとをしたいときに、人はこの洞窟に来たがるだろうと思えた。エミー・コートも同じことを考えたに違いない。ベッツィが行こうとしているのは違う洞窟だと、彼女が繰り返し訴えていたことをエヴァンは思い出した。彼女のみならず、だれでもそう考えただろう。ふと、別のことを思い出した。あの夜彼を起こしに来たとき、これが大冒険であるかのようにエミーは興奮してひっきりなしに喋っていた。変化があったのは、ランディの死体を発見したときだ。〝死んでいるはずがない！〟と彼女は泣き叫んだのだ。

そして今日、ヒューズと話をしていたときには、ランディの死によって自分の予定が狂って迷惑だというようなふりをしていた。エヴァンは地面に目をこらしながら、洞窟を隅々まで調べていった。これといって見るべきものはない。満潮時の水の位置より上に漂流物はなく、砂と岩があるだけだ。洞窟の奥のほうは暗く、車のグローブボックスに入れてある懐中電灯を持ってこなかったことを後悔した。小さな岩棚になにかがあるのが見えた。手を伸ばした。包装されたままのグラノーラ・バーだ。その下には水がいっぱいに入ったボトルが砂に半分埋まっていて、横には小さな懐中電灯が転がっていた。エヴァンはハンカチを使って懐中電灯をつかみ、慎重にポケットにしまった。子供たちがここで遊んでいたというだけのことかもしれないが、最近、何者かがこの洞窟でしばしの時間を過ごそうとした可能性もあった。

19

エヴァンがベッツィを捜しに戻ってみると、彼女はエミー・コートと一緒にいた。エミーはさっきより落ち着いていて、飛行機に乗るのはあきらめたようだった。

「もうしばらくここにいなくてはならないのなら、わたしがベッツィを家まで送っていく」彼女は言った。「ミセス・ウィリアムスがまだ部屋をだれかに貸していないといいんだけれど」

エヴァンはうなずいた。オートバイでベッツィを家まで送ればだれかに非難される恐れがあったから、ほっとしていた。そうする代わりに、洞窟で見つけた懐中電灯を鑑識に届けた。その後、図書館で本を交換してくるとブロンウェンに約束したことを思い出した。せめてこれくらいしなくては。もっと彼女の面倒を見るべきだったという気がしていた。それなのに今週はずっと走りまわっていた——もちろん仕事だったのだが、彼女が必要としているときにそばにいてやれなかったことは確かだ。

ようやくスランフェアに帰り着いて警察署にバイクを止めたときには、気持ちよく晴れ渡っていた空には雲が広がり、いまにも雨が降りだしそうにどんよりしていた。バイクを降りて物置に運んでいると、アスファルトにぽつぽつと雨粒が落ちてきた。今日はハイキングは無理だ！　バイクを走らせながら、クリブ・ゴッホの険しい山道を歩きに行こうと考えていたのだ。セイクリッド・グローヴの階段をのぼりおりしていたとき、筋肉が文句を言っていることに気づいていた。数週間、鍛錬をさぼるとそういうことになる——体が衰えてきているということだから、運動が必要だ。それに、高地を歩くと頭がはっきりするものだ。世界を見おろしながら歩いていると、それまで気づかなかった関係性が見えてくる。エヴァンは関係というものを重視していた。失われた環を見つければ、事件解決の大きな糸口になる——今後、事件に関わるチャンスを与えられればの話だが。エヴァンが蹴った小石は、雨に濡れた道路を転がっていった。エヴァンはブロンウェンの本を小脇に抱えると、学校に向かって丘をのぼり始めた。

校庭のゲートを開けようとしたところで、彼の名を呼ぶ声がした。ボタンを留めていないカーディガンを報復の天使の羽のようにひらめかせながらこちらに近づいてくるミセス・パウエル＝ジョーンズを見て、エヴァンはため息をついた。

「エヴァンズ巡査！　そこで止まってください。いますぐ話があります」

エヴァンは、またブロンウェンに会うことを止められるのはうんざりだった。「ミス・プライスに頼まれていた本を届けるところなんです」急いで告げた。

「わたしが気にしているのはミス・プライスじゃありません。ベッツィ・エドワーズです」ミセス・パウエル＝ジョーンズが言った。

「ベッツィになにかあったんですか？」

「気をつけなければ、彼女の魂になにかが起きてしまうんです。一時間ほど前に彼女と話をしたんですが、そこで聞いたことに愕然としましたよ、巡査。ひどいショックでした」ミセス・パウエル＝ジョーンズは雨に濡れた髪をかきあげた。レインコートのたぐいは身に着けておらず、薄緑色の手編みのカーディガンは濡れたひつじのような強烈なにおいを放っている。「初めて聞いたときから、そのヒーリング・センターとやらにはうさんくさいものを感じていたんです」彼女はエヴァンに向かって指を振りたてながら言葉を継いだ。「異教徒の宗教にほかなりませんよ！　異教徒に宗教があるとしたらですけれどね。でもベッツィにくわしく話を聞いてみたら、恐れていたよりもはるかにひどいじゃないですか。あそこでドルイドを信仰しているって知っていましたか？　ドルイドの女性祭司があそこで儀式をしているとベッツィが言っていました。人が殺されても当然ですよ。ドルイドはとんでもなく残虐な宗派なんですから。彼らは人間を生贄にしていたんです。止めなくてはいけませんよ、エヴァンズ巡査。手遅れになる前にいますぐ！」ミセス・パウエル＝ジョーンズはエヴァンにぐいと顔を突きつけ、淡い色の鋭い目で彼を見つめた。「あんなことがあったんですから、警察があそこを閉鎖させるんでしょうね？」

「わかりません」エヴァンは答えた。「ぼくはただの地元の巡査ですからね。ぼくが決めるわけではありません」

「それならいますぐわたしが責任者に電話しますよ。警察が閉鎖しないのなら、対策を講じなければいけません。わたしたちクリスチャンにはそうすべき義務があります。二度とあそこに行ってはいけないと、わたしはベッツィに言ったんです」

「彼女はあそこでいい仕事についているんですよ、ミセス・パウエル＝ジョーンズ」エヴァンは言いかけたが、牧師の妻は再び彼をにらみつけた。

「いい仕事ですって？　悪魔と関わって、いいことがあるわけがないでしょう。彼女を止めなくてはいけませんよ、エヴァンズ巡査。手遅れになる前に。失礼しますよ」

ピシャピシャという不快な足音を立てながら、彼女は自分の家へと戻っていった。

エヴァンはしばらくそのうしろ姿を見つめていたが、やがて校庭のゲートを開けた。

「まあ、びしょ濡れじゃないの」ブロンウェンは、暖炉のそばの肘掛け椅子で羽根布団にくるまっていた。「バイクに乗っているときに豪雨に捕まったの？」

「いや、好戦的なミセス・パウエル＝ジョーンズに捕まったんだ」エヴァンは答えた。

「いますぐセイクリッド・グローヴを閉鎖するように言われたよ。そうでなければ、なにか対策を講じるようにってね。二度とあそこに行くなとベッツィに命じたらしい」

「まあ」ブロンウェンは弱々しく笑った。「ミセス・パウエル＝ジョーンズの餌食になるなら、わたしはセイクリッド・グローヴには関わらないわね」

「それで、きみの具合はどう？」エヴァンは部屋を横切り、彼女の額に軽いキスをした。

「起きているんだね。いいサインだ」

「そうだといいんだけれど。まだ生まれたての子猫みたいにふにゃふにゃよ」

「これからしっかり体力をつけないとね」

「お願いだから、ミセス・パウエル＝ジョーンズの子牛の足のゼリー寄せはやめてね」

エヴァンは微笑んだ。「スープを作ろうと言いたいところだけれど、ぼくの料理はきみには合わないみたいだからね」

「そんなこと言わないで。こうなったのはあなたのお料理とは関係ないんだから。お医者さまが言ったとおり、タイミングが悪かっただけよ」

「そうだといいんだけれどね。でもたいていの胃腸炎はこんなに長引かないよ。ところで、新しい本を図書館から借りてきたよ。いい趣味だと言ってくれるとうれしいね」

「とりあえず、女性の趣味はね」ブロンウェンは弱々しい笑みを浮かべながら、本に手を伸ばし、羽根布団の上にどさりと置いた。

エヴァンは心配そうに彼女を見た。彼から本を受け取った彼女の手はいまにも折れそうで、雪花石膏のように透き通っている。彼が知っているブロンウェンとは違う、この世のものではない生き物の手のようだった。

「それで、セイクリッド・グローヴでなにか刺激的なニュースはあった?」ブロンウェンが椅子の肘掛けを叩いたので、エヴァンはそこに腰かけた。「ベッツィはまた不思議な夢を見て、もっと死体を見つけたとか?」

「刺激的なニュースが山ほどあるよ。ランディ・ワンダーリッヒの死は事故ではないことがわかった。潮が満ちてきたときに彼が眠っているように、何者かが薬を飲ませていたんだ」

「なんて恐ろしい!」ブロンウェンは身震いした。「容疑者はいるの?」

「大勢ね。彼は、セイクリッド・グローヴの住人の一部からあまり好かれていなかったし、妻とも何度も口論をしていたとメイドのひとりが証言している」

「あなたはこれからどうするの?」

「ぼくはなにもしないと思う。ワトキンスと彼のパートナーに事件を担当させないかぎり、ヒューズはだれかれとなく侮辱するばかりで、間違いなくしくじるだろうけれどね」

ブロンウェンがエヴァンに手を重ねた。「あなたはだれよりも頭がいいし、彼らもそれはわかっているわ。あなたはどう考えているの?」

エヴァンは肩をすくめた。「だれであってもおかしくない。妻は睡眠薬を飲んでいるが、彼に使われたものとは種類が違う。睡眠薬が入っていたかもしれないコーヒーをベッツィが運んでいるんだが、だれがそれをいれたのか彼女は知らないんだ」

「あそこの住人だとは限らないでしょう?」ブロンウェンが訊いた。「だって、彼はアメリカで有名な超能力者なのよね? そういう人には敵がいるんじゃないかしら」

「だれかが彼を殺すためだけにここに来たと言いたいのかい?」

ブロンウェンは笑った。「そういう言い方をするとすごくばかみたいに聞こえるわね」

「そうじゃないが、だが……」エヴァンは言葉を切り、暖炉で揺れる炎を見つめた。

「なにかに気づいたの?」ブロンウェンが穏やかに尋ねた。

「エミー・コートはアメリカ人だ。事件が起きる直前に、ここにやってきた。調査を始めるのに、どうしてこの村を選んだんだろう?」

「わたしなら、その男性のアメリカでの経歴をだれかに調べてもらうわ」ブロンウェンが言った。「それからエミー・コートについても」

エヴァンはもう一度彼女の額にキスをした。「きみは鋭いね。訓練の合間に連絡がつくようなら、ワトキンスに話してみるよ」

「訓練?」

「彼は警部補に昇進するんだよ。言わなかったかな?」

「まあ」ブロンウェンがエヴァンを見あげた。「それって、席が空くっていうことじゃない?」

エヴァンの視線は彼女を通り過ぎ、暖炉に向けられた。「そういうわけでもない。グリニス・デイヴィスを刑事にしたばかりだからね」

ブロンウェンは手を伸ばし、ぎゅっとエヴァンの手を握った。「あなたの番は必ず来るわ。それに、あわてる必要はないでしょう？　あなたはここでとても満足していたんですもの。静かな暮らしが好きだって言っていたじゃない。ハイキングや登山も」

「確かにそうだが、それは……」エヴァンはそのあとの言葉を呑みこんだ。妻と家族を養っていくことを考える前の話だ。


その夜エヴァンは、ラムのもも肉のローストを作ってみることにした。ひとりなのにもも肉を丸ごと焼くなんてばかみたいだ、とエヴァンは思った。けれど週末にラムのもも肉が食べたかったし、その骨を使ってブロンウェンにラムのシチューを作ろうと考えていた。母親が、彼の体力をつけたいときにはいつもダンプリング入りのラムのシチューを作ってくれていたからだ。明日試しにダンプリングを作ってみて、ブロンウェンに持っていこう。

ラムがおいしそうなにおいを漂わせ始め、エヴァンが片手鍋に冷凍の豆を入れたちょうどそのとき、玄関のドアをノックする音がした。

「わお、いいにおい。なにを作っているの？」ベッツィが訊いた。

「ローストラムだ」彼女の目が輝いたのがわかった。「まだ食べていないの？」エヴァンが言った。

「そうなの。それなのにベークドビーンズ以外、家にはなにもないのよ。父さんはもうパブに行っちゃったし、ひとりでベークドビーンズを食べる気になれなかったんだもの」

「よかったら一緒にどうだい？　ひとりじゃ脚一本は食べきれないからね」エヴァンはうしろにさがって、彼女を招き入れた。

「素敵！　ありがとう《ディオフ・シ・ヴァワー》、エヴァン・バッハ」ベッツィはこぼれるような笑みを浮かべた。「テーブルを整えてほしい？」

ベッツィは答えを待つことなくキッチンの引き出しを開けてナイフとフォークを取り出すと、居間のテーブルに手早く並べた。それからまたキッチンに戻り、カウンターに腰かけて、エヴァンがオーブンからラムを取り出すのを待った。「ぼくは一度もこういう肉を切り分けたことがないんだ」エヴァンは言った。「どこから始めればいいんだろう？」

「あなたって、なにも知らないのね」ベッツィはカウンターからおりた。「お母さんからすっかり甘やかされていたのね。いい、もも肉はこうやって切り分けるの。こんなふうに上にVの字の切れ目を入れて、そこからうしろに向かって切っていくのよ。わかった？」

ベッツィはエヴァンの手に自分の手を添えて説明した。ブロンウェンのいまにも折れそうな冷たい手に触れたあとだったから、エヴァンはベッツィの手の温かさと存在感を意識せざるを得なかった。

「なるほど。わかった」エヴァンはぎこちなく笑った。「やってみるよ。覚えなくてはいけないからね」

それぞれの皿に、あまりきれいではないものの大きな切り身がいくつか乗せられ、ローストポテトとたっぷりの豆が添えられた。

「棚に瓶入りのミントソースがあったと思う」エヴァンは言った。「でもグレービーソースはどうやって作ればいいのかわからないよ。ミセス・ウィリアムスは、ラムに濃厚なおいしいグレービーソースを添えてくれたんだが」

「あたしはグレービー・ミックスを使うの。でも、肉汁でなんとか作ってみるわ」

「きみは台所仕事が得意なんだね」

「そうならざるを得なかったのよ。母さんはずっと昔にいなくなって、父さんはふらふらとパブに行くしか能がないんだもの。それに、セイクリッド・グローヴではあの人たちのやることを見て、たくさん学んでいるのよ。あそこでは、食べ物をすごくきれいに見せるの。色を使って渦を描いたり、お皿に花を飾ったりするのよ。すごく素敵なんだから」ベッツィはエヴァンと向かい合って座ると、肉を頰張り、それから彼を見て言った。「あの怒りっぽいばあさんは、あそこで働くのをやめろってあたしに言うの」

「ミセス・パウエル＝ジョーンズのことかい？　今日の午後、そのことについてたっぷりお説教されたよ」

「自分がなにを言っているのか、わかっていないのよ。悪魔崇拝だとかそんなばかげたことばっかり。リアンノンはすごくもっともなことを言っていると思うの。宇宙の魂が自然のなかにいて、あたしたちを取り囲んでいるってそんなに変な話？　今週の儀式を手伝ってほしいって彼女に言われたの――ほら、ガラン・メイよ。すごくわくわくするものになるはずよ――英国中から大勢の人が集まるの。みんな白いローブを着て、かがり火を焚くのよ。あたし、子供の頃からガイ・フォークスの夜が大好きだったの」

エヴァンは、幼い子供のように興奮に顔を輝かせて話すベッツィを眺めていた。

「あたしたち、いい感じじゃない？」ベッツィは彼に笑いかけた。「あなたとふたりっきりで食事ができるのをずっと待っていたのよ、エヴァン・バッハ」

ふさわしい言葉を思いつかなかったので、エヴァンは黙って食事を続けた。

「ブロンウェンはまだよくならないの？」ベッツィが唐突に尋ねた。

「いくらかよくはなっているんだが、まだ完全じゃない。どうしてこんなに長くかかるのかわからないんだよ。やぶ医者たちは、原因がはっきりしない胃腸炎だから様子を見るしかないと言うだけなんだ。あんなに弱っている彼女を見るのは辛いよ。まだ食べられなくて――」ラムの肉を切り分けているときにカウンターに座っていたベッツィの姿が、不意によみがえってきた。ブロンウェンの具合が悪くなった夜も、ベッツィは同じようにカウンターに座っていた。エヴァンが食事の支度をしていたとき、キッチンにいたということだ。そしてあの質問をしてきた――もしもブロンウェンがいなかったら、あたしをそういう目で見ていたと思う？　彼女がブロンウェンの料理になにかを入れたというのは、あまりに突拍子がない考えだろうか？　ランディ・ワンダーリッヒのコーヒーに薬を入れたかもしれないと考えるのは、あまりにばかげているだろうか？

20

リアンノン著『ドルイドについて』からの抜粋

ドルイドの一年のサイクル

個々の命とわたしたちが暮らす惑星の生命力のあいだには、神秘的な深いつながりがあると、わたしたちは信じている。そのため、一年のサイクルにおけるわたしたちにとって重要だと思える八つの機会に、特別な儀式を行っている。

特別な儀式のうちの四つは太陽に、残りの四つは月に基づいたものだ——男性と女性、男神と女神の均衡。

夏至と冬至の日には、太陽が崇められる——夏はその最大の力を浴びながら、冬は死のような静けさのなかで。春分と秋分の日には昼と夜の長さが同じになる。植え付けと収穫のときである。春には種を蒔き、秋には苦労の成果を収穫する。

一年のあいだにはさらに四つの儀式がある。これが、植え付けと収穫の土地のサイクルだ。

一〇月三一日のサウィンでは、飼料がなくなる冬が来る前に家畜を食肉に解体する。二月二日のインボルクには子ひつじが生まれ、五月一日のベルテーンは交配と浄化の日だ。八月一日のルーナサは収穫のときである。

わたしたちの命が一年のサイクルに編み込まれていることを忘れないために、わたしたちはこういった行事を祝う。わたしたちにとっては、農業における行事以上の意味がある。一〇月三一日には時間が止まる。この世とあの世を隔てるベールが取り除かれる。死者の魂がわたしたちのあいだを歩く。彼らの知恵と霊感を分かち合うため、わたしたちは彼らと接触する。一族の守り手として、死者は称えられ、もてなされる。

ドルイドの伝統的行事アルバン・アーサン——アーサーの光——が行われる冬至は、死と再生のときだ。わたしたちは、自分を引き留めていたものを闇のなかに捨て去る。火打石でランプを灯し、東の方角に掲げる。一年が新たに生まれ、新しいサイクルが始まる。

インボルクと呼ばれる二月二日は、雪解けを祝う日である。子ひつじが生まれる。儀式の輪の中央にある水の周りに八本の蠟燭を立て、母なる女神を称える穏やかな行事が行われる。

興味深いことに、クリスチャンの人々はわたしたちのこの行事を聖燭節として取り入れている。わたしたちの女神の概念は、詩人やヒーラーの啓示となっている。わたしたちは詩や歌で祝う。アイステズボドにふさわしいときである。

春分の日には、夜と昼が等しくなることや春の花々や雪が降る時期を祝う。

ウェールズの人々がガラン・メイと呼ぶベルテーンは、肥沃と炎と浄化の祝宴である。ふたつのかがり火をおこし、かつては妊孕性をあげるために、そのあいだを牛に歩かせた。子供を授かりたい人間は火を飛び越え、浄化されたい人間はかがり火のあいだを歩く。

夏至には最大の儀式が行われる。夏至前夜、わたしたちは寝ずの番をする。その力がもっとも強い太陽の神を崇めるため、夜明けに儀式を行う。

八月一日は干し草をまとめる儀式の日だ。ひとつにまとまること——結婚の儀式である。一年の分岐点の象徴として、輪のなかで車輪が転がされる。

わたしたちの一年の最後が、九月二一日の秋分だ。この儀式では、地球の実りと母なる女神に感謝を捧げる。

こういった一連の儀式は、わたしたちにとってどういう意味を持つのだろう？　わたしたちの大部分はもはや種を蒔くことはない。これらの儀式はわたしたちの一生のサイクルを象徴している。春の儀式でわたしたちは若さを祝う。春はわたしたちに再びの若さを感じさせてくれる。炎は新たな命と活力を与えてくれる。夏には、成熟したことや親になったことへの満足感、社会に自分たちの場所を得たことを祝う。秋には、わたしたちの人生の実りを喜ぶ——創造的な作品、子供、あるいは世俗的成功。冬が来たときには、恐れることなく晩年を迎え、人生で経験を得られたことを喜ぶ。

月曜日の朝、エヴァンは警察署を九時きっかりに開け、前の週の報告書を書き始めた。ゆうべはあまりよく眠れなかった。ベッツィを疑うのはばかげているとわかっていたけれど、その疑念はしつこくつきまとって離れなかった。その気になったベッツィがどれほどずる賢くなれるものかはよくわかっている——数か月前に映画撮影チームがこの地にやってきたとき、映画に出演させてもらうためビキニ姿になったり、老婦人に変装したりすらしたのだ。欲しいものを手に入れるためには強硬手段を取ることをいとわない人間であることは確かだ。けれど人を傷つけたりするだろうか？　それも殺そうとまで？　ベッツィは優しい心の持ち主だとエヴァンはずっと信じていた。けれどいまはどう考えていいのか、自分の疑念とどう折り合いをつければいいのか、わからなかった。

成り行きを見守ることだと、エヴァンは自分に言い聞かせた。刑事たちがなにかを探り出すのかを待つだけだ。作業に取りかかってほんの数分がたったところで、電話が鳴った。

「エヴァン、グリニスよ。元気？」いつものとおり、彼女の声は明るくて元気いっぱいで、エネルギーと熱意にあふれていた。エヴァンが答えるより早く、彼女は言葉を継いだ。

「あなたが見つけた懐中電灯のことで電話したの。あれを見つけたことも、あんなふうにハンカチで丁寧にくるんだことも、素晴らしい判断だったわ。少しもにじんでいない、完璧な指紋が取れたのよ」

「だれのものかわかった?」

「ええ。全部、ランディ・ワンダーリッヒのものだった。残っていたのは彼の指紋だけよ」

「面白い」エヴァンはつぶやいた。「ぼくの勘は正しかったんだ。彼は下ではなく、上の洞窟で瞑想をするつもりだった。あんなひどい場所を使おうとする人間がいるとは、とても思えなかったんだよ。とりわけ、上の洞窟からは素晴らしい景色が見えるし、湿っていないんだからね」

「なにがあったとあなたは思う? どうして彼は気が変わったのかしら?」グリニスが尋ねた。

「ぼくにはわからない……」

「そんなはずない。あなたはこういうことがとても得意だわ。あなたの勘はいつだって当たる。彼はどうして下の洞窟に行ったんだと思う?」

「彼が自分で行ったわけじゃないのかもしれない。溺れる前に眠りこんでいたのだとしたら、何者かが彼を下の洞窟まで引きずっていったとしてもおかしくない。岩や洞窟の地面が、潮ですっかり洗われていたのが残念だ。そうでなければ、どこかの岩に糸くずかなにかが残っていたかもしれないのに」

「つまり彼が上の洞窟で長い瞑想をするつもりであることを知っていた何者かが、彼が眠ってしまうように薬を盛ったということね。なるほど。それがだれかということについては、勘は働かないの？」

「そこが難しいところなんだ。話を聞いた人間全員に、ランディ・ワンダーリッヒの存在を不快に思う理由があった――彼の妻を含めてね。でもぼくだったら、結論には飛びつかないね」エヴァンが言った。「ぼくの恋人が興味深いことを言ったんだ。彼がアメリカで有名な超能力者なら、大勢の敵がいたはずだって」

「外部の人間の犯行かもしれないと思う？」

「アメリカでの彼の評判を調べても無駄にはならないと思うよ」

「わかった。コンピューターで調べてみる。なにかわかったら知らせるわね」

電話を切ったエヴァンの顔には笑みが浮かんでいた。少なくともグリニスは彼の手助けを感謝してくれているし、新しい発見があれば教えてくれるという。たとえそれが彼の手柄になることはないとしても。エヴァンは先週の数字の集計をすることに集中しようとした。三〇分ほどたった頃、再び電話が鳴った。

「エヴァン、こっちに来てこれを見てほしいの」グリニスの興奮した声が受話器の向こうから響いてきた。

「サーチエンジンでいい情報をつかんだんだね？」

「そうなの。ワトキンス巡査部長にも見に来てほしいって電話をしたわ。警部は地域の会議で出かけているんだけれど、そうでなければ彼もきっと見たがったでしょうね」

エヴァンはオートバイに駆け寄った。ここでなにをしているのだと彼を問い詰め、彼が首を突っ込むことではないと言い捨てるヒューズ警部がいないところで、話し合いに参加できるのだ。カーブを曲がる際には、重力を感じながら楽に体を傾けることができるようになったので、これまでよりずっと速く曲がりくねった道を進んでいく。「来年はマン島TTレースだな」エヴァンはそうつぶやいて、笑った。

彼が入っていったとき、グリニスはコンピューターの前でWebページを印刷していた。「このサーチエンジンで彼の名前が七〇〇以上も出てきたわ」彼女は興奮した口調で言った。

「人気のある男だ」

「人気がないって言ったほうがいいかもしれない」グリニスはエヴァンに数枚の紙を手渡した。「印刷したものを見ておいて」

エヴァンはそれを受け取り、一番上の見出しを読んだ。〝超能力者ホットラインの教祖、五〇〇〇万ドルを請求される〟彼はさらに読み進めた。〝超能力者ホットラインによって国じゅうのテレビ視聴者にその顔を知らしめたランディ・ワンダーリッヒに対し、デイド郡に住むメアリー・スー・ハーパーがフロリダ州地方裁判所に訴えを起こした。訴状によれば、ランディ・ワンダーリッヒは、彼女をだまして九〇〇で始まる番号に毎日電話をかけるよう促し、その結果彼女の老後の蓄えを吐き出させて、彼女の人生を悲惨なものにしたという〟

「五〇〇万ドル」エヴァンはつぶやいた。「彼は破産したに違いない」

「裁判には勝ったの」グリニスは別の紙を差し出した。「毎日彼に電話をかけて、電話代がかさむようにミズ・ハーパーに強要した人間はいないって、陪審員は結論づけた。でも判事は、彼がしていることは道義的に間違っているって警告したし、連邦通信委員会がホットラインを調査すべきだと勧告したわ」

「それで？」

「全部ここに載っている」グリニスはひらひらと紙を振った。「彼は調べられて、ホットラインは閉鎖されたの。彼にお金をだまし取られて、人生を台無しにされたと主張する大勢の人たちに補償金を払わなければならなくなった」

「たいした超能力者じゃなかったということだな」エヴァンは渡された書類をぱらぱらとめくった。

「まったく超能力者なんかじゃなかったのよ。それらしい経歴なんて全然ない。カリフォルニアの州立大学でなにかの学位を取っているけれど、それだけ。ペテン師よ」

「興味をそそられるね」エヴァンはそこに書かれていることを次々と読んでいった。ほとんどの被害者は女性で、ランディの助言に従うように仕向けられ、しばしば悪い結果につながったというような話ばかりだ。

「このうちのひとりがここまで彼を追いかけてきて殺したということは考えられるかしら？」グリニスが訊いた。

エヴァンはコンピューターの画面を見つめながら考えた。「彼を殺した人間は、彼の日々のルーティンを知っていた。彼が洞窟で瞑想するつもりだということを知っていたんだ。彼がそのことを全世界に向けて発信したとは思えないな」

「それじゃあやっぱり、彼に近い人間――センターで一緒に働いていただれかということね」

「次にすべきは、問題の睡眠薬の処方箋を持っていた人間を探し出すことだろうな」エヴァンは言った。「それがセンターの人間だったなら、それほど遠いところで処方薬を出してもらったはずがないだろう？　レディ・アナベルの薬を出していた薬局はわかっている。あの日の午後、彼の息子がそこに行っているんだ」

「ランディに薬を盛るには間に合わないわね」

「そうだな。それにマイケルによれば、彼が受け取ったのは薬ではないらしい。しわを消すための薬用クリームかなにかだそうだ」

グリニスはにやりと笑った。「彼女がそれほど虚栄心が強いのなら、ダイエットしそうなものだけれど。そう思わない？」

「ぼくが感じたのは――」エヴァンは言葉を切り、コンピューターの画面を見つめた。超能力ホットラインを調べた連邦通信委員会の報告書が映し出されている。苦情を申し立てた大勢の女性の名前が並んでいた。エヴァンはざっとそれを眺めていったが、ピンとくるものはなかった。けれどページの一番下に、〝ミスター・ワンダーリッヒのパートナー、ペンシルベニア州フィラデルフィアのメアリー・エリザベス・ハーコートも詐欺罪で告訴されている〟と記されていた。

「これだ！」エヴァンは興奮した面持ちで、画面を指さした。「彼女にはどこかおかしなところがあると思っていたんだ」

「彼女を知っているの？」

「エミー・コートだ。そうに決まっている。彼女の名前はエミーじゃない。M・Eだ。メアリー・エリザベス《Mary Elizabeth》の頭文字だよ」

「なんてこと。きっとそうだわ」

「ずっと彼女のことが気になっていたんだ。どこかおかしなところがあると、ずっと考えていたんだよ。コンピューターで調べてみよう」

　巧みに情報を入力するグリニスの指をエヴァンは感心したように眺めていた。エミーの名前が出てくるのは、ランディ・ワンダーリッヒ関連の記事ばかりだ。

「たいした女優だ」エヴァンは言った。「彼を知らないふりをしていた。どうしてここに来たんだろう?」

「わかりきったことだわ。彼はほかの人と結婚していたんでしょう? ランディ・ワンダーリッヒのパートナーだった彼女が、彼と恋愛関係になかったとは思えない。結婚するつもりでいたのに、彼は彼女を捨ててお金のためにほかの人と結婚したんだわ」

「レディ・アナベルは金持ちだと思っていたんだろうが、じつはそうじゃなかった」エヴァンが言った。

「たとえそうだとしても、彼女には土地があった。センターが軌道に乗れば、かなり利益があがったんじゃないかしら。それに、かつての敵から遠く離れていられるもの」

「それじゃあきみは、ランディに捨てられたエミーが彼を殺すためにここに来たと思うんだね?」

「筋が通るでしょう? これまでに判明した一番もっともな動機だわ。訴えられている彼女をアメリカに残してきたのならなおさらよ」

エヴァンはうなずいた。「彼女を連れてきたほうがいいかい?」

グリニスはエヴァンを見た。「彼女がどこにも行かないように気をつけていて。すでに逃げ出しているといけないから、航空会社に連絡しておくわ」

何事もなかったかのようにセイクリッド・グローヴで仕事をしていてもいいのだろうかと、ベッツィは考えていた。ランディが死に、エミー・コートが出ていこうとしているいま、自分がまだここで雇われているのかどうかもわからない。従業員用の控室でジャケットを脱いでいるときにレディ・アナベルが通りかかったので、ここでなにをしているのかと問われ、すぐに荷造りをさせられることを覚悟した。けれどレディ・アナベルは幽霊のようにその場を通り過ぎ、ベッツィに気づくことすらなかったようだ。

そんなわけで、ベッツィはここに残れることを願った。仕事がとても楽だということもあったし、噴水やプールがあって入り江の向こうに美しい景色が広がるここは、まるでファンタジーの世界のようだったからだ。ランディが死んだことは悲しかったけれど、新たに手に入れた力の開発にリアンノンが手を貸してくれればいいと思っていた。古代のドルイドも予知能力があったとリアンノンからすでに聞いている。未来を見るためには様々な方法があって、彼女自身もしばしば未来を見るという。ただ宇宙の力を利用すればいいだけのことらしい。リアンノンにはどこかベッツィを怯えさせるところがあった。まるで彼女のなかで火が燃えているみたいに、とても激しい。けれどいまのところはすごく親切で、時間を割いてベッツィの質問に答えてくれる。「いずれあなたをドルイドにするわ」最後に言葉を交わしたとき、彼女はそう言った。「近々行われる儀式では、あなたに大いに助けてもらうことになる。頼りにしているのよ」

ベッツィは朝食のあと片付けを手伝ってから、汚れた食器を運ぶために瞑想センターに向かった。なかに入ると、メインの瞑想室からブーンという低い音が聞こえてきた。なんだろうと考えているうちにドアが開き、ベサンが掃除機をかけているのが見えた。

「こんにちは、ベッツィ」ベサンが明るく声をかけた。「元気？　あなたのことを考えていたのよ。かわいそうなランディがあそこに倒れている恐ろしい夢を見て、そうしたらその夢のとおりに彼を見つけたなんて、ひどいショックだったと思うわ」

「そのとおりよ」ベッツィは答えた。「一日中、震えが止まらなかった」

「本当に全部見たの？　彼は殺されたって聞いている。夢のなかで殺人犯を見た？」

「いいえ、あそこに倒れているランディを見ただけ」

「今度は犯人が出てくる夢を見るかもしれない」ベサンはわくわくしたように言った。

「見ないことを祈るわ。恐ろしいんだから」ベッツィは自分の体を抱きしめた。「変よね。なんだか現実じゃなかったみたい。実際に起きたことなのに、なんだかテレビを見ていたような気がする」

ベサンはうなずいた。「日々の暮らしってすぐに元通りになるものなのね。落ち込んでいるように見えるのはレディ・アナベルだけだわ。気の毒にすっかり別人みたい。今日はお化粧もしていなかったのよ。お化粧をしていない彼女を見たのは初めてだった。傷心のあまり死ぬ人がいるって言うじゃない？」

「傷心のあまり死ぬには、彼女は少しばかり年を取りすぎているんじゃないかしら」ベサンが重たい掃除機を部屋から廊下に出すと、ベッツィは彼女に顔を寄せた。「彼女には大きな息子がいるでしょう？　中年の人間は傷心で死んだりしないわよ」

「あら、彼女は彼に夢中だったと思うわ」ベサンもベッツィに顔を寄せた。「彼がほかの女性に興味を示したとき、彼女がどれほど怒鳴り散らしたか聞かせたかったわよ。〝あなたを信じていたのに、がっかりしたわ〟って叫んでいた。わたしはベッドを整えていたんだけれど、ドアの外でふたりが怒鳴りあっている声が聞こえていたたまれなかった。〝あなたにはわたししかいないと思っていたのに〟って言っていた。〝彼女のことはわかっているのよ〟って。そして彼は死んでしまった。人生って面白いわよね？」

ベッツィはうなずいた。

ベサンは掃除機のコードをまとめると、廊下を移動し始めた。「彼が死んでいるなんて、想像もしていなかった。いなくなったって聞いたときは、ああまただって思ったの」

「どういう意味？」

「彼はここで行方不明になったふたりめの人間でしょう？　それにふたりともアメリカ人だし。あのアメリカ娘のレベッカはここを出ていったあと、どうなったのかまったく手がかりがないんですって。いったいなにがあったんだろうって、わたしはよく考えるの。親しくなりかかったときに、いなくなってしまったから。それに妙なことがあるのよ。彼女のコートなの。あのコートのことをよく考えてる。だって――」

左手にあるドアが開き、リアンノンが現われた。「お喋りはやめて、仕事に戻りなさい」険しい口調で言う。「ベサン、それを片付けて自分の仕事をしてちょうだい。ベッツィはわたしの事務所に来てもらえる？　儀式の準備にあなたの手助けが必要なのよ」

それから一時間ばかり、ベッツィはリアンノンと一緒に儀式に必要な道具を集めていった。ローブや大釜、剣、五芒星、神聖なものだとリアンノンが言った大きな石などだ。

「次は、大きな籠を作るのを手伝ってちょうだい」リアンノンが言った。

ようやく解放されたときには正午になっていたので、ベッツィは急いでスパに向かった。本来ならすでに、サウナとスチームバスの壁を拭き終わっていなくてはならない時間だ。スパは一二時半にオープンすることになっている。遅れたことでトラブルにならないといいのだけれど。幸いなことに、海中を題材にした美しい壁画があるロビーを歩いているあいだも、だれにも会うことはなかった。サウナをざっと拭いてから、スチームバスに入った。こちらのほうが大変だ。高温高湿の場所にはすぐに白カビが繁殖するし、一番高いところの隅にまで手を伸ばすには、タイルを張ったベンチにつま先立ちにならなくてはならなかった。ドアに背を向けてベンチに乗ったとき、外でなにか物音がした気がした。途端に、勢いよく蒸気が噴き出した。変ね、とベッツィは思った。壁を拭き終えたら、ベッツィがシステムのスイッチを入れることになっているのだ。部屋はまたたくまに熱い蒸気でいっぱいになり、ベッツィが掃除道具をまとめてベンチからおりたときには、ドアはほとんど見えなくなっていた。

ベッツィはつかの間、パニックにかられ、自分がどこにいるのかわからなくなった。ばかなことを考えないの、と自分に言い聞かせた。この部屋に来て、この蒸気のなかに座るために大金を払う人がいるのよ。それなのにあんたは一刻も早く出ようとするなんて！ベッツィは笑いながらドアを探し当て、肩で押し開けようとした。

動かない。

ベッツィはさらに力をこめて、もう一度押した。ドアは貼りついたように動かない。掃除道具とスプレーを置いて、両手で押してみた。背後では蒸気がシューシューと噴き出していて、小さな部屋の温度はどんどんあがっている。ベッツィは咳きこんだ。息がしにくくなっている。

心配ない。ベッツィは心のなかでつぶやいた。蒸気はタイマーでセットされている。噴き出してしばらくしたら、サーモスタットが起動して止まることになっている。何度もそれを見てきた。数秒がたったが、蒸気は止まらなかった。部屋は蒸気が充満して、ドアのガラス窓だけがこの世の現実のように思えた。汗と蒸気が顔を伝って、目に入った。両手でドアを叩いたけれど、だれにも聞こえないことはわかっていた。スパが開くのは三〇分後だし、ベサンはもう仕事を終えて建物から出ていったに違いない。

三〇分。それまで耐えられるだろうか？　この暑さは圧倒的だ。頭のなかで血管がどくどく打っているのが感じられる。めまいがしてきた。助けて！　ベッツィは叫ぼうとした。助けて！　けれど息を吸うたびに、咳きこむばかりだ。最後の力を振り絞って、ベッツィはもう一度ドアを叩いた。

突然、ドアが開いた。そこに立つベサンとマイケルが、おののいたような顔でベッツィを見つめている。「ベッツイ、いったいここでなにをしていたの？」赤い顔であえぎ、すすり泣いているベッツィをベサンが外に連れ出した。

「ドアが――ドアが開かなかったの」ベッツィが言った。

「なんてことだ」マイケルがベッツィの腕を取り、ロビーの椅子に座らせた。「あのドアがまた引っかかったんだな。前にも一度、開かなくなったことがあっただろう、ベサン？管理人が修理したんだとばかり思っていた。今日中に彼に言っておくよ」

「恐ろしかったわ」ベッツィが言った。「蒸気が噴き出して、止まらなかったの。どんどん出てきたの。あなたたちに気づいてもらえなかったら、きっと気を失っていたわ」

「タイルの一枚にひびが入っていたから、見せようと思ってマイケルを呼んできたのよ。よかった」ベサンが言った。

マイケルは励ますような笑顔をベッツィに向けた。「ちょっとしたパニックを起こしたんだと思うよ。蒸気が出てくるとき、どんなふうになるかは知っている――けっこう恐ろしいよね。でもほんの一、二分のことだ」

「それよりもっと長かった」ベッツィが言った。「部屋中、蒸気でいっぱいになったのよ」

「長く感じられただけだよ」マイケルはベッツィの肩に手を置いた。「さあ、ランチにしよう。午後のあいだに管理人がドアを直しておいてくれるよ。客にパニックを起こしてほしくはないからね」

ベッツィはマイケルとベサンにはさまれるようにして階段をあがった。あたしはただパニックを起こしただけ？　思っていたほど長くはなかったの？　待っていれば蒸気は勝手に止まったの？　ベッツィは自分がばかみたいに思えた。

「とにかく、助けてくれてありがとう」彼女は言った。「大騒ぎしてしまったのなら、ごめんなさい」

「残念ですけれど、ミスター・エヴァンズ、彼女はいないんですよ」玄関でエヴァンを出迎えたミセス・ウィリアムスが言った。

「出ていったということですか？」遅かったと思うと、エヴァンは心臓をぎゅっとつかまれた気がした。

「いえいえ、ベッツィをセンターまで送っていったんです。することもなくただ座っているのはいやだし、センターを訪ねるのは好きだからと言って」

「それじゃあ、彼女はセンターにいるんですね？」

「そうだと思いますよ。外で食べてくるからランチはいらないけれど、ディナーには戻ってくると言っていました。今夜はステーキ・アンド・キドニーパイを作るつもりなんです。わたしのパイを覚えていますよね、ミスター・エヴァンズ？　こんなことを言うべきじゃないんでしょうけれど、わたしはペストリー作りの名人なんですよ」

エヴァンはもちろん彼女のペストリーを覚えていた。はっきりと。茶色い濃厚なグレービーに包まれたステーキとキドニーの柔らかい肉片と、軽くてサクサクのパイ生地。エヴァンはため息をついた。「それじゃあ、ミス・コートを捜しに行きます」

エヴァンが玄関に背を向けたちょうどそのとき、一台の車が止まり、エミー・コートが降り立った。なにを考えているのかわからない仮面のような顔に、ほんの一瞬、警戒するような表情が浮かんだことにエヴァンは気づいた。「今度はなんの用？」彼女が訊いた。

「もしよければ、もう少し訊きたいことがあるのであなたを本部まで連れてきてほしいと言われたんです」

「よくないわ。知っていることは、もう全部話したじゃないの。帰国の便に乗れなかったのよ。チケットを取り直すためにいくらかかるか知っている？　わたしは学生なの。補助金で生活しているのよ。あなたたちが航空会社に手紙でも書いてくれるわけ？」

「すみません。ぼくはただ自分の仕事をしているだけです。それほど長くはかからないはずですし、早く解決すれば、それだけ早くあなたも国に帰れるんじゃないですか？」

エミーはエヴァンをにらみつけたが、彼がワトキンス巡査部長に借りた警察車両におとなしく乗りこんだ。

「これってハラスメントよ。アメリカ大使館に苦情を申し立ててるから」エヴァンはなにも言わなかったし、峠をくだるあいだ、エミーも無言のままだった。カナーボンの警察署に着くと、エヴァンは取調室のひとつに彼女を案内した。

「あなたが来たことを報告してきますが、そのあいだ紅茶かコーヒーでもどうですか？」

胸の前で腕を組み、ふてくされたように座っているエミーにエヴァンは訊いた。

「あなたたちイギリス人の飲む紅茶にはうんざりだし、コーヒーときたらもっとひどいわ。ここに来てから一度だってまともなコーヒーを飲んだことがないんだから。ミセス・ウィリアムスは、スプーン一杯のインスタントコーヒーをカップにいれて、その上から熱い牛乳を注いだものがコーヒーだと思っているしね。あなたたちって、まともにものが考えられないわけ？」

ちょうどそのとき、ワトキンスを連れてヒューズ警部が部屋に入ってきた。ワトキンスはたったいま到着したばかりらしく濡れたレインコートを着たままだし、砂色の髪は雨に濡れている。エヴァンを見て微笑んだ。

「ありがとう、巡査」ヒューズはそう言って、エヴァンを追い払うように手を振った。エヴァンはドアまでさがったが、部屋を出ることはなかった。ワトキンスを立たせたまま、ヒューズはそこにある唯一の椅子に腰をおろした。

「録音させてもらってもかまわないでしょうな？」ヒューズはテーブルに身を乗り出し、携帯用レコーダーのスイッチを入れた。「わたしたちだけでなく、あなたを守るためでもあります」

エミーは肩をすくめた。「お好きなように。知っていることはもう話したわ。わたしだけじゃなくて、あなたたちの時間も無駄にしているのよ」

「知っていること全部ではないと思いますがね」ヒューズはそう告げてから、レコーダーに向かって言った。「四月二九日月曜日、ヒューズ警部によるエミー・コートの尋問。さてと、最初からやり直しましょうかね、ミス・コート？　あなたのフルネームをもう一度教えてもらえますか？」

「言ったじゃないの。エミー・コートよ」

「学生なんですよね？」

「それも話したわ。ペンシルベニア大学で博士号を取ろうとしているところ」

「それは妙ですね」ヒューズはワトキンスを見た。「巡査部長、きみがペンシルベニア大学に問い合わせたところ、エミー・コートという博士号取得候補者はいなかったと聞いているが」

「その名前の学生は登録されていませんでした」

「今回のフィールドワークのために、一学期休学しているのよ。以前の登録を調べれば……」

「ワトキンス巡査部長は以前の登録も調べたんですよ。似た名前がひとつだけ見つかりました。メアリー・エリザベス・ハーコート。一〇年前に心理学の学士号を取得しています。ランダル・ワンダーリッヒの超能力ホットラインに関するスキャンダルを調査した連邦通信委員会の報告書に、同じ名前の女性が登場していましてね。こちらのメアリー・エリザベス・ハーコートは、ランダル・ワンダーリッヒのパートナーだと書かれていました」

部屋はしんと静まり返り、テープレコーダーがまわる音と壁の時計が時を刻む規則正しい音だけが響いていた。

「あなたはまだ、ペンシルベニア大学の学生であるエミー・コートだと主張しますか？」ヒューズが訊いた。「アメリカに指紋を送ってもいいんですよ」

エミーは彼をにらみつけたが、なにも言おうとはしなかった。

「そろそろ巡査部長にあなたの権利を読みあげてもらって、弁護士を呼びたいかどうかを尋ねたほうがいいかもしれませんね、ミス・ハーコート」

このときまでエミーは攻撃的ではあるものの冷静だったが、不意に顔を紅潮させた。

「ちょっと待って。わたしが彼の死に関わっていると思っているんじゃないでしょうね？

わたしは彼を愛していたの」

「もちろんそうでしょうとも」ヒューズはさらりと応じた。エヴァンは初めて彼に一目置く気になった。「だが彼は別の女性と結婚した。訴えられているあなたをアメリカに残し、彼はウェールズにやってきて贅沢に暮らしている。これ以上の殺人の動機がありますか？」

「ばかばかしい。イギリスの警察って本当にばかよね、わかっている？　本当のことが知りたいなら教えてあげるけど、全部ランディとわたしで計画したことよ」

「彼の死を計画した？」

「彼は死ぬはずじゃなかったの」エミーの声に初めて切羽詰まったような響きが混じった。

「人目を引くためにしたことよ――宣伝行為」

「続けてください」ヒューズが言った。

「いいわ、こういうことなの。ランディはアメリカでどうにもならなくなっていた。FBIは彼のすることすべてに目を光らせていたのよ。だからしばらく逃げ出すことにした。あのイギリス人女性が彼のホットラインに電話をかけてきて、話をしているうちに、彼女が貴族の称号と大邸宅の持ち主であることがわかったの。いつかニューエイジ・センターを開きたいというのが昔からのランディの夢で、その女性にはそれだけのお金があるって彼は考えたのよ。彼女も新しい夫を探していた。ランディはそういうことがすごく得意なの。どんな女性でもあっという間に意のままにすることができるのよ。彼はなにをするつもりなのかを話してくれて、わたしも賛成した。一年か、せいぜい二年のことだって彼は言ったわ。そういうわけで彼女と結婚したんだけど、お金なんて全然ないことがそのあとでわかった。家と借金があるだけだったの。彼女には隠していたことがあったっていうわけね」

詩的正義というやつか、とエヴァンは思った。ランディ・ワンダーリッヒのほうが隠していたことは多かったのだ。

「そういうわけで、彼はこのいまいましい大きな家から逃げられなくなってしまったの。センターを始めたはいいけれど、ちゃんと運営していくだけのお金がなかった。あの手のプロジェクトを立ちあげるときには、宣伝が必要なの。だから、ニュースの種になるような派手なことをしようって考えたわけ。正直に言うと、ちょっといかれているってわたしは思ったんだけれど、ランディは一度こうと決めたら止められないのよ」

「その考えというのは？」ヒューズが訊いた。

「彼が行方不明になって、まったくの他人に超能力で連絡を取って見つけてもらうっていう計画。すごい話でしょう？　世界的に有名な超能力者が行方不明になって、超能力のメッセージで見つかるなんて。こういう計画だったのよ——彼は瞑想のために洞窟に行く。トランス状態になって、気がついたときにはあたりは暗かった。その頃には岩場は濡れて滑りやすくなっていたので、洞窟から出るのが難しかった。それでもなんとか出ようとしたらひどく足首をひねって歩けなくなったので、満ち潮で孤立した洞窟で仕方なく夜を過ごした。朝には足首は腫れあがって、とても体重をかけられるような状態ではなかったので、洞窟に座って助けが来るのを待つほかはなかった。切羽詰まった彼は超能力でメッセージを送り、それを受け取った若い娘が捜索隊を率いて彼を見つけるっていう寸法よ」

「ちょっと待ってくれ」自分はここにいるべきではないことを思い出すより先に、エヴァンは口を開いていた。「ベッツィがメッセージを受け取って彼を見つけると、どうして確信できたんだ？」

エミーは人をひるませるようなまなざしをエヴァンに向けた。「わたしたちは、ふさわしい子を選んだの」

「彼女の超能力を見抜いたという意味か？」

「だまされやすくて、暗示にかかりやすいことを見抜いたのよ。わたしたちはこれまでいろいろと人間の心理を扱ってきたから、どうすれば人の心に考えを吹きこめるかを知っているの――催眠術よ。ベッツィと一緒にいるあいだに、彼女が夢を見るだろうって思いこませた。その夢の内容もね。ただひとつ違っていたのは――彼女は違う洞窟に入っていった。そうしたらそこに彼がいて、死んでいたのよ」

エミーは顔を伏せ、両手で覆った。すすり泣きの声が漏れてくる。ヒューズはテープレコーダーを止めた。

21

その日の真夜中、スランフェアに嵐がやってきた。山道にはさまれた狭い地域に、恐ろしいほどの雷が轟いた。山頂が稲光に照らされたかと思うと、またすぐに流れてきた雲に隠れて見えなくなる。最初の雷の音で目を覚ましたエヴァンは、いまだ慣れない部屋でそれ以上眠ることもできず、光ってから雷の音が聞こえてくるまでの時間をベッドに横たわったまま計っていた。ほんの一、二秒だ。嵐はほぼ真上まで来ていて、さらに近づいている。雨は激しく屋根を叩き、雷の音をかき消さんばかりだ。この嵐のなか、家にいられてよかったと思った。まさに土砂降りだ。

嵐が過ぎ去るまで眠れないことがわかっていたから、ベッドに横になったまま、前日のできごとを頭のなかで反芻した。保釈金を払えなかったので、エミー・コートは勾留されている。ヒューズ警部は真犯人を捕まえたと満足していたが、エヴァンは確信が持てずにいた。彼女のことをどう考えればいいのか、よくわからないのだ。普段の彼は人を見る目があるほうなのだが、エミー・コートには当惑していた。狡猾で、人を操作することに長けている。臆面もなくベッツィを利用したことを、いささかも悪いと思っていない。彼女は一度取り乱しただけで、それ以外はほとんど感情を見せていなかった。自分の目的のために、彼女がランディ・ワンダーリッヒを下の洞窟まで引きずっていき、そこに放置して死なせたと想像するのは難しいことではなかった。けれどエヴァンは、ランディの死体を見つけた夜のことを思い出した。セイクリッド・グローヴに向かっているあいだ、エミーはあたかも冒険に出かけようとする子供のように、緊張しつつも興奮を隠せずにいた。ベッツィをしきりに上の洞窟に行かせようとして、その後悲痛な声をあげた。〝死んでいるはずがない！〟あの叫び声には、確かに本物のショックと絶望があった。ランディの死は彼女にとって想定外のことだったのだ。けれどいまの段階でそういった疑念をヒューズ警部に告げることに意味はない。もっと怪しい容疑者を連れてこないかぎり、彼がエミー・コートを釈放することはないだろう。

これまで以上に雷が大きく轟いた。激しさを募らせながら、延々と鳴り続けている。その音が雷ではなく、ドアを叩く音だとエヴァンが気づくまでしばらくかかった。エヴァンはガウンをつかんで、階段を駆けおりた。

このあいだの夜とまったく同じ、寝間着の上にアノラックという格好でドアの外にベッツィが立っていた。恐怖に満ちた目でエヴァンを見つめたかと思うと、飛びついてきた。

「ベッツィ、いったいどうしたんだ？」

「怖くてたまらないの。父さんはいつもみたいに酔いつぶれてしまったし、殺人犯があたしを襲いにくると思うと、すごく怖くて」

エヴァンは彼女をなかに入れ、ドアを閉めた。「大丈夫だ。落ち着いて。ここなら安全だよ」震えるベッツィをキッチンに連れて行って、座らせた。「びしょ濡れじゃないか」

「わかってる。でもとても家にはいられなかった。だれかが階段をあがってくる音が聞こえた気がして、手近にあった上着をつかんで走ってきたの」

「その濡れた上着を脱いで。ぼくのカーディガンが廊下のフックにかかっている」エヴァンは言った。「ぼくは紅茶をいれるよ」エヴァンがケトルを火にかけたところで、額に髪を貼りつけたベッツィが戻ってきた。エヴァンの大きすぎるカーディガンを着たベッツィは、まるで迷子の孤児のようだ。

ベッツィはエヴァンの隣に立ち、ケトルの下の火に両手をかざした。「芯まで凍えてる。あたし、いったいどうしたのかしら」

「なにがあったのか話してごらん。なにを怖がっているんだい?」エヴァンは尋ねた。

「また夢を見たの」ベッツィが答えた。「今度のは、前ほどはっきりはしていなかったけれど。だれかに追いかけられていることだけ、わかっているの。フードのついたマントを着ていて顔は見えないんだけれど、それが真犯人だっていうことはわかっている。そうしたら目が覚めて、ひどい嵐になっていて、ドアの外でなにか音が聞こえた気がした。殺人犯があたしを襲いに来たんだって思ったのよ」

エヴァンはぎこちなく彼女の肩を叩いた。「悪い夢を見ただけだよ。だれもきみを襲いに来たりはしていない」

「でもこのあいだ悪い夢を見たあと、なにが起きたかを思い出してよ。全部本当になったじゃない！」

エヴァンはポットにお湯を注いだ。「ベッツィ、きみに話しておかなきゃならないことがある。そうすれば、もうこんな心配はしなくてすむかもしれない――」エヴァンは言葉を切り、どう説明すればいいだろうと考えた。「ベッツィ、超能力についてのあのばかげた話だが、あれは全部――ばかげた話だったんだ。警察はいま、エミー・コートを勾留している。彼女はランディ・ワンダーリッヒと共謀して、みんなをだまそうとしたようだ。ふたりはアメリカで超能力ホットラインを運営していた。ランディが姿を消して、だれか見知らぬ人間が超能力によって彼を見つけることになっていたんだ。ふたりはきみを選んだ。きみをはめたんだよ。きみは超能力の夢を見たわけじゃない。催眠術にかけられたんだ。エミー・コートがそのイメージをきみの頭に植えつけたんだよ」

ベッツィは戸惑ったようにエヴァンを見つめている。「それって、あたしは超能力者なんかじゃないっていうこと？　あたしに力はないの？」

「残念ながらそういうことだ」

「あたしは超能力者じゃないって言っているの？　あの人たちは、あたしに力があるふりをしていただけなの？」

エヴァンはうなずいた。「残酷な悪ふざけだよ」だがベッツィは正しい洞窟を選んだ。あれはただの偶然だろうか？

「でもどうしてそんなことを？」

「宣伝のためだ。セイクリッド・グローヴがあまりうまくいっていなかったから、宣伝したかったんだ。ああいったことは、メディアの興味を引くとふたりは考えたんだ」

「そんなのひどい」ベッツィの声が裏返った。「どうしてそんなことができたの？　エミーはあたしに好意を持ってくれていると思っていたのに。それに、超能力があると思ってすごくわくわくしていたのに。あたしは特別なんだって、やっと本当に思えたのに」

「明るい面を見よう」エヴァンは言った。「殺人犯にきみを恐れる理由はないんだ。きみは夢で犯人の顔を見ることはない。きみは彼を――もしくは彼女を警察に突き出すことはできないんだよ」

「警察は、エミーがランディを殺したと考えているの？」ベッツィはエヴァンがいれた紅茶のカップを受け取り、おずおずと口に運んだ。

「そのようだ。でもだからといって、ぼくも同じ意見だというわけではないよ、ベッツィ。きみはもうあそこに行くべきではないと思う」

「でも、あたしは行きたいの。たとえあたしが超能力者じゃなくて、あたしの力を開発する手助けをしてくれないんだとしても。あそこの人たちはとてもよくしてくれるのよ。あそこで危ない目に遭ったことはない……ただ……」

「なんだい？」

「昨日、ちょっとしたことがあったの。ただの恐ろしい事故だと思ったんだけど――」

「なにがあった？」

「スチームバスにたまたま閉じ込められたのよ。蒸気が噴き出して、出られなくなった。気を失いそうになったところで、ベサンとマイケルが助けに来てくれたの。前にもドアが開かなくなったことがあったって言っていたし、ふたりは全然心配しているふうじゃなかった。それどころか、あたしがただばかみたいにヒステリーを起こしているだけだって考えていたみたい」

エヴァンは険しいまなざしで彼女を見た。「きみがそのスチームバスに行くことをだれか知っていた？」

「直前までリアンノンと一緒にいたから、彼女は知っていたわ。でも従業員の予定表を見ればだれだって、その時間にあたしがスパの掃除をすることになっていたのはわかったはず。もう少しでスパに行くのが間に合わないところだったの。リアンノンにあれこれやらされたせいで、急いで行かなきゃならなかった」

「あそこにはやっぱり戻ってもらいたくないよ、ベッツィ。怖い夢は警告だと考えるんだ。もしも何者かがきみを排除したいと考えていたら、簡単にそれができる方法があそこには山ほどある」

「明日、エミー・コートのことをみんなに話す。彼女があたしをだましていたことを。あたしが普通の人間だったって認めるのは辛いけれど、でもちゃんと話すわ。超能力者じゃないってわかれば、あたしは安全でしょう?」

「あそこに戻らなければ、もっと安全だ」

「いやよ。そんなの、またばかみたいだもの。スチームバスでのことは、ただの不運な事故だったのよ。前にもドアが開かないことがあったって、マイケルが言っていたもの。すぐに直させるって言っていた。彼って少し恥ずかしがり屋だけれど、いい人よ。それにベサンも。ふたりがあたしの面倒を見てくれるわ」

ベッツィはまた紅茶を飲んだ。「それに、エミーがランディを殺したとは思わないってあなたは言ったわ。それって、あたしがセンターで働き続ける理由になると思うの。あたしがあなたの目や耳になれるでしょう? 前からあなたの仕事を手伝いたいって思っていたのよ。あたしが犯人を見つけたら、あなたの手柄にできるわ」

「ベッツィ、きみはたいしたものだよ」エヴァンは彼女の濡れた髪をくしゃくしゃにした。「きみを拭くタオルを持ってくる。濡れた犬みたいにぽたぽた水が滴っているじゃないか」

エヴァンが戻ってみると、ベッツィは椅子の上で膝を抱えて座っていた。一二歳の少女のようだ。

「ほら」エヴァンは彼女の頭にタオルをかぶせた。

「やだ」ベッツィはふざけて叫んだ。「やめてよ。息ができないじゃない！」顔からタオルをはずし、彼を見あげる。ふたりはどちらも笑っていたが、気がつけば彼女はどういうわけかエヴァンの腕のなかにいて、どういうわけかふたりはキスをしていた。ベッツィの唇はひんやりしていたが、口は温かくて誘っているようだった。

「ごめん――」エヴァンは顔を離して、あとずさった。「どうしてこんなことになったのか、わからない」

「謝らないで」ベッツィはうっとりと彼を見つめたまま言った。「素敵だった。あなたにキスされるのをずっと待っていたのよ、エヴァン・エヴァンズ」ベッツィは彼に腕をまわし、ぐっと自分のほうへ引き寄せた。「抱きしめて。まだすごく寒いの」

エヴァンは、彼女のほっそりした体が震えているのを感じた。両手を彼女にまわした。

「こんな嵐のなか、外に出たりしちゃいけなかったんだ、ばかだな」

「わかってる。でもそんなこと、考えていられなかった。またパニックを起こしていたの。今夜はあたしを家に帰さないで。ひとりで帰るなんて怖すぎる」

それが合図だったかのように、部屋が青い光に照らされ、すさまじい雷鳴に家が揺れた。

外の道路を雹が叩いている。

「そうだな、こんな嵐のなか、きみを帰すわけにはいかない」エヴァンはためらった。頭の片隅で、すべてはベッツィの悪だくみなのかもしれないという囁く声がある。けれど、彼女の体が確かに震えているのが感じられた。エヴァンは階段を見あげた。「わかった。ぼくのベッドで寝るといい。こっちだ」

ベッツィはエヴァンに連れられて階段をあがり、ベッドにもぐりこむと布団をかぶった。

「まだ寒い」

「すぐに暖かくなるよ。そのウェルシュ・キルトは優れモノなんだ。半ダースのひつじがそのなかに詰まっているんだよ」エヴァンは彼女に笑いかけた。

「あなたはどうするの？」

「わからない。まだ肘掛け椅子もソファも買っていないんだ」

「行かないで、エヴァン。あたしと一緒にいて。いいでしょう？　余裕はあるもの」

エヴァンはばつが悪そうに笑った。「ベッツィ、ぼくは生身の人間なんだぞ」

「ううん、そうじゃないの、本当よ」ベッツィはベッドの傍らを叩いた。「あたしはただ、ぬくもりと安心感が欲しいだけ」体を起こし、キルトを抱きしめる。「いい子にするって約束する。本当だってば、エヴァン。本気で言っているの」ベッツィの大きな青い目がまっすぐに彼を見つめた。「いままであなたにあたしを見てもらうために、ありとあらゆることをしてきた。いまこうしてここにいて、欲しかったものを手に入れられそうだけれど——あなたがほかの人を愛していることはわかっているの。だからあたしを信用して。それに絶対だれにも言わないって約束してくれるなら言うけれど——あたし、まだ処女なのよ。だから、あなたを堕落させたりしないから」ベッツィは小さく笑った。

エヴァンはそろそろとベッドに入った。自分自身を信用できればと思った。まったく自信がない。彼女とこうなることを幾度となく想像し、どんなふうだろうと考えていたことにベッツィは気づいていない。そのベッツィがいまここにいて、エヴァンはただひたすらブロンウェンのことを考えていた。

「おやすみ、ベッツィ」エヴァンは身を乗り出して、彼女の額に軽くキスをした。

翌朝早く目覚めたときはベッドにひとりきりで、すべては夢だったのだろうかとエヴァンはいぶかった。やがて、なにかを焼くにおいが鼻孔をくすぐった。下におりてみるとベッツィがキッチンにいて、ポットにはすでに紅茶が用意され、卵とベーコンがフライパンでジュージューと香ばしい音を立てていた。

「トーストがすぐに焼きあがるわ」ベッツィが言った。「急いでバターを塗ってくれる？卵はもうできているから」

エヴァンは、この数週間で最高の朝食が並んだテーブルについた。

「早く帰ろうと思ったの。大勢の人が出てくる前に」ベッツィが言った。「あなたの評判を台無しにしたくないもの」

「きみの評判はどうなんだ？」エヴァンは笑った。

「あたし？　あら、どっちにしろあたしは尻軽女だって思われているもの。気にしないわ。人には好きなように思わせておけばいいのよ」

「手遅れだ」エヴァンは言った。玄関をノックする音がした。エヴァンは玄関に向かった。

「よかった、起きていたのね」ブロンウェンが彼の脇をすり抜けて、廊下に入ってきた。

「今朝はぐっと気分がよくなったから、あなたを驚かせようと思ったの。ほら、また歩いているのよ。素晴らしいでしょう？」

「本当だ」エヴァンはかろうじてそう言った。「素晴らしいね」

「ベーコンを焼いているにおい？　平日に？　エヴァン・エヴァンズ、体にいい食事をするって約束したのはどうなったの？　わたしが目を光らせていないと、あなたはすぐに――」

ブロンウェンの言葉が途切れた。半分開いたキッチンのドアから、罠にかかったようなうしろめたそうな面持ちで手にフライパンを持って立っている、寝間着姿のベッツィが見えたのだ。

「信じられない。待てなかったっていうこと？」ブロンウェンが言った。「わたしがよくならないと思って、保険をかけようとしたの？」

てください。

「ブロンウェン、待ってくれ。そういうことじゃ――」

「彼女はここに泊まったの？」

「それはそうだが――」エヴァンは引き留めようとしたが、ブロンウェンは彼を押しのけて家から走り出た。

「ブロンウェン、頼むよ――待ってくれ。説明させてくれ。そうじゃないんだ……」

「あっちへ行って」ブロンウェンが叫んだ。「わたしに近づかないで。あなたには二度と会いたくない」

なんの前触れもなくブロンウェンがふらついたかと思うと、その場に昏倒した。

そのあとは、まるで悪い夢を見ているようだった。たちまちのうちに、救急車が到着した気がした。救急隊員が、一片の肉を運ぶようにブロンウェンをストレッチャーに乗せた。エヴァンは一緒に行こうとしたが、押し戻された。

「あなたは親戚ですか？　違うなら、いつ面会できるのか、あとで病院から連絡があります」

エヴァンは裸足で道路に立ち尽くし、救急車が坂をくだって見えなくなるまでサイレンの音を聞いていた。これほど辛い思いをしたのは、人生で二度目だった。一度目はスウォンジー病院で父親の傍らに座り、その命の火が消えていくのを見つめていたときだ。頭のなかで、自分を責める声が響いていた。〝おまえが彼女をこんな目に遭わせた。おまえのせいだ〟

22

ベッツィがセイクリッド・グローヴに着いたときも、雨はまだ降り続いていた。公共の交通機関を使ったのは初めてで、一番近いバス停から長い距離を歩いたので息が切れている。遅れたくなかったから、ゲートからはひたすら走った。電動式の保安ゲートが開いたときには、心臓が激しく打っていた――走ってきたせいばかりではない。エヴァンの前では勇敢なふりをしていたが、本当はここに来るのが怖かった。昨日のスチームバスでの出来事は、自分で認めている以上に彼女を動揺させていた。今朝のブロンウェンとの一幕で、狼狽はさらに大きくなった。なにも悪いことはしていないとわかっていたけれど、それでも自分を責めずにいられない。エヴァンも彼女を責めている気がしていた。自分のせいでブロンウェンになにか恐ろしいことが起きたらどうする？　ブロンウェンの身になにかが起きて、エヴァンが自分に愛と癒しを求めてくるという空想をしたことが何度もあった。けれど実際にブロンウェンの身になにかが起きたいま、ベッツィはひどい気分だったし、怯えてもいた。

本館にたどり着き、クロークルームにコートをかけた。どこであろうとひとりにならないと、エヴァンに約束させられている。「公共の場にいるようにして、なにか用を言いつけられたら、ほかの子と一緒に行くんだ」エヴァンはそう指示した。エヴァンが心配しているのなら、充分に警戒しなくてはいけない。念のため、今日は一日中ベサンと一緒にいようと決めた。

「ベサンはどこ?」ベッツィはキッチンに行って尋ねた。いつもは一緒に朝食のあと片付けをするのに、食堂はまるで嵐の後のような有様だ。

「わからない」マイケルが答えた。「ちょっと前、きみを捜していたけれどね。瞑想センターに行ったんじゃないかな。リアンノンがきみもできるだけ早く来てほしいと言っていた」ベッツィに顔を寄せて言う。「あらかじめ言っておくけれど、今日の彼女は機嫌が悪いよ。かがり火に雨が降ったんだ。今夜いっぱいはいい天気だと、宇宙から確たるお告げがあったらしいんだけれどね。でもまずは食堂を片付けたほうがいいと思う。今朝は料理人も機嫌が悪いんだよ。天気のせいかもしれないな。さあ、ぼくも手伝うから」

ベサンはバケツを床に置き、ヘルスセンターの入り口のドアを押し開けた。今夜は大きな儀式があるというので、リアンノンはぴりぴりしている。手伝おうとしたベサンを、怒鳴りつけんばかりだった。

「ほかの仕事をさっさと終わらせて、できるだけ早く戻ってきてちょうだい。あなたとベッツィが必要なのよ。この道具を全部、儀式の場所まで運んで、濡れないようにしなくてはいけないんだから。乾いた木材を探しておいてほしいって、管理人に伝えてね。かがり火をくすぶらせるわけにはいかないのよ。即座に燃えあがらなきゃいけないの」

つまらないことで大騒ぎしているとベサンは考えていた。以前に儀式を見たことがあって、長いローブを着て林のなかで踊ったり、東や西や動物の魂に呼びかけたりするのは、ばかばかしいとしか思えなかった。けれどベサンはリアンノンが怖かった。彼女には不可思議ななにかがあって、あのまなざしで見つめられると、彼女を敵に回したくないという気になるのだ。

アナベルに文句を言われないように、スパでの作業はいまのうちに終わらせておこうと決めた。足を止め、本館を見あげた。遅れてくるのはベッツィらしくない。それも、どうしても彼女と話がしたいと思っている今日に限って。だれに話せばいいだろうと考えて、ゆうべはあまり眠れなかった――レベッカがいなくなったことが気になって仕方がなかったのだ。当時は深く考えていなかった。レベッカは出ていったと聞かされ、それを信じた。従業員用のクロークルームに彼女のレインコートが吊るされたままになっているのを見つけたときも、取り立てて気にしたりはしなかった。レベッカはアメリカ人だ。アメリカ人はみんな金持ちだと聞いている。レインコートを忘れてもどうということはないのだろう。

また新しいものを買えばいいことだ。

けれどランディが死んだいま、事情は変わったと思えた。レベッカがいなくなった夜は、雨が降っていて寒かったことを思い出した。いったいレベッカになにがあって、レインコートを残したまま出ていったのだろうとベサンは考え始めていた。レインコートを送ってほしいとレベッカが手紙をよこしたかと、なに食わぬ顔でミセス・ロバーツに訊いてみた。出て行って以来、レベッカはうんともすんとも言ってこないというのが答えだった。そういうわけでベサンは、自分で調べてみようと決めた。

食堂の片付けを終えたベッツィは、ベサンを捜しに瞑想センターに向かった。彼女と一緒にいられれば、安心できる。

「ああ、よかった。ここにいたのね」リアンノンが挨拶代わりに言った。「あの怠け者のベサンはどこ？　彼女を捜してきてくれる？　ウィッカーマン（ドルイド教における儀式用の人型の祭具）を損ないたくないから、ふたりがかりで運んでほしいのよ」

ベッツィは再び階段をのぼった。本館のどこにもベサンはいない。コテージにもいなかった。次にヘルスセンターに行ってみると、廊下にバケツが置かれているのが見えた。

「ベサン？」ベッツィは声をかけた。「ここにいるの？」

蒸気が出るシューという音に気づいたのはそのときだ。急いでスチームバスに行き、ドアを開けようとした。ようやくのことでこじ開けると、蒸気が勢いよく噴き出してきた。

そのなかを強引に入っていき、床にうずくまる人影に歩み寄る。

「ベサン！」ベッツィは叫び、ぐったりしたその体を部屋の外へと引きずりだした。

正午になる頃にはエヴァンは一帯の午前のパトロールを終えて、本部に送る報告書を警察署で書いていた。自分の無力さがひしひしと感じられて辛かった。ブロンウェンに会うことすらできないのだ。救急車のあとを追ってバンガーまで行ったが、彼女が運びこまれた救急病棟には入れてもらえなかった。その後、二度病院に電話をかけたが、二度とも同じことを言われただけだった。〝ミス・プライスは落ち着いて休んでいるところで、いま検査を行っています。検査が終わって病棟に戻ってきたら、午後の面会時間に会えます〟どういうことだ？　エヴァンは幾度となく自問した。あんなふうに昏倒するのは、なにか重病に違いない――癌、心臓発作、脳卒中。ゆうべのことを説明して謝る機会もないうちに彼女は死んでしまうかもしれないと思うと、恐ろしくてたまらなかった。

ドアが開いたので顔をあげると、そこにグリニスが立っていた。「こんにちは、エヴァン。元気？」いつものように快活だ。「突然訪ねてきて、迷惑じゃないといいんだけれど。レベッカのご両親を連れてきたの。一緒に対応してくれるって言ったでしょう？　お気の毒に、ふたりともひどく打ちのめされているの。心配のあまりどうにかなってしまいそうよ。とてもまじめで信心深い人たちよ」

エヴァンは立ちあがった。「ぼくはなにをすればいいんだろう？」

「あなたがこれまで行った場所を案内してあげてくれないかしら。それから、実際にセイクリッド・グローヴを見てもらおうと思うの」

「わかった」エヴァンはため息をつきながら、コートに手を伸ばした。

「なにかあったの？」グリニスが訊いた。「顔色が悪いわ」

「ブロンウェンが入院している。今朝倒れたんだが、どこが悪いのかまだわからないんだ」話すつもりはなかったのに、いつのまにかそう口走っていた。

「まあ、気の毒に。辛いでしょうね。ご夫妻の相手をするのは一時間くらいですむと思うから、そうしたらあなたは抜け出して病院に行くといいわ。あとはわたしに任せて」

「ありがとう、グリニス」エヴァンはかろうじて笑みを作った。「それじゃあ、レベッカのご両親に会いに行こうか」

「話は変わるけれど」待っている車に向かって歩きながら、グリニスが言った。「あの敵意むきだしのアメリカ人女性は、今朝保釈金を払ったの。釈放しなくてはならなかった」

「エミー・コートのことかい？」

グリニスはうなずいた。「送金してもらったのよ。でも、大丈夫。彼女はどこにも行けないから。パスポートを預かっているの。どちらにしろ、彼女を勾留しておくだけの理由はなかったしね」彼女は車のドアを開けた。「リーゼンご夫妻、こちらはさっきお話ししたエヴァンズ巡査です。レベッカの写真を持って、いろいろと調べてくれたのが彼です」

パトカーの後部座席に座っているふたりは、典型的なアメリカ人夫婦のように見えた。夫はサンディエゴ・パドレスの野球帽をかぶり、妻は当たりまえのウェールズ人女性が着るものより鮮やかな色合いの服を着ている。どちらも青い顔をしてやつれていたが、エヴァンと心のこもった握手を交わし、彼の骨折りに感謝した。

「もっとできることがあればよかったんですが」エヴァンは助手席にグリニスと並んで座りながら言った。「それでは、娘さんからはまだなにも連絡がないんですね。アメリカに戻っているけれど、なにも言ってきていないという可能性はないですか？」

「いいえ、レベッカは絶対にそんなことはしません」ミセス・リーゼンが言った。「あの子は家が大好きなんです。大学に進むように説得するのも本当に大変で、一年目はホームシックにかかっていました。一学期を英国で過ごすのも嫌がったんですが、奨学金をもらったし、夫が〝これは素晴らしいチャンスなんだ。二度とないかもしれないぞ〟と言ったので、行ったんです」

「わたしが勧めたんだ」ミスター・リーゼンは感情が高ぶったのか、声を詰まらせた。

「わたしがあの子を行かせた」

「あなたは正しいと思ったことをしただけよ」ミセス・リーゼンが夫の手に手を重ねた。

「わたしたちはみんな、正しいことをしていると思っていた。一度だって娘を心配したりはしませんでした。問題を起こしたことなんて一度もなかった。これまでずっとです。ほかの子供たちには反抗期がありましたけれど、レベッカにはなかった。門限を決める必要さえありませんでした。遅くまで出歩くようなことはなかったんです。あの子が気にかけていたのは、勉強と音楽だけでした。親しい友人もひとりかふたりしかいなくて——ばか騒ぎをするようなタイプではなかったんです」

エヴァンはうなずいた。「彼女がセイクリッド・グローヴに来た理由に心当たりはありませんか?」

「まったくありません。あそこはレベッカが行くような場所じゃない。あの子は教会に熱心に通っていました——道を踏み外したことはないんです」

「セイクリッド・グローヴの人たちを改宗させようとしたということはないですか?」エヴァンは尋ねた。「それらしいことをしたと言っていた人がいるんです」

「レベッカがそんなことをするとは思えません」ミセス・リーゼンは確かめるように無言のままの夫を見た。「あの子はとても恥ずかしがりやでした。それに寛容だった——自分は自分、人は人という考えでした。いいえ、レベッカはそんなことはしません」

グリニスは坂道をのぼり切ったところにあるユースホステルの前で車を止めた。「エヴァンズ巡査はここでレベッカのことを尋ねたんですが、写真を見せてもだれも見覚えはないということでした」

「あの子がこんなところに来る理由がわかりません」ミセス・リーゼンが言った。「あの子がバックパックを背負ってハイキングするとは思えない。どうやってバイオリンを持ってくるんです？　どこに行くにも手放したことはないんですよ」

「それなら、まっすぐセイクリッド・グローヴに行ったほうがいいかもしれませんね」エヴァンは言った。「役に立つかどうかはわかりませんが、レベッカと親しかったメイドがひとりいます。彼女と話をすれば、なにか手がかりがつかめるかもしれません」

ミセス・リーゼンは夫の顔を見てからうなずいた。

「もうひとつ気になっていることがあるんです、ミセス・リーゼン」車が右向きにUターンし、ベズゲレルトに向かってジグザグの道をくだり始めたところでエヴァンが切り出した。「課程が終わったあとも、レベッカはどうして英国に残ったんでしょう？　友人ができて、一緒に過ごしたかったとか？　あなた方の言うように家が好きだったなら、クリスマスを家族で過ごそうと思うのではないですか？」

「それについては、わたしたちも驚いたんです」ミセス・リーゼンが答えた。「あのときは、わたしもかなりがっかりしました。そうだったわよね、あなた？　〝あの子はもう家族とクリスマスを過ごしたくなくなったんだわ〟ってフランクに言ったんです。ロンドンにアパートを借りていたアメリカ人学生の友だちがふたりいて、あの子は彼女たちと休暇を過ごしていました。でもふたりともいまは国に帰ってしまって、年明けからレベッカとは連絡を取っていないんです。なので、あの子は数週間ひとりでロンドンで過ごしたあと、旅に出ました。田園地方を見たいんだって言っていました――それは理解できるんです。でも、ひとりで行ったことに驚きました。わたしたちのレベッカは昔からとても用心深かったのに」

「あなた方はオックスフォードに行って、彼女が住んでいるところをご覧になったんですね？」

「ええ、もちろん。最初にしたのがそれです。あの子は、受講しているアメリカ人学生と一緒に寮に住んでいました。オックスフォード大学の正式な講座ではないんですよ。アメリカ人のための特別なプログラムなんです。オックスフォードの学生と一緒に聴講することができるんですが、AIAOの課題も別にありました。たしか、オックスフォードの《American Institute》アメリカ協会《at Oxford》の頭文字だったと思います」

「教授たちや職員以外、レベッカを知っていた人間はもうみんないないんです」ミスター・リーゼンが後部座席から身を乗り出して言った。「ほんの一学期だけの講座なんです。一学期ごとに新しい学生が入ってくる。なにか話してくれた人は皆無でした。教授たちはほとんど娘を覚えていなかった。〝物静かで、恥ずかしがりで、滅多に口を開きませんでした〟――教授のひとりはそう言いましたよ。そうだったね、マーガレット？」

「それでは、オックスフォードの学生のなかには友だちがいなかったんですね？」エヴァンが訊いた。

「ほかのアメリカ人の子たちと暮らしていましたから。それにあの子に言わせると、英国人学生はあまり歓迎してくれていなかったみたいです。あの子に社交性が欠けているっていうわけじゃないんですよ。アメリカ人の子たちとは一緒にコンサートに行ったり、講義を受けたりしていたんですから。あの子はコンサートが大好きだったんです。そうよね、あなた？　音楽に夢中でした」

彼女がいなくなったことを心のなかではすでに受け入れているかのように、夫妻が過去形で話していることにエヴァンは気づいていた。

ミセス・リーゼンはハンドバッグのなかから、一枚の写真を取り出した。「あの子です。アメリカにいたころ、オーケストラで演奏したときの。左からふたり目。準コンサート・ミストレスだったんです。すごく才能があったんですよ。あの子の演奏を聴かせたかった――涙が出てくることだってあった。そうよね、フランク？」

ミスター・リーゼンはうなずいただけだった。

セイクリッド・グローヴのゲートに着いてみると、救急車が行く手を遮っていた。エヴァは車から飛び降り、走り出した。

「なにがあったんです？」エヴァンは叫んだ。

警備員はなにかを叫び返そうとしたところでエヴァンの制服を見て取り、彼がだれであるかに気づいた。「恐ろしい事故ですよ、巡査。若い娘のひとりがスチームバスに閉じ込められたんです。発見されたときには死んでいました。かわいそうに」

「ベッツィ？」エヴァンは警備員を押しのけ、走り出そうとした。

「いや、ベッツィじゃない。そんな名前じゃありませんでした。でもBで始まっていましたね——ベサン《Bethan》。そう、彼女だ！」

エヴァンは午後の早い時間にスランフェアに戻っていた。事故ではないという確信があったし、グリニスにもそう伝えた。幸いなことに、彼女はエヴァンを信じてくれて、スパ周辺を立ち入り禁止にし、遺体を即座に解剖に回した。緊迫した状況での彼女の冷静さに、エヴァンは改めて舌を巻いた。グリニスが自分より先に昇進したのは、彼女が女性だからでも警察署長の甥と付き合っているからでもなく、とても優秀だからだということを認めざるを得なかった。

グリニスは、自分はここに残ってヒューズ警部が来るのを待つので、見るからに震えているリーゼン夫妻をバンガーのホテルまで送ってほしいとエヴァンに頼んだ。エヴァンはいま、小さな警察署のなかを落ち着きなくうろうろと歩きまわっていた。ブロンウェンについて病院はいまだに腹立たしいほどなにも教えてくれなかったし、ベッツィのことも心配でたまらない。今日あんな悲劇が起きたことを考えれば、前日のスチームバスでの出来事は、おそらく事故ではなかったのだろう。彼女を連れて帰りたかったのだが、説得している最中にリアンノンが声をかけてきた。「今夜のとても重要な儀式に彼女が必要なんです。でも心配いりません。わたしがしっかり目を光らせておきますから。彼女の身になにか起きてほしくはありませんからね」

リアンノンがそう保証してくれても、エヴァンの不安が軽くなることはなかった。彼女だけを特に信用する理由はない。けれど、とりあえず今日一日はおそらくベッツィは無事だろうと思った。そのうち警察本部から鑑識チームが到着するし、今夜の大きな儀式には大勢の人間が集まるはずだ。

少なくとも、警察署での一日の仕事が終わりさえすれば、病院に行く時間ができるだろう。エヴァンは机の上の書類をきれいに整頓した。リアンノンの本『ドルイドについて』が、ページを開かれることのないまま、机の上に置かれている。エヴァンは不安そうにその本に触れた。表紙には、オークの林のなかに立つローブを着た人物の絵が描かれている。その人間が手にしているものがなにかはわからなかったが、ナイフかもしれない。エヴァンはその本をポケットに押しこんだ。なにかきっかけがあってレベッカはドルイドに興味を持ち、セイクリッド・グローヴまでやってきたのだ。この本が、これまで見逃していたなにかに気づかせてくれるかもしれない。それに、すぐにブロンウェンに会わせてくれなかった場合、病院での時間つぶしになる。病院がどういうものかはわかっていたから、待つ覚悟はできていた。

「彼女はいま休んでいます」ブロンウェンが入院しているというナイチンゲール棟の病棟看護師が、頑として彼の前に立ちふさがった。「目が覚めたら、連絡します。脱水症状がひどかったんですよ。点滴の針がなかなか刺さらなくて大変だったんです」

「原因はわかったんですか?」エヴァンは訊いた。

看護師は虫を見るような目で彼を見た。「患者の情報は極秘扱いです。どうぞ座っていてください。お知らせしますから」

エヴァンは腰をおろした。椅子はオレンジ色のプラスチック製で、彼には小さすぎた。長居をさせないために、病院の椅子はわざと座り心地の悪いデザインにしているんだろうかとエヴァンは考えた。国民保険サービスの経費削減計画の一環かもしれない。雑誌はないかとあたりを見まわした。『ゴルフ・ダイジェスト』か『ウーマンズ・ウィークリー』しかない。ポケットに本を入れてきたことを思い出し、それを取り出して読み始めた。一時間たってもまだ連絡はなく、エヴァンは第一〇章まで読み進めていた。

第一〇章　生贄

ドルイドの儀式で生贄が捧げられるのは普通のことだが、ほとんどの生贄は動物であって人間ではない。古代ローマ人によって歪められ、大げさに伝えられている人間の生贄は、ごく例外的な状況を除いて行われていない。死に際の痙攣を観察することができ、倒れ方が賢人たちへの占いの答えになるので、囚人が儀式で生贄にされることがあった。ドルイドの賢人はまた、はらわたを神からの答えとして解釈するために、生贄が生きているあいだに腹を割くこともあった。

儀式の生贄となった少数の遺体が英国内で発見されていて、非常に特殊な状況においてのみ、儀式で生贄が捧げられたことがわかっている。沼地において、数体が完璧な保存状態で発見されている。その装いや両手を革ひもで縛られていたという事実から、死なせるために沼地に連れていかれたことは明らかだが、それが罰であったのか、神への捧げものであったのかは不明である。

極度の緊急事態や、神が怒っていると高僧が感じたときには、それにふさわしい生贄が捧げものとして選ばれた——若い戦士か処女であることが多かった。場所によっては、石のテーブルの上で儀式用のナイフによって命を絶たれることもあったが、ウェールズやアイルランドではその方法は好まれなかったようだ。

ウィッカーマンを使った興味深い事象が古代の多くの人間によって報告されていて、それが定期的に行われていたものなのか、あるいは戦いのときに行われていたものかは不明だが、炎の儀式の一部であることがわかっている。古代文学に記されているウィッカーマンは柳の枝で形を作り、藁を詰めた人型である。繁栄や繁殖、あるいは豊作を祈って、もしくは戦いにおける神への捧げものとして、その人型はかがり火でガイ・フォークスのように燃やされた。そのなかに生きたままの生贄を入れることが時折あったということだが、それが捕虜だったのが、特別な捧げものとして部族のなかから選ばれた人間だったのかは不明である。

読み進むうちに、エヴァンの心のなかに次第に不安が広がっていった。リアンノンはどうして急にベッツィに興味を示すようになったんだ？　「今週の儀式を手伝ってほしいと言われたの」エヴァンはベルテーンの章に戻った。〝ベルテーン、新しい炎の儀式。豊作や家畜の繁殖を願って、生贄が捧げられることがある〟ゆうべ、ベッツィが囁いた言葉を思い出した。「絶対だれにも言わないって約束してくれるなら言うけれど——あたし、まだ処女なのよ」

その儀式は今夜だ！　エヴァンは勢いよく立ちあがった。「なんてことだ！」音が反響するタイル張りの廊下を駆けていく。ベルテーンは今夜だ。ウィッカーマン。手遅れになる前に、セイクリッド・グローヴに行かなくては。

まだ雨が降る可能性があったから、オートバイは使わなかった。だが彼の古いおんぼろ車は時速八〇キロを超えると、うなり始める。エヴァンはカナーボンに向かう高速道路をかなう限りのスピードで走り、それからポルスマドグ目指して海岸線を走った。沈みかけの太陽が引き潮の海をピンクに染め、オークの林が薄暮に包まれ、ようやくセイクリッド・グローヴのゲートにたどり着いた。防犯ゲートに近づいていくと、暗がりからいくつかの人影が現われて、彼の車を取り囲んだ。彼らはプラカードを振り立てながら、歌を歌っている。〝クム・ロンザ〟だ。〝偉大なる主よ、永遠にあなたについていきます！〟

「悪魔よ去れ。神がおまえに定めた場所へ帰れ！」そう叫ぶ声がして、ミセス・パウエル＝ジョーンズがあたかも武器のようにプラカードを振り回していることにエヴァンは気づいた。**ドルイド信仰は悪魔の信仰**とそのプラカードには書かれている。**異教徒は帰れ。ウェールズはキリスト教徒のもの。異教徒の儀式はいらない。**といったプラカードもあった。

エヴァンは車の窓を開けた。「通してください、ミセス・パウエル＝ジョーンズ。ぼくですよ、エヴァンズ巡査です」

「エヴァンズ巡査！　まあ、まさか……異教徒の乱痴気騒ぎに参加するつもりじゃないですよね？」

「儀式を止めに来たんです！　通してください」

「それはそれは。ぜひ頑張ってくださいな！　あなたをなかに入れてくれるといいのだけれど。わたしたちが来たとたんに、ゲートを閉めてしまったんですよ」

　エヴァンはインターコムのボタンを押した。「なかに入れてください。エヴァンズ巡査です。緊急事態です」

「すみません、巡査」インターコムからざらついた声が聞こえてきた。「このゲートは開けないように命令されています。頭のいかれたやつらがそこには大勢いるんですよ。無線で応援を呼んでそいつらを追い払ってくれたら、あなたを入れることはできますが、それまでわたしはこのゲートを開けることはできません」

「儀式は？」あたりに響く賛美歌と唱和の声に負けまいとして、エヴァンは声を張りあげた。「儀式をやっているんですか？」

「ええ、もう始まっている頃ですよ。一時間ほど前に、オークの林に向かいましたからね」

「どこです？　そのオークの林はどこにあるんです？」

「よくは知りません。岬のほうじゃないですかね。そっちに向かいましたから」

「だれかをそこに行かせて、手遅れになる前に止めるんだ！」エヴァンは怒鳴った。

「それは無理ですよ。勤務中なのはわたしだけですし、ここを離れるわけにはいきませんから」

「だれかを呼ぶんだ。だれかにそこに行かせるんだ。聞こえたか？」

「わかった、わかりましたよ。落ち着いてください、巡査。本館に電話してみます。いったいなにごとです？　なにを言えばいいんです？」

「だれかが傷つく前に、くそったれの儀式を止めろと言うんだ！」エヴァンはギアをリバースに入れるとクラクションを鳴らしながら車をバックさせ、集まっていた人々散り散りにさせた。一・五キロほど来た道を戻ってぬかるんだ路肩に車を止め、森林地帯を走り始める。ここからなら岬にたどり着けるはずだ。セイクリッド・グローヴの地所はふたつの入り江にはさまれた細長い土地にある。このあたりの幅はそれほど広くないだろう。問題は、正しいところを横断しているかどうかだ。みるみるうちにあたりは暗くなっていき、不気味にそそり立つ木々は、あいだをすり抜ける彼につかみかかろうとするかのようにとがった腕を伸ばしてくる。丘をのぼり切ったときには、エヴァンは大きくあえいでいた。眼下の入り江が初めて視界に入ってきた。とりあえず、かがり火の光はまだ見えない。儀式はまだ始まっていないのかもしれない。間に合ったのかもしれない。

見えなかったワラビの茂みに足を引っかけ、木の根につまずき、ハリエニシダをかき分けながら、大急ぎで斜面をくだっていく。そのとき、声が聞こえた。これまで以上に冷たくて恐ろしい声だったけれど、確かに聞き覚えのあるものだったから、暗闇のなかをそちらに向かって進んだ。

「われはここに輪を作った。見えるものと見えないものがひとつになる。さあ、四つの方位を呼ぼう。われはここに、空の方位、東を呼ぶ。翼のあるすべてのもの、空の住人をわれらの輪に呼び出す。鳥よ、天使よ、わたしたちと共にあれ。東の道具である刃物を捧げよう」

林のなかにその声が反響した。まだ火は見えなかったから、エヴァンは声を頼りに進むほかはなかった。

「われは地球の方位、冬と夜と闇と死の方位である北を呼ぶ。地球を歩くすべてのもの、二本足のもの、四本足のものをここに招く。岩を、石を、木の葉を、枝を、われらの輪に、われらと共にあるように招く。この儀式の一部となるように聖なる石を捧げよう。

われは、水の方位である西を呼ぶ。潮よ、イルカよ、鯨よ、魚よ、来たれ。われらと共にあれ。輪の中央に、西の道具である大釜を置こう」

冷たく澄んだ声が高くなっていく。「そして最後に、炎の方位、今宵の祝宴の方位である南を呼ぼう。ライオンよ、ドラゴンよ、サラマンダーよ、来てわれらと共にあれ。われらとひとつになれ。ひとつになって新たな炎を作るのだ。浄化し、清め、強さを与えてくれる炎を。

われは火打ち石を手に取り、新たな火を灯す」

エヴァンの前に不意に光が現われたかと思うと、かがり火が燃えるパチパチという音が聞こえてきた。

「ベルテーン――ガラン・メイのふたつの炎。ふたつの炎のあいだを通った者はだれもが浄化され、来る年が実り多きものとなる。

われは、力の錐体の中央に立つ。力の錐体のなかでわれらはひとつになり、その力は大きくなって宇宙の力とひとつになる。自然と超自然、人間と神をつなぐ橋ができる。

これがガラン・メイ――新たな植え付け、新たな実り、若い女性の時である。今宵は炎の祝宴――女神と有角神が結ばれるのだ。われは彼らをここに呼び、太古の昔にわれらの祖先がそうしていたように、生贄を捧げる」

エヴァンは彼らの姿が見えるくらいまで近づいていた――白いローブ姿のいくつもの黒っぽい人影が、ふたつのかがり火を囲んで立っている。かがり火のあいだに立てた柱になにかが取りつけられていた。大きな籠のように見えたが、さらに近づいてみると、人間らしい形に作られているのがわかった。中央に立つ、リアンノンとおぼしきフードとローブ姿の人物がかがり火に松明を差し込み、火のついたそれを頭上に掲げた。フードをはずす。首につけたトルク（古代から伝わる装身具の一種で、環の形状をしたネックレスやブレスレットであることが多い）が、炎の明かりに輝いた。

「われらの捧げものを受け取りたまえ」彼女が唱えた。「あなたのしもべを浄化したまえ。われらを実り多きものにしたまえ。われらの信仰に実を結ばせ、繁栄させたまえ。ここに命ある完璧なものを捧げる。受け取りたまえ。あなたのものにしたまえ！」

ぞっとしてそれを見つめながら走っていたエヴァンは、足元の木の根に気づかなかった。

地面に投げ出され、ハリエニシダの茂みに突っ込んで手と顔を引っかかれた。よろめきながら立ちあがったちょうどそのとき、ウィッカーマンが燃えあがった。この世のものとは思えない悲鳴が聞こえてきた。

「やめろ！」大声で叫びながらエヴァンはローブを着た人々を押しのけ、輪のなかに飛び込むと、燃えているウィッカーマンを地面に叩き落とした。ウィッカーマンは柱からはずれ、火花を散らした。素手で火を消そうとしていると、おののいたような声が聞こえた。

「エヴァン！　いったいなにをしているの？　あなたはなにもかも台無しにしたのよ！」

ほかの人たちと同じようなローブ姿のベッツィが、手に聖杯を持って彼の背後に立っていた。

23

　翌朝ベッツィはいつものようにセイクリッド・グローヴに仕事に出かけた。ベサンが死んだいま、またあそこに行くのはものすごく勇気が必要だったけれど、エヴァンがまったく手がかりをつかめていないのなら、だれかが現場にいて事件を解決しなくてはいけない。儀式を台無しにしたゆうべの彼の行為は、緊迫した日々のなかの愉快な出来事だった。もちろん、ゆうべは少しも愉快だとは思えなかったけれど。ベッツィはとてもきまりが悪かったし、リアンノンは激怒した。

「あなたは儀式をすっかり台無しにしたのよ」彼女はエヴァンを怒鳴りつけた。「神を追い返してしまった！　わたしが人間を生贄にするだなんて、いったいなんだってそんなことを考えついたわけ？　わたしの本を読んでいれば、ドルイドは極限の状況でなければ人間を生贄にはしないとわかっていたはずよ。いまは戦時中でもなければ、伝染病もはやっていないし、飢饉でもないんだから、極限だとはとても言えないでしょうが」

　もちろんエヴァンは謝った。彼も明らかにばつの悪い思いをしていた。リアンノンが生きたウサギをウィッカーマンのなかに入れていたのは、彼にとって幸いだった。動物虐待で彼女に出頭を命じる理由になるからだ。あんなことをした言い訳になったから、エヴァンはいくらか気持ちが軽くなったようだ。

自分を助けるためにエヴァンがあれほどの危険を冒してくれたのだと思うと、ベッツィはうれしくてたまらなかった。やっぱり彼はあたしを気にかけてくれている。自分のために火のなかに飛びこんでくれる英雄が、すべての女性にいるわけではない。エヴァンは両手にひどい火傷を負って、数日は仕事を休むことになっている。ベッツィはなおさら、セイクリッド・グローヴにいて、いろいろと嗅ぎまわらなければいけないということだ。

ベッツィが達した結論のひとつが、ベサンの死は事故ではないということだった。ドアがただ引っかかっていただけなら、どうしてあたしが数回引っ張っただけで開いたの？ベサンはあたしより大柄だし、力も強い。どうして彼女はドアを押し開けられなかったの？ベッツィはスパ棟に行き、自分の目で確かめることにした。けれどスパ周辺は黄色い警察のテープが張られ、立ち入り禁止になっていた。いいことだ。警察も事故だとは考えていないという証だ。

ベッツィは建物の外を見てまわった。なにを捜しているのか自分でもわからなかったけれど、スチームバスのドアに鍵はついていないから、開かないようにするためになにかが使われたはずだ。ほんの数分捜しただけで、怪しいものが見つかった。スパの建物の向かい側にある花壇に、楔形の木片が落ちていた。大きなものではないが、ドアの下に差し込むには充分だ。ベッツィは慎重にそれを拾うと、仕事着のポケットに入れた。

「ここでなにをしているの、ベッツィ？」

背後から声がして、ベッツィはぎょっとして飛びあがった。レディ・アナベルとミセス・ロバーツが並んで階段をおりてくる。レディ・アナベルがうさんくさそうに彼女を見つめていた。

「その——花壇に雑草が生えていたんで」ベッツィは口ごもった。「抜こうかと思って」

「そのために庭師を雇っているのよ」レディ・アナベルは冷ややかに告げた。「あなたの仕事は建物のなかの手伝いをすることでしょう。庭の管理はプロに任せなさい」

ふたりはベッツィの脇を通り過ぎていった。ベッツィは心臓をばくばく言わせながら、階段をあがった。安全なキッチンに早くたどり着きたいという思いで頭がいっぱいで、マイケルに気づかないままその横を走り抜けるところだった。

「やあ！」マイケルが呼びかけた。「どうかした？　ひどい有様じゃないか。幽霊でも見たような顔をしているよ。ここに幽霊までいるなんて言わないでくれよ。それ以外はなんでもあるんだから」

「そういうわけじゃないけれど、神経がぴりぴりしているの」ベッツィは言った。「かわいそうなベサンのことが、頭から離れなくて」

恐る恐る尋ねた。だれも信用しないとエヴァンに約束したけれど、だれかに話さずにはいられない。

「きみも？」

ベッツィはうなずいた。「あれって本当に事故だと思う、マイケル？」ベッツィは恐る

マイケルは驚いたような顔になった。「ベサンはドアが開かなくなって、閉じこめられたんだよ、ベッツィ」疑念の表情が次第に広がっていく。「ちょっと待ってくれ。まさかきみは、彼女の死になにかあると……」彼は落ち着きなくあたりを見まわした。

「どう考えればいいのかわからないの」ベッツィは言った。ポケットのなかで、さっき拾った木片を握りしめる。なにか意見を言うのは、エヴァンにこれを見せてからだ。「ここが気味悪くなってきた」

「ぼくもだ」マイケルは声を潜めた。「次はだれだろうって考えてしまわないかい？」

「そんなこと言わないで」ベッツィは身震いした。

「いいかい、ベッツィ」マイケルはごくりと唾を飲みこんだ。「ぼくは今日の午後、出かけるんだ。きみは早めに帰れる？　ぼくはきみを見守っていられないから、ひとりでここに残していきたくない」

「そうね、今日は早く帰るようにする。ありがとう」ベッツィは恥ずかしそうに微笑んだ。

「よかった」マイケルが笑みを返した。「気をつけると約束してくれ。ぼくは船に乗りに

行くんだ。ポルスマドグの友人たちと一緒に、毎週水曜日は海に出ているんだよ。ぼくのヨットを使うから、彼らをがっかりさせるわけにはいかないんだ――」言葉を切った。

「きみも来る？　楽しいよ。いつも食べ物を持っていって、ピクニックをするんだ」

「行きたいわ」ベッツィが答えた。「船には乗ったことがないの」

「本当に？　ぼくはそのために生きているみたいなものだ」マイケルは照れ臭そうな笑みを浮かべた。「それじゃあ四時頃に波止場で会おう」

エヴァンはベッドに横になったものの、眠れずにいた。手が痛むということもある。病院で手当てをしてもらい、痛み止めをもらったが、まだずきずきと痛んだ。けれど、混乱する思考の渦に比べれば痛みくらいなんでもなかった。今夜はとんでもなくばかなことをした。どうしてあんな思い違いをしたんだろう？　これで、セイクリッド・グローヴで真犯人を見つけることはできなくなった。手が治るまで仕事には戻れないと医者に言われたのだ。そういうわけでエヴァンは、ろくに家具もない、寒くて殺風景なコテージにひとりでいるほかはなくなった。なにより、ブロンウェンとまだ会えていないことが堪えた。彼女が入院している病院に着いたときにはすでに面会時間は終了していて、看護師はエヴァンの言い訳に耳を貸そうとしなかった。「例外は認めません」彼女は冷たく告げた。「彼女には睡眠が必要です。明日また来てください」

ブロンウェンの容態を心配し、彼女が許してくれるかどうかに気をもむ夜をもうひと晩過ごすことになった。看護師は電話番号すら教えてくれなかったから、ブロンウェンと話すこともできなかった。

「一番近い電話は廊下にあるんです。彼女をあそこに立たせて、寒い思いをさせるつもりはありませんよ。朝には会えると言ったじゃないですか」

とても眠れそうになかったので、エヴァンは起き出し、紅茶をいれるために階下におりた。ビールのほうがよかったのだが、小型の冷蔵庫にまだビールの買い置きはない。ぼくはどうして、あれほど間違った解釈をしてしまったのだろう？　リアンノンがランディ・ワンダーリッヒを殺したと考えるのが、とても筋が通っていたからだ。彼女には、ヒューズ警部のお気に入りのMの言葉——手段《means》と動機《motive》——があった。いや、ぼくが間違っていなかったという可能性はまだあるとエヴァンは考えた。リアンノンはゆうべ、ベッツィを生贄にするつもりだったけれど、抗議をする人たちがゲートに集まり、注目を集めてしまったから、直前になって計画を変更したのかもしれない。だとしたら、ベッツィはまだ危険だということになる。警察官としての仕事は無理でも、せめてセイクリッド・グローヴまで行き、ベッツィを見守っていることをあそこの人々に知らしめるくらいはできるだろう。

もう一度最初から考えてみよう、エヴァンは自分に言い聞かせた。事実に戻るんだ。

事実その一：ランディ・ワンダーリッヒが殺された。エミー・コートは策略に手を貸したことは認めたが、彼を殺してはいないと言った。ランディが洞窟に隠れていることを犯人が知るためには、ふたりの計画を聞いている必要がある。あそこにいる人間のだれであってもおかしくない。妻を除く全員が、彼を嫌っていた。そのほとんどに犯行は可能だ――洞窟から洞窟に彼を移動させるには、それなりの力が必要だが。

事実その二：ベサンはスチームバスで殺された。なぜ？　ランディを殺した人間についてなにかを知っていたからに決まっている。彼女はなにかを見たのだが、あまり頭のいい娘ではなかったので、その意味を理解するのに時間がかかったのだ。

犯人はベッツィも殺そうとしたのだろうか？　マイケルたちに助けられていなかったら、彼女も命を落としていただろうか？　ベッツィは実験だったのかもしれないとエヴァンは考えた。蒸気でいっぱいのスチームバスに閉じ込めることで、人を殺すことができるのかどうかを確かめるための。そしてスチームバスのドアが開かなくなることがあるという前例を作っておくための。

エヴァンはもうひとつの事実に気づいた。ベサンは、レベッカについてなにかを覚えていた唯一の人間だ。レベッカの両親が到着する直前に彼女が殺されたのは、皮肉なものだと言えた。レベッカの失踪とランディの死にはなにかつながりがあるのだろうか？　どんな？　なにかがレベッカをセイクリッド・グローヴに呼び寄せ、そのなにかはドルイドに関連している――そう考えると、再びリアンノンが頭に浮かんだ。

オックスフォードにはレベッカを覚えている人間がいるはずだ。一学期をそこで過ごして、なんの痕跡も残していないとは考えられない。エヴァンは紅茶をがぶりと飲むと、結論を出した。仕事ができないのであれば、オックスフォードまで車を飛ばして、自分で調べてみよう。運転してはいけないことになっているが、ハンドルを握ることでいま以上に悪化するとは思えない。着替えには時間がかかった——包帯を巻いた痛む指でボタンを留めたり、ファスナーをあげたりするのは、なかなかに難しい——が、東の空を夜明けの最初の光が染める頃には家を出ることができた。

エヴァンが町の中心部にたどり着き、大きな黄色い砂岩の建物と年代物の尖塔を通り過ぎたときには、オックスフォードは朝の喧騒に包まれていた。通りは自転車に乗る学生たちでいっぱいだ。黒いガウンをひらひらと背後にたなびかせているその様は、まるでペンギンの群れのようだった。オックスフォードに来たのは初めてだったから、エヴァンはあたかも古い映画の一場面のようなそのユニークさに目を瞠《みは》り、こういうものを経験する機会がなかったことを残念に思った。車を止めて降り、景色を堪能した。本の束を抱えた真面目そうなふたりの若い女性が、ガウンをひらひらさせながら通り過ぎていく。「今夜はOUDのあれに行く?」ひとりが尋ねた。

「無理。明日の午前中にステビンズの個別指導があるのに、なにも準備していないんだもの」

まるで別の世界に来たようだった。ブロンウェンがかつてはあんな女性のひとりだったことをエヴァンは思い出した——ここではなく、ライバルのケンブリッジだが。どちらでも、それほど違いはないだろうと想像した。ブロンウェンを思い出したことで、うしろめたさに胸がちくりと痛んだ。午前中に彼が来なかったら、ブロンウェンはどう思うだろう？　夕方には必ず戻って会いに行かなければ、彼に見捨てられたと思うかもしれない。

町のすぐ外にあるガソリンスタンドで車を止めて電話帳を調べ、ＡＩＡＯへの行き方を訊いた。それは、町はずれの環状道路に立つコンクリートとガラス製の現代的な建物だった。砂岩でできた大学の古い建物とはまったく違う。受付係にうさんくさそうなまなざしを向けられたので、協会の理事に会わせてもらうには警察官の身分証明書を見せなくてはならなかった。理事は典型的なアメリカ人で、とても友好的だった。握手をしようとしてきたので、エヴァンはかろうじて手を引いて、火傷しているのだと説明した。

「大変な仕事を選ばれたんですね」理事が言った。理事はエヴァンの話を聞き、記録を確認したうえで首を振った。「その生徒のことは覚えていませんが、彼女の講座の担当者と話をしてもらってかまいません」三〇分後、エヴァンはなにひとつつかむことができないまま、通りに戻っていた。話を訊いた教授たちは、名前を聞いても顔を思い出すことすらできなかった。あまりに大勢の学生を担当するので、ほんのひと握りしか記憶に残らないのだという。秋のプログラムを受講した学生はもうだれも残っておらず、役に立てなくて申し訳ないと彼らは謝った。

エヴァンは、レベッカが暮らしていたホステルを教えてもらった。バンベリー・ロードに建つ、美しいとは言い難いビクトリア朝風の大きな建物だ。月桂樹《ローレルズ》という名前がついていたが、かつては前庭に木が生えていたのだとしても、いまは舗装されて駐車場になっている。エヴァンはホステルの管理人と話をした。真面目そうな中年女性だ。彼女はレベッカを憶えていた。静かな子でしたよ。なんのトラブルも起こしませんでした。でも彼女を覚えている人はもう、みんないませんねえ。掃除の人間だけですよ。メイドと話をしてくれてもいいんですが、彼女たちは学生がいない午前中に掃除をするんです。

「バイオリンはどうでしたか？」エヴァンは不意に思いついて尋ねた。「バイオリンを弾いていたせいで、苦情が出たりはしませんでしたか？」

管理人は眉間にしわを寄せた。「バイオリンは覚えていませんね。ここでは弾いていないんじゃないですかね。談話室にあるピアノを弾いている学生は時々いますけれど、バイオリンを聴いた記憶はありませんから」

妙だとエヴァンは思った。彼女の両親は、レベッカはバイオリンが大好きだったと何度も繰り返していた。丸一学期のあいだ、バイオリンに触れなかったなどということがあるだろうか？　つまり、どこかほかの場所で弾いていたということだ。エヴァンは車に乗りこみ、町の中心部に戻った。学生会館の前で、掲示物がいっぱいの掲示板を眺める。チェスクラブがモスクワ大学と対戦、ボートエイト、ドラマクラブのオーディション……

「音楽クラブかオーケストラはありませんか？」エヴァンは、新たな掲示物を貼るスペースを探していた若い男性を呼び止めた。

「OUMSかな」彼は答えたが、エヴァンがけげんそうな顔をするのを見て言い添えた。「オックスフォード《Oxford》・ユニバーシティ《University》・ミュージック《Music》・ソサエティ《Society》です。それのことですよね？　それともポップミュージックですか？」

「いや、ぼくが探しているのはそれだと思います。どうすれば連絡が取れますか？」

「事務室で訊いてみてください。クラブの役員のリストがあるはずですから」

エヴァンは言われたとおりにした。真面目そうな顔つきの若いインド人の娘が、ベールのような長い黒髪の下から彼を見つめた。「参加したいのなら、電話をかけて次の会合がいつなのかを訊けばいいんじゃないかしら？」抑揚のない南部のほうの口調だが、高等教育を受けていることがよくわかった。

「参加したいわけじゃないんです。ぼくは警察官で、行方不明の女性について話が訊きたいんです」

彼女が髪をうしろに払ったので、黒く縁取ったふたつの黒い目が見えた。「キャサリン・スパークスのこと？　でもあれはずいぶん前よ。ようやく彼女の遺体が見つかったんじゃなかったかしら？」

「キャサリン・スパークス？」エヴァンは面食らった。

「ええ、行方不明の女性って言ったでしょう？　だから彼女だと思ったの。ＬＭＨの学生で、去年行方がわからなくなって、それっきり見つからなかったのよ。はっきりとは覚えていないんだけれど、たしか南部の海岸で見つかった遺体が彼女のものだと判明したって、最近なにかで読んだと思う。あなたが訊きたいのは彼女のことじゃないの？」

「違います。ぼくが訊きたいのは、アメリカからの交換学生なんです――大学の正式な学生じゃない」

「ああ、アメリカ人ね」彼女はつかの間、黙りこんだ。「昼間は、どこに行けば彼らを捕まえられるのかはわからないわ。カレッジがそれほど遠くなければ、戻ってカフェテリアでランチをしていることもあるけれど、近頃ではほとんどがファストフードで済ませるのよ。わたしなら、電話が欲しいって書いた手紙をカレッジの守衛から渡してもらうわね」

「急いでいるんですよ」エヴァンは言った。「一日しかここにはいられなくて、帰らなくてはいけないんです。すぐにクラブの代表を見つけないと」

「それなら、そのクラブのカレッジの学長のところに行って、彼の時間割を教えてほしいって頼んだらどうかしら。もしくは、彼のカレッジの用務員に訊いてみるとか。あの人たちって、学生がどこにいるのかよく知っているのよ」

エヴァンはベリオール・カレッジへの道順を教えてもらい、守衛の小屋で尋ねていると、背後から横柄な声がした。「ニコラス・ハーディ？　あんた、だれだい？」

「ぼくは警察官で、彼の音楽クラブのメンバーだったかもしれない女学生のことで話が訊きたいんです」エヴァンは答えた。「彼の居場所を知りませんか？」

「ほんの五分前に、大盛りのスパゲッティ・ボロネーゼをがっついている彼と別れてきたところだよ。中庭を横切って、あの両開きドアから入って、右だ。においですぐにわかる」

　言われたとおりに進んでいくと、淡い色の髪をした色白の若い男性はすぐに見つかった。彼は不安そうにエヴァンを見た。「レベッカ・リーゼン？　アメリカ人の？　はい、覚えています。すごくバイオリンが上手だった。最初はリハーサルを聴いていてもいいかって言ってきたんですけど、クリスマスコンサートではぼくたちと一緒に弾いていましたよ」

「彼女について教えてくれませんか？　友だちはいたかとか、なんでもいいので」エヴァンは尋ねた。

　彼は鼻にしわを寄せた。「指揮をしているときは、ほかのことはあまり気づかないんですよ。確か、ほかのバイオリニストたちと仲がよかったんじゃないかな。LMHの三、四人のグループがあるんです」

「LMH？」

「レディ・マーガレット・ホール《Lady Margaret Hall》です。サンドラ・ヴェシー、ジェーン・ヒル、あと、黒髪の子の名前はなんて言ったかな？　グリーン、そうだ、レイチェル・グリーン。この時間に彼女たちがどこにいるのかはわかりませんが、来られるなら明日の夜にリハーサルがあります」

「ありがとう。でもぼくは北ウェールズに帰らなくてはならないんです。道を教えてくれれば、彼女たちのカレッジに行ってみます」

「そうですか」彼はまた鼻にしわを寄せた。「そんなに簡単じゃないんですよ。このあたりはみんなそうだ。地図を描いたほうがいいでしょうね」

エヴァンはさほどてこずることなくレディ・マーガレット・ホールにたどり着いた。親切な教務課の人間が、それぞれの娘の時間割を調べてくれた。レイチェル・グリーンを見つけるのが一番簡単そうだ。一二時半から歴史の教授に個人指導を受けることになっている。エヴァンはその教室を見つけて待ったが、ほどなくして黒髪の小柄な娘が羽目板張りの木の廊下を近づいてきた。行く手をふさぐ彼に気づいて、彼女は不意に足を止めた。

「オヴァートン教授になにかあったわけじゃありませんよね？」鉛枠の窓から差し込む太陽の光が彼女の黒髪に当たり、彼女のまわりで舞うほこりを浮かびあがらせた。

「違います。少しお話がうかがいたいんです。ぼくは北ウェールズの警察官で、行方不明になった女性を捜しています。レベッカ・リーゼンです」

「レベッカ？」彼女は驚いてエヴァンを見つめた。「彼女が行方不明？」

「ご両親が彼女を捜しに来ています」

「お気の毒に。かわいそうなレベッカ」

「彼女とは親しかったんですか？」

「それほどでもありません。彼女はここにほんの数か月いただけだったんですけれど、オーケストラでわたしたちの隣に座っていたので、終わってから何度かコーヒーを飲みに行きました。いい子でした——それにとてもバイオリンが上手だった」

「ここの学期を終えたあと、彼女とは連絡を取っていなかったんですか？」

レイチェルは顔をしかめた。「取るつもりだったんですけれど、よくあることじゃないですか？　手紙を書くと約束したけれど、書かないというのは」

「それではここを去ったあとの彼女の予定については、なにも知らないんですね？」

「休暇のあいだはロンドンで友だちと一緒に過ごしていたはずです。とても楽しい時間を過ごしたから、まだ家に帰る気にはなれないって言っていました」

「北ウェールズに行くようなことは言っていませんでしたか？」

レイチェルは首を振った。「いいえ、一度も。彼女はアウトドアを好むタイプじゃありませんでしたよね？　オックスフォードの雨や寒さによく文句を言っていました。彼女がスノードン山でなにをするのかなんて想像もつきません。ロンドンでコンサートに行くというのならわかりますけれど、北ウェールズはありえません」

「それでも彼女は行ったんですよ。ニューエイジ・センターに」

レイチェルは疑わしげにエヴァンを見た。「ニューエイジ・センター――いったいなんのために？　彼女の宗教に反することじゃないですか。そこの人たちを改宗させようとしたわけじゃないですよね？　彼女はものすごく熱心なキリスト教徒でした。彼女のそばで悪態をつかないように気をつけていなければならなかったくらいです。パブにお酒を飲みに行ったこともありませんでした」

「レベッカには恋人がいましたか？」

「わたしが知るかぎり、いません。彼女は痛々しいくらいに恥ずかしがり屋で、いまも言いましたけれど、パブや男の人と知り合うような場所には一度も行かなかったんです。ただ――」レベッカは言葉を切り、なにかを思い出そうとするように眉間にしわを寄せた。

「なんです？」エヴァンは期待をこめて尋ねた。

「ある男の人に夢中になっていたようでした。実際に夢中になっていたのか、ただ単に彼を助けようとしていただけなのかはわかりません。彼女は人――役立たずの人たち――を助けたがるタイプじゃないかって、感じていました。その人もオーケストラにいたんです。いまも言いましたけれど、レベッカが本当に彼に魅力を感じていたのか、それともまわりの人の態度が不公平だからって、単に同情していただけなのかはわかりません」

「不公平？」

「はい。警察が話を聞くために——キャサリン・パークスについて——彼を連れていったので、噂が流れたんです。ふたりは同じような社会環境から来ていました。どちらも貴族階級の家だとか、猟犬を子犬から育てているとか、王家の人間と友だちだとか。どれもくだらないことばかり」

「去年、行方不明になったのがキャサリンなんですね？」

「そうです。彼女もここのカレッジに通っていました。ひどい話だわ。彼女はまだ見つかっていないと思います。家族にはさぞ辛いことでしょうね」

「警察に話を訊かれたというその若い男性はだれなんですか？」

「彼もわたしたちと同じオーケストラでした。少し変わり者だった——人付き合いが苦手なタイプでしたね」

「彼の名前を憶えていますか？」エヴァンが尋ねた。

ツイードのスーツの上に式服のガウンをまとった年配の女性が、廊下を近づいてきた。

「あら、ここにいたのね、ミス・グリーン。一〇〇年戦争の原因について議論する準備はできている？」

レイチェルは申し訳なさそうにエヴァンに微笑みかけた。「ごめんなさい、彼の名前は最初から知らなかったと思います。それじゃあ、個人指導が始まるので」教授に連れられて羽目板張りのドアをくぐりながら、彼女が言った。

24

エヴァンは向きを変えると、女子学生のグループに危うくぶつかりそうになりながら廊下を走った。オックスフォード警察本部へと車を走らせ、キャサリン・スパークスの捜査を担当した警部補に会った。

「残念ながら、まだ解決にはほど遠い状態です」警部補は言った。エヴァンとさほど年が違わないように見えたが、髪はすでに薄くなりかかっている。「彼女は完全に姿を消してしまったんですよ。なくなっている服があったので、家出をしたのかと最初は考えたんですが、それっきり一度も目撃されていないので、最悪を想定しなくてはいけなくなりました」

「若い男性に話を訊いたんですよね？」エヴァンはかろうじて声を絞り出した。

「大勢の若い男性に話を訊きましたよ。彼女は男性の友人にはことかかなかったみたいで」

「彼女の家族とも知り合いの内気な男性なんですが」

「ああ、マイケル・ホリスターですか？　ええ、彼にも話を訊きました。なにかつかめるかと思ったんですが、結局はなにもわからなかった。彼女が行方不明になった日、彼にはアリバイがあったんです」

「マイケル？　なんてこった」エヴァンは手を差し出したが、火傷していることを思い出し、その手を引いた。「ありがとうございます。ぼくは帰らなくては」

「なにかほかにお訊きになりたいことは？」

「いえ、もう知りたいことは教えてもらいました」エヴァンは言った。「すみませんが、急いだほうがよさそうだ。ぼくが考えているとおりの結果になったら、連絡します。そちらの事件の解決にも役立つと思います。ああ、その前に——電話をお借りできますか？」

カナーボンの通信指令係は、デイヴィス巡査もワトキンス巡査部長もいまは電話に出られないと言った。伝言ならお預かりしますと彼女は請け合った。

「エヴァンズ巡査だ」エヴァンは言った。

「あら、エヴァンズ巡査。ゆうべ、ひどい火傷を負ったって聞きました。いかがですか？」

「ぼくは大丈夫。セイクリッド・グローヴにだれかを行かせて、ぼくが戻るまでベッツィから目を離さないようにしてほしいとデイヴィス巡査に伝えてほしいんだ。あとで説明するから。いいね？」

「伝えます」通信指令係が言った。「ゆうべ、ウサギを助けようとしたあなたはとても勇敢だったって、みんな思っているんですよ。残酷な人っているものですね」

エヴァンは電話を切ると、急いで車に戻った。朝からなにも食べていなかったが、止まるつもりはない。M6号線からA55号線を通ってウェールズへと向かうあいだ、古いおんぼろ車はひたすらうなり、文句を言い続けていた。ベッツィは賢明だから、エヴァンが指示したとおり、ひとりにならないようにしているはずだ。エヴァンは、切迫感に押しつぶされそうだった。

四時二〇分にセイクリッド・グローヴに到着すると、本館に向かって石畳の道を全速力で走った。

「ベッツィ？ もう帰ったと思います」受付係の娘が言った。「三〇分ほど前に、コートを着ているのを見ましたから」

エヴァンはためらった。スランフェアに戻って、ベッツィが本当に帰宅しているかどうかを確かめるべきだろうか？ それとも敷地内を再確認したほうがいい？ 彼女の家に電話をかけても無駄だ。ベッツィの父親のサムはすでにパブに行っているだろうし、どちらにしろ彼は電話には絶対出ない。それにバスを使っているなら、ベッツィが家に帰り着くにはもうしばらく時間がかかる。エヴァンは車に戻りかけたが、なぜかふと気が変わって、再びセンターのなかへと入っていった。サウナから出てきたタオルを巻いただけの年配の女性を驚かしはしたものの、だれに止められることもなにかを尋ねられることもなく、スパ棟を調べ終えた。次に瞑想棟に向かった。いきなり入ってきたエヴァンを見て、リアンノンは不快感をあらわにした。彼女はほかのふたりと一緒に、メインルームの床にあぐらをかいて座っていた。彼女以外のふたりは、その体勢が辛そうだ。

「今度はなんなの、巡査?」リアンノンがつっけんどんな口調で訊いた。「今日もドラマチックな救出劇を繰り広げるつもりかしら?」

「そうじゃないといいんですが。ベッツィを見かけませんでしたか? もしくはマイケル・ホリスターを?」

「しばらく前にマイケルを見たわ。波止場でヨットの準備をしていたわよ」

「ありがとうございます。もしベッツィが来たら、あなたと一緒にいるようにしてください。どこにも行かせないでほしいんです」

「どういうこと?」

「あとで説明します。ぼくはマイケルを見つけないと」

エヴァンはスイミングプールの脇を駆け抜け、波止場へと階段をおりた。マイケルもヨットも見当たらない。ベッツィはコートを着ていたということだが、彼女とはすれ違わなかったし、バス停でも見かけなかった。もちろん、だれかに車で送ってもらったのかもしれないが、マイケル・ホリスターとヨットに乗っている可能性もある。彼に好意を抱いているいることをベッツィは認めていたのだから。それにマイケルは確かに無害そうに見える。

パニックのあまり息が苦しくなっていた。頭がうまく働かない。手遅れになる前にベッツィを見つけなくては。ひょっとしたらもう手遅れかもしれない……

助けを呼ぶべきだ。応援を呼んで、ポルスマドグから警察の船をよこしてもらわなくてはいけない。だがどれくらい時間がかかるだろう？　ベッツィがコートを着ていたのがほんの三〇分前なら、ヨットはまだそれほど遠くまで行っていないはずだ。今日の午後はあまり風がなかった。入り江の外まで出るにはしばらくかかる。

沖合一〇〇メートルほどのところに、ディンギーが係留されていることに気づいたのはそのときだった。船外機も積んでいる。エヴァンはジャケットを脱ぎ捨てると、海に飛びこんだ。息を切らしながら、ディンギーによじのぼる。オートバイを運転するようになっていてよかったと思った。ディンギーとそれほど違いはないはずだ。チョークをいっぱいに引き、紐を思いっきり引っ張る。エンジンがブルンと音を立てたものの、やがてプスプス言いながら止まった。火傷をした手に塩水がしみて痛む。エヴァンはもう一度紐を引いた。いらだちを募らせながら、さらにもう一度。四度目で、エンジンはうなりながら目を覚ました。エンジンを温めているあいだに、チョークを少し押し戻し、係留しているロープをほどく。入り江の外に向かってディンギーを進めながら、エンジンのパワーを全開にする。エンジン音が岸辺に反響し、平らな海面に大きな波が広がっていく。入り江の端までやってくると、外海の最初の波がディンギーを洗った。まだヨットの姿は見えない。右に行くべきか左に行くべきかわからず、エヴァンは躊躇した。どっちに行っただろう？ ベッツィを消したいと思っていたなら、マイケルはどこに向かう？ もちろん、さらに沖に向かったに違いない。海岸に死体が流れつく可能性が減るからだ。エヴァンはそんなことを考えた自分にぞっとした。

「くそっ」エヴァンは声に出して言った。どっちだ？

右手に、ポルスマドグ港への航路を示す水路標識が見えた。スレート産業が栄えていた頃には、重要な港だったのだ。さらにその向こうにある赤いマーカーが目に留まった。なにかがくっついているようだ。エヴァンはそちらにディンギーを向けた。近づくにつれ、それが必死にブイにしがみついている人間であることがわかった。

「素敵ね」ベッツィはヨットの船首から身を乗り出し、水しぶきを手で受けた。「誘ってくれて本当にうれしいわ、マイケル」振り返って彼に笑いかける。「本当のことを言うと、あと一分もあそこにはいられない気分だったの。ずっと考えていたのよ——ベサンを殺した人間は、あたしのことも殺すつもりだったと思う？」

「どうしてきみはベサンが殺されたと思うんだい？ 前にもあのドアが開かなくなったことがあったって話しただろう？ 熱と湿気で木が膨張するんだと思う」

「でも、あたしがあそこを開けられたのが変じゃない？ 強く引っ張らなきゃならなかったけれど、でも開いたのよ。ベサンはあたしよりずっと体が大きいし、力も強かった。どうしてなかから押し開けることができなかったのかしら？」

マイケルは肩をすくめた。「すぐに気を失ってしまったのかもしれない。パニックを起こすと、過呼吸になるからね。そうじゃないかい？」

「そうね、でも……花壇でこれを見つけたのよ」ベッツィはポケットから木片を取り出した。「見て。これって楔でしょう？　たいして大きくはないけれど、ドアが開かないようにするには充分だわ。今夜、エヴァンズ巡査にこれを見せるつもりなの。指紋が見つかるかもしれない」ベッツィはいきなり彼を振り返った。「あたしがこれを見つけたとき、あなたのお母さんにひどく怒られた。庭のことは庭師に任せろって言われたわ」手で口を押さえる。「ねえ、マイケル、まさかそんなことはないわよね？　ありえない――そんなことするはずがない、そうでしょう？　ランディを殺したっていうことよ」

「どんなことだってありえるさ」マイケルが言った。「だれも他人のことを本当にはわかっていないんだ」

ベッツィは身震いした。自分が震えていることに気づいて、水から手を抜いた。顔に当たる風が強くなっている。顔をあげた。すでに入り江の外に出ている。

「ポルスマドグでお友だちを乗せるなら、右に向かわなきゃいけないんじゃない？」ベッツィは尋ねた。

「右じゃないよ、ベッツィ。面舵《おもかじ》だ。船に乗るなら、海事用語を覚えなきゃね」

「面舵ね。面舵を取らなきゃいけないんじゃない？」

「そのうちにね。いずれは着くよ。いい風が吹いてきたところだ。座って、楽しんでいるといい」

ベッツィは振り返って彼を見た。舵柄《かじづか》の脇に腰かけ、笑みを浮かべている。今日の彼は、なにかを警戒しているようなおびえた様子ではなかった。自分のヨットを完璧に操り、この場の主導権を握っている。ベッツィは、胸のなかの不安な思いをどうにかしたかった。落ち着きなさいと自分に言い聞かせる。外海に出るのも問題はない。マイケルはヨットの扱いに長けている。なにも起きるはずがない。

ベッツィは、海岸線が遠ざかり、海の彼方の一本の黒い筋になるのを眺めていた。筋がでこぼこしているのは、スノードンとそれに連なる山々の頂だ。岸に戻りたかったけれど、不安を感じていることをマイケルに知られたくない。そこで、ヨットの側面から海を眺めることに意識を集中させた。海水は濃い青色で、とても透き通っていて、どこまでもどこまでも深く続いている。そこを見つめているうちに、ヨットのはるか下になにかがあることに気づいた。水中深くでなにかが動いている。魚？　いいえ、銀色でもないし、流線形もしていない。白っぽいところもあれば、黒っぽいところもある。興味をそそられて眺めていると、それは次第に水面に近づいてきて、気がつけばベッツィは黒い髪を漂わせた女性の顔を見つめていた。驚くことに、少しも苦しそうではない。深い海の底から楽々と移動してきて、目を開けてベッツィを見つめている。水面からほんの数メートルのところまでやってきた彼女は、ベッツィに向かって手を伸ばした。口を開けてなにか言うと、泡が水面にまであがってきた。

「レベッカ」その言葉は耳に届いたわけではなかった。ベッツィの頭のなかに響いただけだ。

「なにを見ているの?」マイケルが尋ねた。

「なんでもない。魚がいたような気がしたの」舵柄にいたマイケルがすぐ隣に来ていたことに気づいて、ベッツィは気まずそうに振り返った。マイケルが側面をのぞきこんだ。

「そうだね。なにもない」

ベッツィは再び海面に目を向けたが、澄んだ水が見えるだけだった。

マイケルは妙な目で彼女を見ていたが、やがて再び舵柄を握った。「よく見ているといいよ。このあたりには時々イルカが来るから」

ベッツィは言われたとおりにしながら、視界の隅でマイケルをとらえていた。自分がたったいまなにを見たのか、驚くほどはっきりと理解していた。レベッカは本当にここにいるのだ。深い海の底に、おそらくは重りをつけられて——そしてマイケルは、たったひとつの目的のためだけにベッツィをここに連れてきた。あまりに愚かで、あまりになにも見えていなかった自分を蹴飛ばしたかった。どうして彼を疑おうとしなかったんだろう？　彼がとても感じがよくて、とても傷つきやすそうに見えたからだ。けれどスチームバスからベッツィを出してくれたのは彼だったし……ベッツィはようやく思い出した。ランディに持っていったコーヒーは、彼から渡されたものだった。「彼はランチのあといつもコーヒーを飲むんだ」マイケルはそう言った。「これを持っていってもらえないかな？」

ヨットの床にロープがあることに気づいた。一方の端にはどっしりした重りがくくりつけてある。あたしに使うためだとベッツィは確信した。同じようなロープが、レベッカを海底へと引きずりこんだのだ。でもあたしは戦いもせずにやられたりはしない。彼の意図がわかった以上、不意をつかれるようなことはしない。ベッツィは振り返り、彼と向き合うようにしておとなしく座った。

「そろそろ岸に戻ったほうがいいと思うんだけれど」ベッツィは言った。

「まだだよ。その前にすることがある」

「あたしはいますぐ岸に戻りたいの、マイケル」

マイケルは声をあげて笑った。「ぼくはそうしたくないんだ。さてと、どうする？」

ベッツィは舵柄に突進した。「こうする！」そう叫ぶと、舵柄をぐいっと引いた。帆桁が大きく動いて、ヨットが傾いた。

「なにをするんだ！　ふたりとも海に落ちるぞ！」マイケルが叫んだ。

「あなたの計画ではそうなるはずじゃないものね？」ベッツィは舵柄を反対側に引いた。マイケルが舵柄をつかもうとしたが、足元が不安定だ。戻ってきた帆桁に側頭部を叩かれて、マイケルは床に倒れた。

「あたしはあんたに殺されたりしないから」ベッツィは叫んだ。「レベッカみたいにね。彼女が警告してくれたのよ。あたしは本物の超能力者じゃないって思っていたでしょう？でも彼女が海の底から出てきて、あたしに警告してくれたの。どうして彼女を殺したの、マイケル？」

「殺すしかなかった。キャサリンのことに気づかれたんだ。自首しろって言われた――ばかな女だ！」マイケルはよろめきながら立ちあがり、ベッツィに向かってきた。「無駄だ。ぼくのほうが強いんだからな」

ヨットは右舷に大きく傾いていた。ベッツィは危険を承知で賭けに出た。帆桁に飛びつき、下へと引っ張ったのだ。帆桁にベッツィとマイケル、ふたり分の体重がかかった。

「なにをするんだ、ばか野郎！」マイケルが悲鳴をあげ、ヨットはぐらぐら揺れて転覆した。

25

マイケル・ホリスターがゆらゆらする水路標識に両腕で必死にしがみついていた。「助けてくれ！」彼が叫んだ。

エヴァンはディンギーをさらに近づけた。「ベッツィはどこだ？　彼女をどうした？」

「ベッツィ？　なんの話だ？　ベッツィの居場所なんて知らない。ぼくはひとりでヨットに乗っていたんだ――いいから助けてくれ」

「きみのヨットはどうした？」

「転覆した。突風で」

「ヨットの扱いはうまいんだと思っていたよ」

「そうさ。すごくうまい」

「転覆させたのに？　現場はどこだ？」

「沖のどこかだよ。アイスボックスの蓋にしがみついていたら、流れに乗ってここに着いたんだ」

「もう一度訊く——ベッツィをどうした？　話すまで、そのブイから離れられないぞ」

「彼女は——ヨットと一緒に沈んだよ。すまない。不慮の事故だったんだ。ぼくは泳ぎはあまりうまくない。ぼくにできることはなにもなかった」

「そうだろうとも」エヴァンは言った。「キャサリン・スパークスとレベッカを殺したときにも、なにもできなかったんだろう？　どちらもヨットから突き落としたのか？　だれかを消すには都合のいい方法だな。否定しても無駄だ、マイケル。警察はすべてを知っている」

「ぼくのせいじゃない」マイケルは泣きだした。「ぼくにわかるはずないだろう？　彼女は大勢の男とセックスしていた——気にしないと思ったんだ。なのに彼女はレイプでぼくを訴えると言った。ほかにどうすればよかったんだ？」

「レベッカは？　レベッカも殺す必要があったのか？」エヴァンは声を荒らげた。

「レベッカはぼくのまわりをうろつくようになった。最初は、ぼくに気があるのかと思った。でも実は真相に気づいていたんだ。もういいだろう、助けてくれ。これ以上しがみついていられない」

「ベッツィを見つけてからだ」エヴァンは叫んだ。「ヨットが転覆したのはどこだ？」

「言っただろう、もう手遅れだ。そこから泳ぎだしたとき、彼女の姿は見えなかった」

「さっさと教えなければ、ぼくはこのまま岸に戻って、おまえを見なかったことにする。

そのブイから離れたければ、ヨットが転覆した正確な位置を言うんだ」

「ここから南西方向だ。そんなに遠くないはずだ。ぼくはあまり泳ぎがうまくない」

エヴァンはエンジンをふかした。背後でマイケルがわめいている。「置いていかないでくれ。ぼくがいたほうが彼女を見つけられる。もうつかまっていられないんだ！」

うねりが出てきていた。小さなディンギーは上下に大きく揺れながら、波を切り裂いて進んでいく。水しぶきがエヴァンの顔を打ち、濡れた服が体に貼りつく。両手が恐ろしいほど痛んだ。エヴァンは寒さ以上に、恐怖に震えていた。海のまんなかでどうやって彼女を見つけければいい？　完全に沈んでしまっていたら、転覆したヨットの船体をどうやって見つけられるというんだ？　ベッツィ！　頬を伝う涙が温かく感じられた。彼女を守るために、もっとなにかをするべきだった。彼女がセイクリッド・グローヴに戻るのを止めるべきだった。揺れるボートの上に立ち、死体らしきものは見えないかと目をこらした。そのときだ。ひっくり返った小さなヨットの船体が見えた。

そちらに近づいていくエヴァンの心臓は激しく打っていた。

「ベッツィ！　ベッツィ？　聞こえるか？」

ヨットの向こうから小さな白い手があがった。ベッツィは舵に両腕でしがみついていた。迷子になった小さな人魚のようだ。エヴァンを見ると、その顔に笑みが広がった。

「来てくれてうれしいわ、エヴァン」ベッツィはしわがれた声で言った。「これ以上しがみついていられないところだった」

彼女をディンギーに引っ張りあげるのに、しばらくかかった。ベッツィは咳きこみながら、ずるずると床に倒れこんだ。「マイケル」ようやくそう言った。「マイケルだったの。あたしを殺そうとした。ヨットを転覆させなきゃならなかった。あたしにできるのはそれだけだったの」

「素晴らしいアイディアだったよ」エヴァンは言った。

「彼がどうなったのかはわからない。あたしはヨットの下に潜って、そこに隠れていたの。そのうち捜すのをあきらめて、あたしは溺れたって考えるだろうって思った。彼は溺れたと思うわ」

「水路標識にしがみついている彼をそこに残してきたときには、生きていたよ」エヴァンは言った。「ぼくたちはポルスマドグに行って、警察の船で彼を助けてもらうように頼もう」

「あたしはどうしてあんなにばかだったんだろう」ベッツィは膝を抱えて座った。「彼は信用できる人だと思ったの。でもレベッカを殺したのは彼だった」

「どうしてわかったんだ？」エヴァンは訊いた。

「彼女が教えてくれた」

「なんだって？　いつ？」

「あたし、彼女を見たのよ、エヴァン。海のなかから出てきて、自分がだれかを教えてくれた。あたしに警告しているんだって、そのとき気づいたの」ベッツィは興奮に顔を輝かせて彼を見た。「ねえ、それがどういう意味かわかる？　やっぱりあたしは超能力者だったのよ。だから、正しい洞窟の夢を見たんだわ。あたしは本当に力があるのよ」

「これが休みの日のきみのくつろぎ方なのかい？」ワトキンス巡査部長がグリニス・デイヴィスを従えて、警察本部に飛びこんできた。

「セイクリッド・グローヴに行ったら――大騒ぎだったわ。リアンノンに呼ばれたの」グリニスが言った。

「マイケル・ホリスターを勾留した」ワトキンスが言った。「赤ん坊のように泣きじゃくって、母親を呼んでいたよ」

「母親は最初から彼を疑っていたのよ。信じられる？」グリニスが口をはさんだ。「女性が行方不明になって、彼女は息子をオックスフォードから連れ帰った。警察に突き出すことはできなかったって言っているわ――血を分けた息子だからって」

「その見返りとして、夫を殺されてしまったわけだ」ワトキンスが言い添えた。

「どうしてランディを殺したんでしょう？」エヴァンが尋ねた。「母親の人生から彼を追い出すためだったんですか？」

「いや、それ以上の理由があったんだよ。ランディは、彼がレベッカと一緒にヨットで海に出ていくのを見ていたんだ。きみから彼女の写真を見せられて、ランディはそのことを思い出し、マイケルを問いただした。だから死ななくてはならなかった。マイケルは頭がよかったんだな。ランディがジョギングの最中に見つけた洞窟を絶賛するのを耳にした。あとは簡単だっただろう」

「そして、自分には完璧なアリバイを用意した」エヴァンが言い足した。「船で入り江を横断するのはいたって簡単だと、あとになって気づきましたよ」

「ああ、そういうことだったのね」グリニスが言った。「母親はいまだに、彼がランディを殺せたはずがないって言い張っているわ。午後はずっとポルスマドグにいたんだからって」

「たいした家族だ」エヴァンはつぶやいた。

「まったく貴族というものは」ワトキンスが言った。「近親結婚が多すぎるんだ」

エヴァンはため息をついた。「ぼくは、あの若者が気の毒に思えてしまうんですよ。ほんの赤ん坊の頃に、母親に捨てられたんですからね」

「その話はやめておこう」ワトキンスが言った。「不幸な子供時代を送った結果だと、いずれ精神分析医たちが立証しようとするだろう。だがわたしも最高の子供時代を送ったとは言えないが、人を次々に殺したりはしていないからな」

エヴァンは微笑んだ。

「ベッツィは勇気があるね」ワトキンスが言葉を継いだ。「ヨットの上で、冷静さを失わなかったんだから」

「ええ、たいしたものです」

「セイクリッド・グローヴで仕事を続けたのは、あなたを助けたい一心だったって言っていたわ」グリニスの言葉に、エヴァンは顔を赤くした。

「なんていうか、彼女は――」エヴァンが〝ぼくに好意を持っている〟と言おうとしたところで、ワトキンスが言った。

「きみがまったく手がかりをつかめていないようだったから、だれかが真相を探らなきゃいけなかったと言っていたよ」ワトキンスはグリニスと顔を見合わせ、ふたりして笑いだした。彼は椅子を引っ張ってきて、エヴァンの隣に座った。「だがコルウィン・ベイに推薦状を送るときは、彼女の意見は書かないでおく」

「なんの推薦状ですか？」エヴァンは尋ねた。

「きみに空席を埋めてもらうためだよ。わたしは昇進したわけだから、もうひとり見習いを置けるといいと思っているんだ」

「あなたになればいいと思っているの」グリニスが言った。「ぜひともあなたと一緒に仕事がしたいのよ」

「それはありがたい」エヴァンは、ワトキンスの言葉を考えながら立ちあがった。「ありがとうございます、巡査部長――おっと、もうそう呼ぶことはできないんですよね。なんて呼べばいいですか？」

「神さまと呼んでくれればいいよ」ワトキンスが答えた。「サーでもいいな。閣下でも、殿下でもいいぞ」エヴァンがお辞儀するふりをすると、彼は笑った。

「さてと、ぼくはもう行かないと」エヴァンが言った。

「そうだ、きみは家でゆっくり休むように言われていたんだぞ。海で手をずたずたにするんじゃなくて。いますぐ帰って、おとなしくしているんだ。でないと、推薦状を破くからな」

「その前にブロンウェンに会わなくてはいけないんです。病院に連れていかれてから、まったく会えていないんですよ。どんな具合なのかすら知らない。ぼくが心配していないと思われそうだ」

「そういうことなら、すぐに行きたまえ」ワトキンスが言った。

「幸運を祈っているわ、エヴァン」グリニスが背後から声をかけた。「あなたに放ったらかされていたって彼女が考えているなら、わたしが行って、あなたはまたヒーローだったんだって説明してあげる」

「それはやめてくれ！」美しいグリニスを前にしたブロンウェンがどんな反応を示すか、

エヴァンはありありと思い浮かべることができた。もしCIDへの異動が現実になれば、彼がグリニスと一緒に仕事することをブロンウェンには慣れてもらわなくてはいけない。けれどいまは、元気になってもらうことが先決だ。

エヴァンが病院に着いたとき、病棟看護師の姿は見当たらなかった。彼はブロンウェンを捜して病棟を進み、きれいに整えられた空のベッドを見て立ち止まった。ベッドの足側にブロンウェンのカルテが置かれている。エヴァンの心臓がぐるりとひっくり返った。

「ここの患者はどうしたんです？」エヴァンは通りかかった看護師に大声で尋ねた。

「ミス・プライスですか？　退院の準備をしていますよ」看護師が答えた。「大声を出さないでください。彼女が来ましたから」

エヴァンが振り返ると、まだ青い顔をしていかにも弱々しく見えるブロンウェンが、普段着でこちらに近づいてくるところだった。

「ブロン！　元気になったんだ！」エヴァンは駆け寄って、彼女を抱きしめた。

「あなたが考えている以上にね」ブロンウェンはエヴァンがキスしやすいように頬を差し出した。「あなたはいったいどうしたの？」

「昨日両手を火傷して、今日は海に落ちた。それ以外は元気だ」

「ほんの二日、あなたをひとりにしただけなのに、危うく身を滅ぼすところだったのね」

ブロンウェンは優しくエヴァンを見つめて微笑んだ。

「ブロン、いろいろとすまなかった。心配で頭がどうかなりそうだったよ。会いに行ったんだが、会わせてもらえなかったんだ」

「知っているわ。看護師が話してくれた。それに、謝らなきゃいけないのはわたしのほうよ。すごく弱っていたし、脱水状態だったから、あんなふうに癇癪を起こしたんだと思う。わかっていなきゃいけなかったのに。わたしがいなくなったとたんに、あなたがベッツィをベッドに誘ったりするはずがないのに」

「ベッツィと夜を過ごしたのは本当だ」エヴァンはブロンウェンの表情を確かめながら言った。「ひどい有様でぼくのところに来たんだ。あの嵐の最中に、家に帰すことなんてできなかった。でも心配しなくていい。なにもなかったから」ほとんどなにも、とエヴァンは心のなかで訂正した。ベッツィにキスしたことは事実だ。それに心が揺らいだことも。けれどぼくもただの人間だ……

「本当にごめんなさい、エヴァン」ブロンウェンがもう一度謝った。

エヴァンはぎゅっと彼女を抱きしめた。「これから一緒に生きていくのなら、ぼくたちは互いを信用しないとね」

「一緒に生きていくってどういうこと？」ブロンウェンは青い目でまっすぐに彼を見つめた。

「そろそろそのことを考えてもいい頃だ」

「それははっきり言ってどういう意味？」

「結婚してほしいと思っている。わかっているはずだ」

「いいえ」ブロンウェンは震え声で答えた。「全然わからなかった。あなたは一度も言ってくれなかった」

「いま言うよ」エヴァンはブロンウェンの両手をそっと握ると、片膝をつこうとした。

「看護師さん、おまるを」病棟の奥から不機嫌そうな声がした。

ブロンウェンはエヴァンの顔を見て笑った。

「こんなにロマンチックじゃないプロポーズは初めてよ」

「お互い元気になったら、またきちんとプロポーズするよ。それでいい？」

「きちんとしてもらう必要なんてない。あなたを初めて見た瞬間から、ずっと結婚したかったんだもの」ブロンウェンが言った。「これ以上のプロポーズはないと思うわ」

「ミス・プライス、まだいたんですか？」看護師がドア口に現われた。「救急車があなたを待っていますよ」

「ミス・プライスはぼくが送っていきます」エヴァンがきっぱりと告げた。ブロンウェンに腕をまわし、病室から連れ出す。

「まさかオートバイで来ていないわよね？　まだオートバイのうしろに乗れるほど回復はしていないと思うの」

「いつもの古いおんぼろ車だが、ちゃんと坂道をのぼってくれると思うよ」

「坂道と言えば」エヴァンが車のドアを開けると、ブロンウェンは乗りこみながら言った。「ようやく病気の原因がわかったのよ。ランブル鞭毛虫――ほら、山の水を飲むことで感染する恐れのある寄生虫よ。きっとあなたが仕事だった週末にハイキングに行ったときに、感染したのね」

「ぼくを置いてハイキングに行った罰だね」エヴァンは笑ったが、すぐに真面目な顔になった。「原因がわかってよかったよ。ものすごく心配したんだ」エヴァンは運転席に座った。「ありとあらゆることを考えたよ。不治の病から、ベッツィに毒を盛られたということまで」

「ベッツィがわたしに毒を？」ブロンウェンは愉快そうな表情になった。「彼女は才覚があるものね」

「どれほど才覚があるか、想像もつかないと思うよ」エヴァンはここ数日の出来事を話した。

「理想的な警察官の妻じゃないの」ブロンウェンは言った。「彼女と結婚したほうがいいかもしれないわよ」

「やめておくよ」エヴァンは彼女に笑いかけた。「超能力者の妻を持つような危険は冒せない。彼女は、美しい女性の尋問をしているぼくを監視できるわけだから――痛い、叩かないでくれないか、ぼくは怪我をしているんだぞ！」

ブロンウェンは声をあげて笑い、エヴァンは家に向かって山道に車を走らせた。


翌週、レッド・ドラゴンの外に大きな垂れ幕が吊るされた。〝食事再開の大祝賀会。戻ってきたベッツィの歓迎パーティー。金曜の夜は地元民全員にビールを無料で〟

「ベッツィが帰ってきて、ハリーはものすごくうれしいみたいだな」ガソリン屋のロバーツがエヴァンに言った。「あんなどけちが、ビールを一杯以上おごるんだから」

「きっと南ウェールズのビールさ」肉屋のエヴァンズが口をはさんだ。「ほかに処分する方法が見つからないんだろうよ！」

エヴァンが夕方の巡回を続けようとしたところで、ミセス・パウエル＝ジョーンズが彼の名前を呼びながら駆け寄ってきた。「いい知らせですよ、エヴァンズ巡査。あの異教徒の施設は閉鎖されたんです。新聞に書いてあったんですよ。わたしたちは悪魔と戦って、勝ったんです」彼女は満足そうに笑った。「これで正義の力を信じる気になったでしょう？」

ミセス・パウエル＝ジョーンズは、〝すべての力を尽くして、果敢に戦え〟の賛美歌を大声で歌いながら、ベウラ礼拝堂に向かって通りの真ん中を歩きだした。不意にエンジン音が聞こえてきたかと思うと、郵便屋のエヴァンズが必死にしがみついているオートバイが猛スピードで坂道をくだってきた。

「どいて!」彼が叫んだ。

ミセス・パウエル゠ジョーンズは丘の頂上まで響き渡る甲高い悲鳴をあげながら脇へと飛びのき、バイクはそのすれすれを通り抜けていった。

あとがき

《英国ひつじの村》シリーズ第六巻『巡査さんと超能力者の謎』をお届けいたします。

フランス料理店がオープンしたり、映画撮影チームがやってきたりと、静かで平和なはずのスランフェア村は落ち着かない日々が続いていましたが、今回、村に現われたのは大学で研究をしているというエイミーという名のアメリカ人女性でした。彼女の研究テーマが超能力だと聞いて、ベッツィはおおいに興味を示します。ベッツィの祖母に不思議な力があったらしいと聞かされたエイミーは、ベッツィもその力を受け継いでいるかもしれないと言って、彼女に検査を受けさせます。そして検査の結果、自分が類まれなる力の持ち主だと知ったベッツィはすっかり舞い上がってしまうのでした。

エイミーが検査のためにベッツィを連れていったのは、ポルスマドグ近くに作られたセイクリッド・グローヴというヒーリング・センターでした。そこには、世界的に有名な超能力者がいるというのです。エヴァンをはじめとするスランフェア村の面々は半信半疑でしたが、ビキニ姿になったり老婆に扮したりしてまで映画に出ようとしたことのあるベッツィでしたから、有名になれるかもしれないというチャンスを逃すはずはありません。エヴァンたちの説得に耳を貸そうともせず、〈レッド・ドラゴン〉を辞めて、セイクリッド・グローヴで働き始めますが、エヴァンの不安はやがて現実になるのでした……

著者の謝辞でも触れられていますが、セイクリッド・グローヴは、北ウェールズの観光スポットのひとつとなっているポートメイリオンという施設をモデルにしています。建築家クロー・ウィリアムズ・エリスが一九二五年から五〇年ほどかけて完成させたもので、本書の描写どおり、ウェールズの自然のなかに突如としてイタリアの村が現われたような、不思議な印象の施設です。エリスは地中海の雰囲気に敬意を表したかったとしか言っていませんが、北イタリアの地中海沿いにあるポルトフィーノという街をイメージしたのではないかという根強い説があります（ちなみに、東京ディズニーランドもここの街並みを参考にしたという話もあるそうです）。ベッツィはセイクリッド・グローヴをとても美しくて、素晴らしい場所だとほめちぎりますが、エヴァンはどこか偽物のにおいがすると言って居心地の悪さを覚えます。ふたりの人となりがとてもよくわかるエピソードで、このあたりにも著者の巧みさが感じられます。

こちらも謝辞に記されていますが、本書に登場する『ドルイドについて』という書物は作者の創造です。古代ケルト人の宗教であったドルイド教について、実際にわかっているいて言われていることの大部分は古代ローマ人が残した記録に基づいているものです。敵対する部族についてはネガティブな感情を持つものですから、ドルイドが人間を生贄にしたとか、大きな人型に生きた人間を閉じ込めて火をつけたといった描写がありますが、真偽のほどははっきりしません。

　このシリーズをお読みくださっている方は、第三巻の『巡査さん、合唱コンテストに出る』に出てきたアイステズボドをご記憶でしょうか？　中世から続くウェールズの詩歌と音楽の芸術祭ですが、その一番の目玉が吟遊詩人大会で、その出場者たちはドルイドのような装いをすることになっているそうです。スランフェアのふたりの牧師も、白いシーツとテーブルクロスを身につけていましたね。もっとも、元々の吟遊詩人大会はドルイドとは無関係だったようですが、本書でもドルイドと聞かされたエヴァンがアイステズボドを連想したくらいですから、ごく当たり前のウェールズの人々にとってはそのふたつは密接に結びついているものなのでしょう。

　ブロンウェンとの将来を真剣に考え始めたエヴァンは、まずは自分の面倒は自分で見ることを学ばなければならないと考え、本書ではようやくミセス・ウィリアムスの家を出てひとり暮らしを始めますが、まあ前途多難なこと……。女性に弱いのは相変わらずですが、その欠点もひっくるめてのエヴァンなので、だからこそ応援したくなるのかもしれませんね。読みながらついため息が漏れるところもあるかもしれませんが、ぜひ楽しんでいただければと思います。

コージーブックス

英国《えいこく》ひつじの村《むら》⑥
巡《じゅん》査《さ》さんと超能力者《ちょうのうりょくしゃ》の謎《なぞ》

著者　リース・ボウエン
訳者　田辺千幸《たなべちゆき》

2021年　12月20日　初版第1刷発行

発行人　成瀬雅人
発行所　株式会社　原書房
〒160-0022 東京都新宿区新宿 1-25-13
電話・代表　03-3354-0685
振替・00150-6-151594
http://www.harashobo.co.jp
ブックデザイン　atmosphere ltd.
印刷所　中央精版印刷株式会社

落丁・乱丁本はお取り替えいたします。
定価は、カバーに表示してあります。
 ISBN978-4-562-06120-4 Printed in Japan